dtv

Reihe Hanser

»Du kennst mich nicht, aber ich schreibe dir trotzdem.« So beginnt die Geschichte von Bett und Avery, deren alleinerziehende Väter die verrückte romantische Idee haben, eine Familie zu werden. Nicht mit Bett und Avery! Obwohl sich die beiden Mädchen auf gar keinen Fall kennenlernen wollen, beginnen sie vor lauter Neugierde, in ihren E-Mails Fragen zu stellen, mehr von ihren Leben zu erzählen und Dinge auszutauschen. Nach und nach vertrauen sich Nachteule und Sternhai – wie sie sich mittlerweile nennen – ihre persönlichsten Gedanken und Geheimnisse an und können sich ein Leben ohne einander nicht mehr vorstellen.

Holly Goldberg Sloan ist Regisseurin, Filmproduzentin und Drehbuchautorin. Sie hat zahlreiche Länder bereist, heute lebt sie mit ihrem Mann und den beiden Söhnen in Kalifornien.

Meg Wolitzer, geboren 1959, schrieb zahlreiche preisgekrönte erfolgreiche Romane. Viele ihrer Bücher standen auf der New-York-Times-Bestsellerliste. Sie ist verheiratet, hat zwei Söhne und lebt in New York City.

HOLLY GOLDBERG SLOAN
MEG WOLITZER

AN NACHTEULE VON STERNHAI

Aus dem Englischen
von Sophie Zeitz

dtv

Ausführliche Informationen
über unsere Autorinnen und Autoren und ihre Bücher
finden Sie unter www.dtv.de

Holly Goldberg Sloan in der *Reihe Hanser*:
Glück ist eine Gleichung mit 7 (dtv 62660)
Short (dtv 62723)

MIX
Papier aus verantwortungsvollen Quellen
FSC® C083411

2021 dtv Verlagsgesellschaft mbH & Co. KG, München

Titel der Originalausgabe: ›To Night Owl, from Dogfish‹
Dial Books for Young Readers / Dutton Children's Books,
Penguin Young Readers Group
(Imprints of Penguin Random House), New York

Umschlag: dtv nach einer Vorlage mit Illustrationen von Irmela Schautz, Berlin
Satz: Fotosatz Amann, Memmingen
Druck und Bindung: CPI books GmbH, Leck
Printed in Germany · ISBN 978-3-423-62742-9

Für vier ganz besondere junge Leserinnen,
die eines Tages die Welt verändern:
Audrey Bouttier, Annie October Weinberg,
Hannah Devlin und Alexis Lhotka
H. G. S.

Und für vier wunderbare Leserinnen,
die mir das Glück beschieden hat:
Hilma Wolitzer, Devon Lawrence und
Cathy Binck & Nancy Wolitzer
M. W.

EINES TAGES ANFANG APRIL

VON: Bett Devlin
AN: Avery Bloom
BETREFF: du kennst mich nicht

Aber ich schreibe dir trotzdem. Kann sein, dass ich in deinem SPAM-Ordner lande. Vielleicht gehörst du zu den Leuten, die regelmäßig ihren SPAM-Ordner checken. Ich nicht. Ich habe deine E-Mail-Adresse aus dem Internet. Du hast einen seltsamen Namen. Ich kenne sonst niemanden, der Avery heißt. Aber deswegen konnte ich dich leichter finden. Also – danke, dass du so heißt. Und danke, dass deine Schule Fotos von Veranstaltungen + Ausflügen ins Netz stellt + jeder Schüler seine eigene E-Mail-Adresse hat, nämlich Vorname.Nachname@TheShipfieldSchool.org. An meiner Schule haben wir so was nicht.

Also gut, jetzt wird's peinlich, aber ich schreibe einfach, wie es ist. Vor drei Monaten hat mein Vater deinen Vater auf einer »Baumesse« in Chicago kennengelernt, die im Marriott Hotel in der Innenstadt stattfand. Ich erkläre dir jetzt nicht, woher ich das weiß, aber jedenfalls SIND DIE BEIDEN SEITDEM EIN PAAR.

Was mich eigentlich nichts angeht, nur dass es mich plötzlich DOCH WAS ANGEHT, weil mein Vater aus heiterem Himmel auf die Idee gekommen ist, mich im Sommer in so ein Ferienlager zu schicken, das CIGI heißt.

Ich hab noch nie was von CIGI gehört. Auf der Webseite steht: *Charakter Intelligenz Geschicklichkeit Instinkt* – das Wissenschafts-Camp für aufgeweckte junge Leute.

Die Formulierung hab ich von der Webseite kopiert. Wie es aussieht, ist CIGI ein Streber-Sommercamp für Schüler zwischen 10 und 15 in der Pampa von Michigan.

Kann sein, dass ich dich bis jetzt zu Tode gelangweilt habe, aber weißt du was? DICH wollen sie auch DAHIN SCHICKEN.

Ich gehe auf keinen Fall. Egal, was Dad sagt. Aber wenn er hört, dass du auch nicht ins CIGI-Camp gehst, will er mich vielleicht gar nicht erst zwingen.
Das ist der Grund für meine E-Mail.

Bett Devlin

VON: Avery Bloom
AN: Bett Devlin
BETREFF: Re: du kennst mich nicht

Hier liegt offenbar eine Verwechslung vor. Falls mein Vater wirklich eine Beziehung mit deinem Vater hätte, wüsste ich garantiert davon. Dad und ich stehen uns sehr nah und waren praktisch mein ganzes Leben zu zweit, weshalb wir auch wie beste Freunde sind, und er erzählt mir alles.

Es ist praktisch, dass an unserer Schule jeder seine eigene E-Mail-Adresse hat, damit wir unsere Lehrer jederzeit anschreiben können, wenn wir Fragen zu Projekten haben oder so etwas. (Ms. Pickering antwortet manchmal in fünf Minuten!) Aber bis jetzt hat noch nie jemand von außerhalb meine E-Mail-Adresse herausgefunden und mir geschrieben. Vielleicht sollte die Schule ihre Datenschutz- und Sicherheitsstandards verschärfen. Ich werde diesbezüglich eine Nachricht an unserem digitalen Schwarzen Brett posten.
Zum CIGI-Camp: Die ältere Schwester meiner Freundin Callie Workman war letztes Jahr dort. Diesen Sommer bin ich für acht Wochen angemeldet. Es ist eine Art Pfadfinderlager für kreative Schüler mit Kursen wie »Buchpiraten« oder »Rockende Robotik«. Bei »Voll der

Fund!« kann man sogar echte Fossilien ausgraben. Abends gibt es Gute-Nacht-Kino mit Mikrowellen-Popcorn. Da zeigen sie europäische Filme, und im Anschluss wird gemeinsam diskutiert, um herauszufinden, worum es ging.

Aber das Beste ist, sie zwingen einen nicht zum Sport, wie sie es in anderen Ferienlagern immer tun. Ich bin nämlich nicht besonders sportlich, und vor allem hasse ich Schwimmen. Ich habe ein paar »exzessive Ängste« (vor abgelaufenen Lebensmitteln, Krankheitserregern usw., aber besonders vor dem Ertrinken).

Keine Sorge, du musst nicht ins CIGI-Camp. Nur ich gehe dahin.

Avery A. Bloom

PS: Ich bin zwölf und wohne in New York. Mein Vater ist Architekt. Auch wenn du mich offensichtlich verwechselst, bin ich neugierig: Wie alt bist du, und woher schreibst du?

VON: Bett Devlin
AN: Avery Bloom
BETREFF: Re: Re: du kennst mich nicht

Ich bin auch 12, aber ich lebe in Kalifornien. Ich war einmal in New York. Es war Sommer + wahnsinnig heiß + SUPERVOLL. Mir haben die New Yorker echt leidgetan, vor allem DIE TIERE.

Mein Vater ist Schwimmbad-Ingenieur. Er baut Pools, Brunnen, alles, was mit Wasser zu tun hat. Das heißt, er macht nicht die Planung auf Papier, sondern die Ausführung in echt. Dein Vater ist also Architekt. Normalerweise sind Architekten die Leute, mit denen sich Dad immer STREITET.

Du hast gesagt, dein Dad erzählt dir alles. Hast du dir in letzter Zeit mal seine SMS angesehen? Jedes Mal, wenn mein Vater sein Handy piepen hört, grinst er breit und meint, hahaha, der Kerl ist einfach zu komisch.

Ich war schon mal campen. Schon OFT. Aber ich war noch nie in einem Camp. Wir haben kein Geld für so was. Mein Dad will mich bloß wegen dir dahin schicken.

Er will, dass wir Freundinnen werden.

Nicht persönlich gemeint, aber das ist AUSGESCHLOSSEN.

Bett Devlin

VON: Avery Bloom

AN: Bett Devlin

BETREFF: Re: Re: Re: du kennst mich nicht

Bett –

woher soll ich wissen, dass du nicht irgendein Hacker aus der Ukraine bist (man sagt *die* Ukraine, nicht Ukraine, so wie man auch die Schweiz sagt, aber das wissen manche nicht) und das Ganze eine Masche ist, um an Informationen zu kommen und mein Bankkonto zu knacken oder Schlimmeres? Ich habe nur ein Sparkonto, damit du es weißt, und ich spare fürs College.

Ich werde bei der Beantwortung deiner E-Mail sehr vorsichtig sein.

Ich habe im Google-Kalender nachgesehen, den ich mit meinem Vater teile, und er war im Februar wirklich auf einer Baumesse in Chicago. Aber das beweist gar nichts.

Mein Vater ist dieses Wochenende nicht hier. Er ist auf Geschäftsreise

in San Antonio. Vielleicht hätte ich das nicht sagen sollen. Aber damit du es weißt, ich bin nicht allein zu Hause. Es passt ein Erwachsener auf mich auf.
Außerdem hat unser Apartmenthaus einen Pförtner, und sie sind ziemlich streng hier, was Sicherheit angeht, weil im Penthouse jemand Berühmtes wohnt (nicht superberühmt).

Ich könnte meinem Vater jetzt gleich eine SMS schicken und das Ganze aufklären.
Was ich auch tue, weil ich online nicht mit Leuten kommunizieren darf, die ich nicht kenne.
Du wirst also ab jetzt nicht mehr von mir hören, weil hier eine Verwechslung vorliegt und es sich um den falschen Vater handelt. Auch wenn du das richtige Camp erwähnt hast. Aber das ist wahrscheinlich bloß ein merkwürdiger Zufall.

Avery A. Bloom

VON: Bett Devlin
AN: Avery Bloom
BETREFF: Re: Re: Re: Re: du kennst mich nicht

Dein Vater ist NICHT auf Geschäftsreise in Texas. Er ist mit meinem Vater in San Antonio. Mein Vater würde mich zwar nie ANLÜGEN, aber er hat mir auch NICHT DIE GANZE WAHRHEIT gesagt. Er hat gesagt, er besucht seine Mutter. Sie heißt Betty. Ich heiße nach ihr, aber das »y« habe ich unterschlagen, wie du dir denken kannst.
Meine Oma Betty (ich nenne sie Gaga) wohnt in einer Kleinstadt zwei Stunden von San Antonio entfernt.

MEIN DAD IST SO VERKNALLT IN DEINEN DAD, DASS ER IHN DER ORIGINAL-BETTY VORSTELLT.
DAS IST ERNST!

Bett Devlin

VON: Avery Bloom
AN: Bett Devlin
BETREFF: Re: Re: Re: Re: Re: du kennst mich nicht

Ich habe meinem Vater eine SMS geschickt und noch keine Antwort erhalten.
Was sehr ungewöhnlich ist, aber das heißt gar nichts.
Übrigens, wenn du in E-Mails Großbuchstaben verwendest, ist es, als würdest du mich anschreien, und Cyber-Mobbing ist ein großes Problem.
Noch etwas: Du kannst froh sein, dass du eine Großmutter hast, auch wenn sie zwei Stunden von San Antonio entfernt wohnt (falls das überhaupt stimmt). Meine Familie ist sehr klein. Aber das geht eigentlich niemanden etwas an.

Avery A. Bloom

VON: Bett Devlin
AN: Avery Bloom
BETREFF: Re: Re: Re: Re: Re: Re: du kennst mich nicht

Um fair zu sein, hier auch etwas Privates aus meiner Familie, WÄHREND WIR WARTEN, BIS DEIN VATER DIR ZURÜCKSIMST. Ich hatte zwei Väter. Der eine ist gestorben, als ich ein Baby war, deshalb erinnere ich mich nicht an ihn. Seit 11 Jahren sind Dad + ich zu zweit. So soll es auch bleiben. Wir haben alles, was wir brauchen.
Seit Phillip gestorben ist, hat Dad noch nie jemanden seiner Mutter vorgestellt.
Hat dein Dad schon geantwortet? Was sagt er dazu?

Bett Devlin (nicht aus *der* Ukraine, sondern aus *DEM* VENICE IN *DEM* KALIFORNIEN)

PS: Mögen wir uns niemals persönlich begegnen.

VON: Avery Bloom
AN: Bett Devlin
BETREFF: Re: Re: Re: Re: Re: Re: Re: du kennst mich nicht

Bett,

ignorier meine letzte E-Mail. Hier die SMSe:

ICH: Papa, bist du mit einem Mann aus Kalifornien in Texas, um eine Frau namens Betty zu besuchen?

Nach zwei Stunden und elf Minuten immer noch keine Antwort.

ICH: Papa, kannst du mich anrufen?
PAPA: Ja. Ich rufe dich in 10 min an.
ICH: Aber du bist nicht mit einem Schwimmbad-Ingenieur in Texas, oder?
PAPA: Ich rufe dich an. 15 min.
ICH: Ok. Aber du hast keinen neuen Freund? Ja oder nein?

Er hat nicht gesimst, aber auch keine fünfzehn Minuten gewartet. Er hat gleich angerufen.
Die beiden kennen sich offenbar wirklich und führen anscheinend eine Art von Beziehung. Ich hätte nie gedacht, dass mein Vater mir so etwas verschweigen würde, weil wir eigentlich keine Geheimnisse voreinander haben. Er hat gesagt, er habe auf den richtigen Moment gewartet, und außerdem wollte er sich erst sicher sein, dass es etwas Ernstes ist.
Das ist die zweite schlechte Nachricht, fürchte ich. Es ist etwas Ernstes.
Aber es kommt noch schlimmer. Sie wollen, dass du und ich uns kennenlernen und anfreunden und uns am besten so gut verstehen wie Schwestern (oder Zwillinge, weil wir gleich alt sind?), weil es sein kann, dass wir eines Tages »eine Familie« sind. (Wenn ich etwas in Gänsefüßchen setze, heißt das, dass ich es ironisch meine.)
Ich habe zu Papa gesagt, dass wir schon *eine Familie* sind. Er hat geantwortet: »Ja, aber ich hätte gern eine größere Familie.«
Ich möchte aber keine größere Familie.
Ich werde ihm sagen, dass ich es mir anders überlegt habe und diesen Sommer doch nicht ins CIGI-Camp fahren will. Vielleicht bleibe ich einfach zu Hause und mache meine eigenen Fossilien.

Danke für die Vorwarnung in dieser Sache. Ich hoffe auch, dass wir uns nie persönlich begegnen.

Avery A. Bloom

VON: Bett Devlin
AN: Avery Bloom
BETREFF: Re: Re: Re: Re: Re: Re: Re: Re: du kennst mich nicht

Avery —

während du mit deinem Vater gesprochen hast, habe ich Dad angerufen + gesagt, ich hätte schlimme Ohrenschmerzen, die ich manchmal kriege, weil ich viel surfe + eigentlich soll man nicht in der Bucht schwimmen, wenn es geregnet hat, weil das Wasser dann schmutzig ist. Aber bei Unwetter sind die Wellen am besten, weil der Wind die Brandung aufpeitscht, deshalb halte ich mich nicht immer daran.
Jedenfalls habe ich nur so getan, um zu sehen, ob er früher aus Texas nach Hause kommt. Er hat gesagt, ich soll eine Schmerztablette + die Ohrentropfen nehmen, die im Bad stehen! Er hat nicht mal gesagt, ich soll mit Dee reden, die bei uns wohnt, solange er weg ist.
Ich will auch keine größere Familie. DESWEGEN HABE ICH DIR GESCHRIEBEN.
Ich brauche keine Schwester oder Stiefschwester oder Halbschwester oder STIEFZWILLINGSSCHWESTER oder was immer du wärst.
Ok, hier ist was WICHTIGES, was dein Vater vielleicht nicht über meinen weiß: DAD HAT EINE ERDNUSSALLERGIE. So was kann supergefährlich sein + er darf NICHT THAILÄNDISCH ESSEN GEHEN. Weil, wenn dein Vater auch nur mit der Gabelspitze einen Tropfen Erd-

nusssoße berührt, kann Dad Probleme kriegen, falls dein Vater eine feuchte Aussprache hat, was vorkommt.
Das kannst du deinem Dad ruhig erzählen. Für viele Menschen ist thailändisches Essen das Allergrößte.

Bett Devlin

VON: Avery Bloom
AN: Bett Devlin
BETREFF: Re: Re: Re: Re: Re: Re: Re: Re: Re: du kennst mich nicht

---

Bett —

mir ist schlecht. Ich habe mir eine Tasse Pfefferminztee gemacht und lege mich jetzt hin. Mir graut es vor heute Nacht, wenn ich nicht einschlafen kann. Ich kann sowieso schlecht einschlafen. Ich bin so was wie eine Nachteule. In meinem Zimmer habe ich lichtdichte Jalousien, damit es stockdunkel wird, und ich habe eine Sound-Maschine mit beruhigenden Geräuschen. Die »Klänge des Wassers« benutze ich nie, aber manchmal schlafe ich zu »Wind in den Tannen« ein.
Hast du auch eine Sound-Maschine?
Ich maile morgen, wenn mein Vater zurück ist.
Aus gesundheitlichen Gründen sollten wir bis dahin nicht mehr korrespondieren.

Avery A. Bloom

PS: Ich will Schriftstellerin werden, deshalb achte ich in E-Mails und Büchern auf Rechtschreibung und Grammatik.

VON: Bett Devlin
AN: Avery Bloom
BETREFF: Re: Re: Re: Re: Re: Re: Re: Re: Re: Re: du kennst mich nicht

Avery —

ich lese auch gern, nur für dicke Wälzer habe ich keine Zeit. Außerdem bin ich nicht toll in Rechtschreibung. Was mir nichts ausmacht, weil Snoop Dog + Winston Churchill – der, von dem der Spruch RUHE BEWAHREN UND WEITERSHOPPEN stammt – waren auch nicht gut in Rechtschreibung. Vielleicht hatte Winston Churchill ursprünglich »Ruhe bewaren und weiterschoppen« geschrieben. Ich fürchte, das werden wir nie erfahren.
Egal. Ich glaube, Rechtschreibung passiert in einem Mini-Zipfel des Gehirns + ist wegen den ganzen Computer-Autokorrektur-Programmen heute nicht mehr so wichtig.
Du hast gesagt, wir sollen NICHT mehr korrespondieren, aber eins muss ich dir noch sagen. Dein Dad denkt, mein Dad heißt Marlow, aber eigentlich heißt er DOUGLAS. Daher das »D.« in D. Marlow Devlin.
Dad benutzt seinen zweiten Namen, weil er Douglas scheußlich findet + wenn dein Dad ihn sich als Doug vorstellt, mag er ihn vielleicht nicht mehr so gern.
SAG DAS DEINEM DAD.

Bett Devlin

VON: Avery Bloom
AN: Bett Devlin
BETREFF: Re: Re: Re: Re: Re: Re: Re: Re: Re: Re: Re: du kennst mich nicht

Bett –

nur zu deiner Information, ich bin kein fieser Mensch. Im Vater-Tochter-Buchclub wurde ich zur Miss Fürsorglich gewählt, weil ich immer Snacks mitbringe und meine Zusammenfassungen der Bücher online poste, für die Mädchen, die mit dem Lesen nicht hinterherkommen.

Ich muss dir sagen, dass dein Ton ziemlich unhöflich ist, vor allem wenn du Sachen schreibst wie SAG DAS DEINEM DAD.

Papa kam heute Nachmittag zurück, und ich habe ihm erzählt, wie dein Vater eigentlich heißt.

Weißt du, wie Papa reagiert hat? Er hat gegrinst und gesagt: »Ich freue mich, dass ihr beide Kontakt aufgenommen habt! Das ist ein toller Anfang.«

Dann wurde es noch schlimmer. Er hat gesagt: »Ich weiß, dass er eigentlich Douglas heißt. Und ich weiß auch von seiner Erdnussallergie und dass er gern Action-Filme sieht und dass er sich einmal beim Skydiving den Knöchel gebrochen hat. Schätzchen, ich bin verrückt nach ihm. Ich glaube, er ist der Richtige für mich.«

Ich will euch nicht zu nahetreten, aber *ich* bin die Richtige für ihn!

Avery A. Bloom

VON: Bett Devlin
AN: Avery Bloom
BETREFF: Re: Re: Re: Re: Re: Re: Re: Re: Re: Re: Re: Re: du kennst mich nicht

Ich bin froh, dass du endlich klar siehst. Wir müssen ALLES TUN, damit das aufhört. Ich bin schon dabei. Bei uns in der Küche hängt eine Tafel für Notizen usw. Ich hab gerade »Mülltüten kaufen« weggewischt + in großen Buchstaben geschrieben: ICH GEHE NICHT INS CIGI-CAMP! DU KANNST MICH NICHT ZWINGEN!

BETT DEVLIN

PS: Für meinen Dad bin ich auch die Richtige.

VON: Avery Bloom
AN: Bett Devlin
BETREFF: Re: Re: Re: Re: Re: Re: Re: Re: Re: Re: Re: Re: Re: du kennst mich nicht

Update.

Nach dem Abendessen hat Papa zu mir gesagt: »Komm, setzen wir uns auf die Speckmaus«. Speckmaus nennen wir das weiße Ledersofa im Fernsehzimmer, weil es aussieht wie eine Marshmallow-Maus. Das Ding war ein italienischer Design-Fehlkauf, den Papa vor langer Zeit begangen hat und nicht rückgängig machen konnte, weil es aus Rom geschickt wurde.
Auf der Speckmaus zog Papa die Couchtischschublade auf und holte eine Tüte heraus, die er anscheinend vorher dort versteckt hatte. Er hielt sie mir erwartungsvoll hin.

In der Tüte war ein T-Shirt. Auf dem T-Shirt war ein Bild der berühmten Statue *Der Denker* des französischen Bildhauers Auguste Rodin, dieser sitzende Typ, der den Arm aufs Knie gestützt hat. (Auch wenn es anscheinend das falsche Knie ist. Ich habe gelesen, dass es niemand lange in dieser Position aushalten würde. Viel zu unbequem. Man würde Krämpfe bekommen.) Aber der T-Shirt-Denker hat eine Sonnenbrille und eine Baseballkappe auf, auf der CIGI steht.

»Gebucht ist gebucht«, hat Papa gesagt. »Es gibt kein Geld zurück, genau wie bei der Speckmaus. Du gehst auf jeden Fall ins CIGI-Camp. Und Marlows Tochter auch. Wir haben der Camp-Leitung Bescheid gesagt, damit ihr in denselben Wigwam kommt. Marlow gibt Bett heute auch ihr T-Shirt.«

Rechne also damit (falls noch nicht geschehen), dass dein Vater jeden Moment mit dem *Denker mit Sonnenbrille*-T-Shirt ankommt.

Nimm es nicht persönlich, aber ich glaube, wir wären keine guten Wigwam-Genossinnen.

Avery A. Bloom

VON: Bett Devlin
AN: Avery Bloom
BETREFF: Re: Re: Re: Re: Re: Re: Re: Re: Re: Re: Re: Re: Re: (...) du kennst mich nicht

---

Avery —

ich weiß, wer Rodin ist. Bei uns an der Schule gibt es einen Kunstclub, in dem meine besten Freundinnen Angel + Summer sind. Sie zeigen mir immer, was sie machen, aber ich finde es nur mäßig spannend. Dad hatte heute eine Krise, weil in einem Wellness-Center in Hun-

tington Beach ein Natursteinblock einen Riss gekriegt hat. Dad musste ganz früh los + ich hab ihn noch nicht gesehen. Dafür musste ich den ganzen Tag ans CIGI-Camp denken, weswegen ich in Sport vom Schwebebalken gefallen bin, obwohl Sport mein Lieblingsfach ist. Wir machen gerade Geräteturnen. Eigentlich bin ich die Beste in der Klasse, deshalb war es echt nicht normal, dass ich runtergekracht bin. Mir macht Turnen fast so viel Spaß wie Skateboarden. Hast du ein Skateboard?
Ich soll auch so ein T-Shirt kriegen??? Womit Dad mir sagen will, dass er unsere ganze Kohle für ein Sommerlager namens CIGI rausgehauen hat?
WAS LÄUFT HIER?
Ein Nachteil, wenn man nur ein Elternteil hat, ist, dass es bei Großereignissen keinen Dritten gibt, den man auf seine Seite ziehen kann. Dad und Phillip (der gestorben ist) hatten eine Leihmutter in Brasilien engagiert, die mich 9 Monate in ihrem Bauch ausgetragen hat. Deshalb bin ich eigentlich Halb-Brasilianerin, aber ich habe keinen brasilianischen Pass, was voll unfair ist. Ich hab sie nie kennengelernt, deswegen kann ich sie jetzt nicht auf meine Seite ziehen.
Dad (+ Phillip) haben eine Dienstleistung in Anspruch genommen + die Frau wurde dafür bezahlt, was es irgendwie legaler macht oder so was. Außerdem, zu deiner Information, D. Marlow Devlin ist mein biologischer Vater (nicht Phillip). Er ist Afro-Amerikaner. Wie ich. Phillip war kein Afro-Amerikaner. Ich hab ein Foto von dir auf deiner Schul-Webseite gesehen, deshalb weiß ich, dass du keine Afro-Amerikanerin bist.
Phillip kam aus New Mexico + seine Eltern sind Mexikaner, aus Old Mexico sozusagen. Ich erinnere mich zwar nicht, wie Phillip es gesagt hat, aber das ist einer von Phillips Sprüchen, die Dad + ich immer sagen: Ich bin stolz auf meine Hautfarbe.

Du sagst, du willst Schriftstellerin werden, aber woher willst du das jetzt schon wissen? Ich weiß nur, dass ich auf keinen Fall Zahnarzt werden will oder den ganzen Tag in irgendeinem Büro sitzen möchte.
Hier ist noch was, das ich nicht will: IM SOMMER INS CIGI-CAMP.
Was magst du lieber: Hunde oder Katzen?

Bett Devlin

VON: Avery Bloom
AN: Bett Devlin
BETREFF: Re: Re: Re: Re: Re: Re: Re: Re: Re: Re: Re: Re: Re: (...) du kennst mich nicht

---

Eigentlich sollten wir keine persönlichen Informationen austauschen. Ich wurde nicht von einer Leihmutter ausgetragen, aber ich rede nicht über meine Herkunft, weil darüber ein Mantel des Schweigens ausgebreitet ist. Ein sehr dicker Mantel des Schweigens.
Zahnarzt ist ein sehr wichtiger Beruf und verdient Respekt.
Wenn du nur im Freien arbeiten möchtest, scheiden viele Berufe aus. Aber dir ist schon klar, dass Schriftsteller auch im Freien schreiben können, oder? Auf einer Terrasse mit verstellbarem Sonnenschirm zum Beispiel. Ich schreibe immer draußen, wenn mein Vater und ich übers Wochenende aufs Land fahren.
Ich weiß, dass es einen Unterschied zwischen Hautfarbe, Ethnie und Kultur gibt, aber ich finde es ziemlich kompliziert. Mein Vater ist weiß und jüdisch. Er hat mal bei *23andMe* eine DNA-Abstammungsanalyse machen lassen. Da schickt man seine Spucke an so ein Institut, und die sagen dir dann, wer deine Ahnen sind. Papa fand heraus, dass seine Ahnen aus *der* Ukraine stammen (Dativ). Über meine mütterliche Seite spreche ich nicht.

Ich kenne mich mit Tieren nicht aus. Vor Hunden habe ich Angst, aber ich gebe zu, dass manche trotzdem echt niedlich sein können. Die Niedlichen mag ich, aber nur von Weitem.
Als ich ganz klein war, hat mich im Central Park einmal ein riesiger Hund angefallen und in die Lippe gebissen. Dr. Glossman denkt, das Ereignis fand in einer wichtigen Phase meiner psychologischen Entwicklung statt.

Avery A. Bloom

VON: Bett Devlin
AN: Avery Bloom
BETREFF: Re: Re: Re: Re: Re: Re: Re: Re: Re: Re: Re: Re: Re: (...) du kennst mich nicht

---

Okay, dann sage ich dir gleich, dass wir zwei Hunde haben: Junie + Raisin. Wir haben auch eine Katze, aber die teilen wir uns mit den Nachbarn, und es wäre unfair, wenn ich so tue, als würde Prunie mir gehören. Sie gehört auch den Cerronis. Auf ihrem Halsband stehen unsere beiden Telefonnummern, aber kein Name.
Junie + Raisin kommen aus dem Tierheim. Raisin wurde aus einer »negativen Umgebung« gerettet. Wir wissen nicht genau, was passiert ist, aber sie knurrt viele Leute an + sie ist 3 Mal auf Männer in Arbeitsstiefeln losgegangen (nicht auf Dad).
Tragen dein Dad oder du Arbeitsstiefel?
Ich schätze, die triggern bei Raisin irgendwas.

Bett Devlin

VON: Avery Bloom
AN: Bett Devlin
BETREFF: Re: Re: Re: Re: Re: Re: Re: Re: Re: Re: Re: Re: Re: (...) du kennst mich nicht

Nein, ich habe keine Arbeitsstiefel. Schickst du mir ein Foto von euren Hunden (falls sie niedlich sind)? Von der Katze musst du keins schicken.
Ich werde deinen Hunden nie persönlich begegnen. Dr. Glossman ist dagegen, dass ich mich Hunden nähere (vor allem nicht großen), womit endgültig ausgeschlossen ist, dass wir irgendwann zusammenziehen, weder in Kalifornien noch an der Upper West Side.
Es sei denn, dein Vater würde die Hunde *weggeben*, was unfassbar herzlos von ihm wäre, also vergiss, dass ich das gesagt habe. Du hast geschrieben, du fährst Skateboard und surfst. Heißt das, ihr wohnt am Strand? Ich finde das Meer schön, aber auch gefährlich, weil es so unberechenbar ist und ich Angst vor dem Ertrinken habe.
Wusstest du, dass Ertrinken wahrscheinlicher ist, als bei irgendeiner Naturkatastrophe zu sterben (inklusive Unwetter)?
Den meisten Menschen ist das nicht bewusst.

Avery A. Bloom

VON: Bett Devlin
AN: Avery Bloom
BETREFF: Re: Re: Re: Re: Re: Re: Re: Re: Re: Re: Re: Re: Re: (...) du kennst mich nicht

Ich bin fast jeden Tag am Strand. Wir wohnen in Venice, 18 Querstraßen vom Pier entfernt, in einer kleinen Kirche. Nur dass es heute keine Kirche mehr ist. Dad hat sie gekauft, und alle dachten, er würde sie

abreißen lassen. Aber er hat sie nicht abgerissen, sondern ist mit mir eingezogen. Weil wir keine Garage haben, stehen meine Surfbretter am Zaun im Garten.
Angeblich SPUKT es hier (hat eine deiner »exzessiven Ängste« mit übersinnlichen Phänomenen zu tun?), weil es früher mal eine Baptistenkirche war, und es wurden ständig Tote aufgebahrt. Ungelogen. Die hatten hier jeden Tag eine Beerdigung.
Der andere Grund, warum die Kirche niemand haben wollte, ist, dass nebenan eine Drogenklinik ist + so was wollen die Leute nicht in der Nachbarschaft. Dabei sind Drogenabhängige total nett, das wissen die Leute nur nicht. Es ist nicht richtig, vor ihnen Angst zu haben.
Aber eigentlich will ich dir überhaupt nichts Persönliches erzählen, weil ich dich nicht kenne.
Hier ist ein Foto von Raisin + Junie. Sie sind beide unglaublich süß. Raisin ist die mit den schwarzen Flecken auf dem Rücken.

Bett

VON: Avery Bloom
AN: Bett Devlin
BETREFF: Re: Re: Re: Re: Re: Re: Re: Re: Re: Re: Re: Re: Re: (...) du kennst mich nicht

---

Bett,

deine Hunde sind wirklich sehr niedlich. Kann Junie mit dem Loch an der Stelle, wo das Ohr sein sollte, hören? Falls es ein Loch ist. Es ist schwer zu erkennen wegen der zwei Kopftücher, die sie trägt.

Avery

VON: Bett Devlin
AN: Avery Bloom
BETREFF: Re: Re: Re: Re: Re: Re: Re: Re: Re: Re: Re: Re: Re: (...) du kennst mich nicht

Junie hört sehr gut. Sie hat nur die Ohrmuschel bei einem Unfall verloren. Oder bei einem Kampf. Das wissen wir nicht.
Dad hat keine große Sache aus dem T-Shirt gemacht. Es lag gestern einfach in meiner SCHUBLADE. Ich habe es genommen, in drei Teile geschnitten + in die Kiste mit den Putzlumpen geworfen. Dann habe ich Dad noch mal erklärt, dass ich NICHT INS CIGI-CAMP WILL UND ER MICH NICHT ZWINGEN KANN.
Er hat nichts gesagt. Aber danach war ich im Internet + hab auf seinem Expedia-Account gesehen, dass er mir einen Flug nach Michigan gebucht hat!
SPINNT DER TOTAL?!?!? Warum hört er nicht auf mich? Früher war er gut im Zuhören. Dann hat er deinen Dad getroffen + jetzt ist er taub. Als hätte er von einem Tag auf den anderen riesige Schmalzpfropfen in den Ohren. Oder ganz viel Wasser.

Bett

VON: Avery Bloom
AN: Bett Devlin
BETREFF: Re: Re: Re: Re: Re: Re: Re: Re: Re: Re: Re: Re: Re: (...) du kennst mich nicht

Bett,

ich glaube, manche Leute drehen durch, wenn sie verliebt sind. Dann verändert sich die Chemie im Gehirn, und sie machen lauter dumme

Sachen. Sie hören immer wieder das gleiche Lied oder geben sich bescheuerte Spitznamen. In diesem Fall führt das chemische Ungleichgewicht offenbar dazu, dass sie ihre Töchter ins selbe Sommerlager schicken und dazu verdonnern, in *einem Wigwam* zu schlafen, was ein schreckliches Szenario ist, das zu einer Tragödie führen könnte.
Falls sie trotz allem darauf bestehen, uns nach Michigan zu zwingen, werden wir streiken, zum Beispiel indem du gleich nach deiner Ankunft so tust, als hättest du einen Nervenzusammenbruch. Heutzutage haben *immer mehr junge Leute Panikattacken*. Darüber stand ein Artikel im *Oldie-Magazin*, der Elternzeitschrift meiner Schule. Ich finde es fahrlässig, solche Schlagzeilen zu veröffentlichen, weil ich seitdem ständig Herzklopfen habe.
Falls wir ins Camp müssen, brauchen wir einen Plan B, nämlich dass eine von uns so schnell wie möglich wieder geht. Es wäre besser, wenn du das wärst, nicht ich, weil ich mich, bevor das mit unseren Vätern passiert ist, sehr auf das CIGI-Camp gefreut hatte, wie du weißt.
Eine Frage: Wie führen Leute eine Beziehung, wenn sie 4500 Kilometer voneinander entfernt sind? Heißt das nicht, es passiert alles nur in ihrem Kopf?
Wie bekommen wir es wieder *aus* ihrem Kopf?
Noch eine Frage, aber du musst nicht antworten: Hattest du schon mal einen Freund oder eine Freundin, falls du lesbisch bist und es jetzt schon weißt?
Ich war letztes Jahr in Kyle Shapiro verliebt, aber es ist nichts passiert. Ich habe also keine Erfahrungen auf dem Gebiet.

Avery

VON: Bett Devlin
AN: Avery Bloom
BETREFF: Re: Re: Re: Re: Re: Re: Re: Re: Re: Re: Re: Re: Re: (...) du kennst mich nicht

Letztes Jahr hat sich Zander Barton eingebildet, wir wären zusammen + es rumerzählt, aber das war frei erfunden. 4 × Händchenhalten heißt nicht, dass man ein Paar ist. Und auch nicht, dass ich seinen Hoodie trage. Er hat ihn mir geschenkt. Der Hoodie ist echt cool + ich gebe ihn ihm nicht zurück.
Ich stehe auf Jungs. Das war schon immer so. Dad sagt, es ist ihm egal, wen ich liebe, Hauptsache, ich bin glücklich. Na ja, das war früher, als es ihn noch INTERESSIERT hat, ob ich glücklich bin oder nicht.
Unten am Pier ist immer ein Surfer, der Robbie Lambert heißt. Es ist komisch, weil er ständig in meinen Träumen auftaucht. Er surft einfach rein.
Er ist zwei Jahre älter als ich, deshalb haben wir noch nie miteinander geredet. Außerdem hat er schon eine Freundin, glaube ich. Aber das kann ja nicht ewig halten.

Bett

VON: Avery Bloom
AN: Bett Devlin
BETREFF: Re: Re: Re: Re: Re: Re: Re: Re: Re: Re: Re: Re: Re: (...) du kennst mich nicht

Wenn Leute hören, dass mein Vater schwul ist, denken sie automatisch, er wäre verheiratet, und ich würde mit zwei Vätern aufwachsen. Ich hätte gern einen Aufkleber, auf dem steht: »Es gibt auch alleinerziehende schwule Väter.« Schließlich muss nicht jeder auf der Welt

als Paar unterwegs sein. Wir sind ja nicht auf der Arche Noah. Aus meiner Erfahrung sind alleinerziehende Eltern spitze in ihrem Job.
Ich war noch nie auf einer Hochzeit. Und du? Meine Freundin Mia Jablonsky war mal Blumenmädchen.
Aber vergiss es. Dazu wird es nie kommen.
Wir werden es zu verhindern wissen.

Avery

VON: Bett Devlin
AN: Avery Bloom
BETREFF: Re: Re: Re: Re: Re: Re: Re: Re: Re: Re: Re: Re: Re: (...) du kennst mich nicht

---

SCHREIB NIE WIEDER DAS WORT »HOCHZEIT«. Nie wieder. Ich glaube, ich bin allergisch dagegen. Auch wenn ich bis jetzt dachte, ich hätte keine Allergien.
Ich hab Dad heute mit Hungerstreik gedroht, wenn er mich ernsthaft zum CIGI-Camp schickt. Daraufhin ist er zum Honey Kettle in Culver City gefahren und hat Abendessen für uns geholt. Der Honey Kettle ist mein Lieblingsrestaurant.
Erst war ich ziemlich lange standhaft, bis Dad irgendwann rausgegangen ist + das Essen kalt war. Es war aber immer noch SUPERLECKER. Ich brauche wohl einen anderen Plan.

Bett

PS: Ich habe am 7. August Geburtstag. Und du? Wenn du ein TIER wärst, was wärst du?

VON: Avery Bloom
AN: Bett Devlin
BETREFF: Re: Re: Re: Re: Re: Re: Re: Re: Re: Re: Re: Re: Re: (...) du kennst mich nicht

Zu deiner Info: Im CIGI-Camp sind immer acht Mädchen in einem Wigwam. Für alle in unserem Alter gibt es drei Wigwams. Vielleicht stecken sie uns gar nicht zusammen. Ich würde sagen »Daumen drücken«, aber wir wollen ja nicht fies werden.
Falls wir wirklich beide ins Camp müssen, reden wir einfach nicht miteinander. Was nicht schwer ist, weil wir uns nicht mal kennen und nichts gemeinsam haben.
Ich habe am 28. Mai Geburtstag. Wenn ich ein Tier wäre, wäre ich eine Nachteule. (Ich weiß, dass das keine richtige Eulenart ist, aber du weißt, was ich meine.) Ich lese oft nachts, wenn ich eigentlich schlafen müsste, aber es gibt Schlimmeres. Es kommt auf gute Schlafhygiene an, und das bedeutet vor allem, keine Bildschirme oder Displays im Bett. Bücher sind erlaubt. Außerdem trage ich eine Brille, und aus irgendeinem Grund haben Eulen in Bilderbüchern oft eine Brille auf. (Manchmal auch einen Doktorhut, aber davon rede ich hier nicht.)

Avery

VON: Bett Devlin
AN: Avery Bloom
BETREFF: Re: Re: Re: Re: Re: Re: Re: Re: Re: Re: Re: Re: Re: (...) du kennst mich nicht

Nachteulen sind cool. Manchmal bin ich auch ganz lang wach, aber ich sehe nie auf die Uhr.
Wenn ich ein Tier wäre, wäre ich ein Sternhai. Sternhaie schwimmen

bei uns an der Küste herum + man nennt sie auch die Hunde des Meeres. Sternhaie sind völlig harmlos, aber das wissen viele Leute nicht. Ich liebe Hunde + ich liebe die Sterne + ich liebe schwimmen. Übrigens, einverstanden. FALLS ICH INS CAMP MUSS, gehen wir uns aus dem Weg. Heute habe ich gedacht: Wo nimmt Dad eigentlich das Geld dafür her?
Vor ein paar Wochen wollte ich zwei Zwergziegen, aber Dad hat gesagt, vergiss es, sie wären viel zu teuer. Dabei wurden die Ziegen über Craigslist verkauft. Das Angebot steht immer noch drin, du kannst es dir ansehen (unter Los Angeles County – Garten+Landwirtschaft), auch wenn ihr sie nicht nehmen könntet, weil man für die Ziegen eine eingezäunte Grünfläche braucht. Die Zwergziegen kosten 250 Dollar DAS PAAR. Das ist supergünstig. Außerdem bleiben sie IMMER KLEIN. Und jetzt wirft Dad unser Geld für so ein blödes Camp zum Fenster raus, statt mir zwei super Haustiere zu kaufen. Dabei kostet das Ferienlager TAUSENDE. Vielleicht kann ich mir deswegen später kein Studium leisten + so eine Entscheidung würde ich lieber selber treffen. Wenn ich einen fetten Studentenkredit aufnehmen muss, hab ich später einen schwereren Start ins Berufsleben.
Hier ist noch ein Beweis, dass Dad sie nicht mehr alle hat. Bei uns in der alten Kirche ist das Dach kaputt. Im Winter regnet es rein + wir müssen überall Eimer aufstellen. Die arme Junie sieht schlecht + rennt die Eimer immer um. Aber anstatt das Dach zu reparieren, schickt er mich ins CAMP. Klarer Fall von totaler Verpeilung.
Von dem Geld könnte ich mir eine ganze HERDE Zwergziegen leisten. Außerdem geben Zwergziegen Wolle, aus der man Sachen stricken kann. Ich kann zwar nicht stricken, aber ich könnte die Wolle an Leute, die stricken, verkaufen.

Bett

VON: Avery Bloom
AN: Bett Devlin
BETREFF: Re: Re: Re: Re: Re: Re: Re: Re: Re: Re: Re: Re: Re: (...) du kennst mich nicht

Ich kann auch nicht stricken. Aber ich habe mir die Zwergziegen angesehen, und sie sind wirklich interessante Geschöpfe. Ich recherchiere gern. Ich würde auch zum Thema Haie recherchieren, wenn ich nicht schon genug Angst vor tiefem Wasser hätte.
Heute hat Papa gesagt, ich muss anfangen, »meine Ausrüstung für das Ferienlager zu organisieren«.
Papa benutzt die Stapel-Technik, wenn er sich auf eine Reise vorbereitet: Zuerst macht er mehrere Stapel von Dingen, die er vielleicht mitnimmt, und dann sortiert er die Stapel so lange um, bis er am Ende weiß, was er tatsächlich mitnimmt. Zur besseren Übersichtlichkeit beschriftet er die Stapel mit Post-it-Zetteln. Zum Beispiel: »warme Sachen«, »Sport«, »elegant« oder »Verschiedenes«. Er hat ein Buch mit dem Titel *Alles in Ordnung: Die norwegische Kunst des Stapelns* gelesen, und er fand es sehr nützlich.
Ich packe auch so, weil Papa gesagt hat, es sei die effizienteste Art zu packen.
Frage: Packt dein Vater auch in Stapeln?

Avery

VON: Bett Devlin
AN: Avery Bloom
BETREFF: Re: Re: Re: Re: Re: Re: Re: Re: Re: Re: Re: Re: Re: (...) du kennst mich nicht

Nein. Wir stapeln nicht.
Wir packen immer auf den letzten Drücker.
Was anderes: Trägst du Lipgloss oder nicht?

Bett

VON: Avery Bloom
AN: Bett Devlin
BETREFF: Re: Re: Re: Re: Re: Re: Re: Re: Re: Re: Re: Re: Re: (...) du kennst mich nicht

Ich habe verschiedene Lipglosse und Chapsticks und Lippenbalsame in einem mit Lippen gemusterten Reißverschlusstäschchen, das ich auf einem der Wochenendmärkte gekauft habe, die es in New York gibt. Die meisten sind Pflegestifte, weil ich zu Lippenleck-Dermatitis neige. (Ich weiß nicht, ob du schon mal davon gehört hast, aber das gibt es wirklich.)
Welche Position vertrittst du in Bezug auf Lipgloss?

Avery

VON: Bett Devlin
AN: Avery Bloom
BETREFF: Re: Re: Re: Re: Re: Re: Re: Re: Re: Re: Re: Re: Re: (...) du kennst mich nicht

Ich weiß noch nicht genau, wie ich zu Liploss stehe.
Noch was anderes: Hast du schon deine Tage? Meine Freundinnen Summer + Angel wollen, dass ich dich das frage. Sie kennen dich nicht (+ werden dich nie kennenlernen), aber sie sind neugierig.

Bett

VON: Avery Bloom
AN: Bett Devlin
BETREFF: Re: Re: Re: Re: Re: Re: Re: Re: Re: Re: Re: Re: Re: (...) du kennst mich nicht

Das ist eine sehr persönliche Frage. Die Antwort lautet Ja. Ich war zehn Jahre und acht Monate alt (was eher jung ist), als ich meine Tage bekam. Obwohl wir in der Schule einen Zeichentrickfilm darüber gesehen hatten, wie sich der Körper verändert, hatte ich keine Ahnung, was los war. Ich dachte, ich verblute und sterbe.
Wir waren in Sagaponack, das ist auf Long Island, und wollten zum Strand, und ich zog mich um (andere Shorts, keinen Badeanzug, weil ich nicht vorhatte zu schwimmen), als es plötzlich passierte: Blut.
Ich fiel fast in Ohnmacht.
Das sagt man immer so, ohne es zu meinen, aber ich bin wirklich schon mal in Ohnmacht gefallen. Drei Mal. Wenn mein Kreislauf plötzlich schlappmacht, verliere ich das Bewusstsein. Es wurden alle nötigen Tests gemacht, um sicherzugehen, dass ich aus emoti-

onalen Gründen in Ohnmacht falle und nicht wegen eines Gehirntumors wie Mr. Harrison, unser (ehemaliger) Postbote.

Jedenfalls dachte ich, als ich das ganze Blut gesehen habe, ich falle in Ohnmacht, aber das ist nicht passiert. Stattdessen musste ich heulen (ich weine schnell, was nicht unbedingt schlecht ist, weil es hilft, Gefühle zu verarbeiten). Mein Vater sah, wie ich zum Bad rannte. Dann hörte er, wie ich die Tür zuschlug und abschloss. Er kam an die Tür, er draußen, ich drin. Ich schickte ihm eine SMS: »Papa, ich verblute.«

Er sagte: »Was ist denn passiert, Liebes? Wo blutest du?«

Ich sagte: »Das ist privat.« Und dann, um Missverständnisse zu vermeiden: »Zwischen den Beinen.«

Er war echt toll, weil er sofort verstanden hat, worum es geht. Aber wir hatten »nichts da«, wenn du weißt, was ich meine.

In Sagaponack gibt es einen Tante-Emma-Laden, der von einem älteren Herrn namens Old Gus geführt wird. Auf der Theke steht ein Glas Kräuterbonbons, die die Kinder im neunzehnten Jahrhundert gerne gelutscht haben, und man darf sich bedienen, aber sie schmecken wie Gummistiefel. Nicht dass ich schon mal Gummistiefel gelutscht habe, doch als zukünftige Schriftstellerin kann ich mir vorstellen, wie sie schmecken würden. Ich blieb zu Hause, und Papa fuhr los und musste Old Gus fragen: »Haben Sie Binden?«

Old Gus hört nicht gut, und er dachte, Papa wollte Bindfäden haben, und hat ihm welche gegeben.

Inzwischen hatte sich hinter Papa eine Schlange von Wochenendausflüglern gebildet, die Rosmarincracker und Ziegenkäse und so was kaufen wollten. Papa musste noch mal nach den Binden fragen. Und dann rief Old Gus in voller Lautstärke: »Ach so, Sie meinen *Binden! Damenbinden!*«

Papa sagte, es war ziemlich peinlich. Seitdem bleibe ich immer im Auto, wenn wir dort einkaufen gehen.

Hast du schon deine Tage?
An einem meiner Stapel für das Camp klebt ein Zettel mit der Aufschrift: »persönliche Hygieneartikel«.

Avery

VON: Bett Devlin
AN: Avery Bloom
BETREFF: Re: Re: Re: Re: Re: Re: Re: Re: Re: Re: Re: Re: Re: (...) du kennst mich nicht

Ich habe noch nicht meine Tage.
Je später, desto BESSER. Manchmal sehe ich große Gruppen von Menschen + frage mich: *Wie viele der Frauen bluten wohl gerade?* Kein schöner Gedanke.
Außerdem surfe ich + wenn ich meine Tage hätte, wäre die Gefahr eines Haiangriffs größer. So was schreiben sie natürlich nicht in Surf-Zeitschriften. Oder vielleicht doch. Ich kaufe mir die Zeitschriften nur wegen der coolen Fotos. Die schneide ich aus und klebe sie an die Wand.
Dad sagt, du + dein Vater seid Vegetarier. Dad + ich essen gern Fleisch.
Ich LIEBE Tiere, aber ich esse trotzdem Fleisch, weil die Tiere, die ich esse, wären gar nicht da, wenn sie nicht für die Lebensmittelindustrie GEZÜCHTET worden wären. Man rettet also kein Tier, wenn man kein Fleisch isst. Man verhindert, dass sie geboren werden.
Wenn man darüber nachdenkt, ist es einleuchtend. Aber viele Leute denken nicht darüber nach.
Mein Lieblingsfleisch ist Speck.

Bett

VON: Avery Bloom
AN: Bett Devlin
BETREFF: Re: Re: Re: Re: Re: Re: Re: Re: Re: Re: Re: Re: Re: (...) du kennst mich nicht

Ich muss dich leider darüber aufklären, dass Menschen, die Speck essen, ein viel höheres Krebsrisiko haben als Menschen, die keinen Speck essen, weil die Nitrate im Speck sehr ungesund sind.
Außerdem verstopft Speck die Arterien. Nicht sofort, aber irgendwann, Jahre, nachdem der Speck so gut geschmeckt hat.

Avery

VON: Bett Devlin
AN: Avery Bloom
BETREFF: Re: Re: Re: Re: Re: Re: Re: Re: Re: Re: Re: Re: Re: (...) du kennst mich nicht

Keine Sorge, wenn wir alt sind, hat die Medizin längst rausgefunden, wie man Speck-bedingte Krankheiten heilt.
Wenn Dad + ich krank sind, gehen wir in die Stadtteilklinik. Mein Lieblingsarzt ist Dr. Nguyen. Er war früher Pilot bei der Air Force und hat immer eine Schüssel mit Mini-Schokoriegeln auf dem Tisch, in die man reingreifen darf.
Eigentlich bin ich gegen Mini-Riegel. Weil sie viel zu viel Verpackungsmüll produzieren, der am Ende als Mikro-Plastik im Meer landet.

Bett

VON: Avery Bloom
AN: Bett Devlin
BETREFF: Re: Re: Re: Re: Re: Re: Re: Re: Re: Re: Re: Re: Re: (...) du kennst mich nicht

Am Donnerstag geht es los. Ich fliege zum ersten Mal allein, was mich ziemlich nervös macht. Wenigstens überqueren wir keine größeren Gewässer, aber was ist, wenn das Flugzeug abstürzt? Was wäre schlimmer: auf dem Boden aufzuschlagen oder auf dem Wasser? Bei einem Absturz aus großer Höhe ist die Wasseroberfläche wie Beton, und falls man doch überlebt, ertrinkt man anschließend. Im ersten Fall wäre man also sofort tot, im zweiten dauert es vielleicht ein bisschen länger. Ich kriege Kopfschmerzen von der Qual der Wahl.
Wenigstens würde Papa in beiden Fällen bereuen, dass er mich ins Camp geschickt hat.
Ich habe alles gepackt. Hast du schon gepackt?

Avery

VON: Bett Devlin
AN: Avery Bloom
BETREFF: Re: Re: Re: Re: Re: Re: Re: Re: Re: Re: Re: Re: Re: (...) du kennst mich nicht

Ich hab noch nicht mal mit Packen angefangen. Vor ein paar Wochen haben sie doch diese lange Liste geschickt mit Zeug, das wir brauchen, aber die habe ich weggeschmissen. Ich habe nur einen kurzen Blick darauf geworfen, bevor ich sie ins Altpapier gesteckt habe, aber ich hatte sowieso NICHT vor, ein Kuscheltier mitzunehmen. Ich bin doch kein Baby.
Wenn, dann würde ich einen meiner Hunde mitbringen, aber die gel-

ten wahrscheinlich nicht als Kuscheltier. Bringst du was in der Art mit? Wenn jemand seine Schmusedecke dabeihat, krieg ich einen Anfall.
Was ich GARANTIERT mitnehme, ist mein iPad. (Unsere Schule hat eine Spende bekommen, und jeder hat eins gekriegt.) Irgendwo stand »von elektronischen Geräten wird dringend abgeraten« (ich dachte, im Camp geht es auch um Technologie und Wissenschaft?), aber ich hab Dad klipp und klar gesagt: OHNE MEIN iPAD GEHE ICH NICHT. Ich schätze, er muss eine Elektronik-Sondererlaubnis für mich beantragen oder so was.
Falls du ein iPad hast, solltest du es auch mitbringen. Kann sein, dass wir kommunizieren müssen. Und weil wir im Camp NICHT MITEINANDER REDEN, müssen wir einen anderen Weg finden.
Übrigens ziehe ich einen Rock + ein orangenes T-Shirt an, falls du mich nicht gleich erkennst. Orange ist meine Lieblingsfarbe.

Bett

PS: Bevor ich Senden gedrückt habe, habe ich Dads E-Mails gelesen (er ist nicht da). TOTAL KRASSE NEUIGKEITEN! Ich glaube, es ist besser, wenn du dich setzt, damit du nicht in Ohnmacht fällst.
MEIN VATER + DEIN VATER FAHREN, WENN WIR IM CAMP SIND, ZUSAMMEN NACH CHINA!
Richtig gelesen. CHINA. SIE TOUREN 8 WOCHEN DURCH EINEN WILDFREMDEN KONTINENT + SIND WAHRSCHEINLICH UNERREICHBAR, WENN IRGENDWAS IST.
Ich hoffe, dir ist nicht sofort schlecht geworden.

Bett

VON: Avery Bloom
AN: Bett Devlin
BETREFF: Re: Re: Re: Re: Re: Re: Re: Re: Re: Re: Re: Re: Re: (...) du kennst mich nicht

China?! Was?! Ich kriege keine Luft. Ich habe gerade meinen Inhalator benutzt, aber er wirkt nicht. Unkontrollierbare Gefühle können dazu führen, dass sich die glatte Lungenmuskulatur zusammenzieht, und dadurch Atemnot auslösen. Das nennt man *nervöses Asthma*. Ich hatte es schon einmal, und jetzt habe ich es wieder.

Eigentlich versuche ich, meinen Inhalator so wenig wie möglich zu benutzen, weil man abhängig werden kann, was potenziell gefährlich ist.

Wenn ich mich sehr aufrege (wie im Moment), greife ich lieber zu einem meiner Bücher. Ich lese immer mehrere gleichzeitig. Sie liegen überall in der Wohnung herum, aber mit Lesezeichen, nicht aufgeklappt auf dem Bauch, weil sonst der Buchrücken kaputtgeht.

Weißt du, wie sehr ich mich gerade aufrege? Ich kann mich nicht aufs Lesen konzentrieren.

Unsere Väter fliegen nach China, wir werden ins Lager geschickt, und die Welt, wie wir sie kennen, geht den Bach hinunter.

A

Liebe Avery! Liebe Bett! (in alphabetischer Reihenfolge!)

WILLKOMMEN IM CIGI-CAMP! Wir haben euch beiden eine Kopie dieses Briefs ins Gepäck geschmuggelt. Wir wissen zwar nicht, ob CIGI wirklich das allercoolste Sommerlager der Welt ist, aber wir fanden, im Programm stehen genug Outdoor-Aktivitäten für Bett und genug Indoor-Aktivitäten für Avery.

Wir wollen nämlich, dass ihr euch kennenlernt, ohne dass wir ständig um euch herumwuseln, weil wir davon überzeugt sind, dass dies der Beginn einer langen, wunderbaren Freundschaft ist. Nämlich für immer.

Viel Spaß, Mädels! Grabt Fossilien aus. Studiert Roboter. Öffnet eure Herzen. Schlagt neue Richtungen ein. Und vielleicht wird in 8 Wochen aus zwei 2-köpfigen Familien eine 4-köpfige Familie. Oder, wie ihr es wahrscheinlich im CIGI-Kurs »Zuckersüße Zahlen« ausdrücken würdet:

$2 \times 2 = 4$ oder $(-2)^2 = (-2) \times (-2) = 4$

Wir haben euch unendlich lieb.

Papa + Dad

VON: Bett Devlin

AN: Avery Bloom

BETREFF: Re: Re: Re: Re: Re: Re: Re: Re: Re: Re: Re: Re: Re: (...) du kennst mich nicht

---

A —

Zum Glück haben wir beide die iPad-Sondererlaubnis. Auch wenn wir uns einig sind, dass wir nicht REDEN, gibt es Zeug, das wir besprechen müssen, jetzt, wo wir hier sind.

Ich war mir sicher, dass du schon da bist, wenn ich ankomme, aber Camp-Leiter Birnbaum hat gesagt, meistens sind die Leute, die am weitesten weg wohnen, früher da als die Leute, die weniger weit weg wohnen. Und New York ist näher an Michigan als Los Angeles.

Außerdem ist es nicht deine Schuld, dass dein Flug wegen des Sturms Verspätung hat.

Du hast jedenfalls noch NICHTS verpasst. Bis jetzt mussten wir uns nur die langweiligen Regeln anhören (ich habe nicht zugehört, weil alles schon in dem Willkommensbrief stand, außerdem, wer kommt auf die Idee, Messer oder Feuerwerkskörper mit ins Ferienlager zu bringen?).

Beim Auspacken habe ich den Brief von Dad gefunden. Ich war stinksauer, als ich gelesen habe: »Nämlich für immer«.

Wenn ich mich zu Hause über irgendwas beschwere, sagt Dad immer: »Bett, nichts ist für immer!« Das heißt, der Satz muss von deinem Vater sein, nicht von meinem. Ich finde sowieso, der ganze Brief klingt nach DEINEM DAD, weil, mein Dad schreibt mir NIE.

Ich sage nicht, dass dein Dad mehr schuld ist als meiner. Ich schätze, sie sind beide gleich schuld, deswegen sind wir ja hier + müssen Fossilien ausbuddeln. Wetten, dass die Camp-Leute die Fossilien vorher hier vergraben haben? Ich hab mal eine Folge von *Heli-Notruf: Auf der Suche nach Vermissten* gesehen, wo die Rettungsmannschaft mit Suchhunden zu einem Bergrutsch kam. Da mussten sie für die drei Beagles ECHTE LEICHEN verstecken, sonst hätten die Hunde das Interesse verloren. In einem Camp wie CIGI vergraben sie bestimmt einen ganzen Haufen Fossilien, damit wir nicht vor Langeweile zu meutern anfangen.

Und während wir hier dazu verdammt sind, nach falschen Fossilien zu fahnden, schmieden unsere Dads GANZ ANDERE PLÄNE. Sie haben zwar zugegeben, dass sie nach China fahren. Aber ich hatte nicht gewusst, dass sie sich dort MOTORRÄDER MIETEN. Das hat Dad mir erst am Flughafen erzählt.

TYPISCH. Wenn mein Dad eine Schnapsidee hat, zieht er einfach los + setzt sie um. Erinnere mich, dass ich dir erzähle, wie wir mit einem Heißluftballon über New Mexico geflogen sind und dann hat es angefangen zu schneien.

WUSSTEST DU VON DEN MOTORRÄDERN + hast es mir verschwiegen? Ist dein Vater etwa ein alter Rocker? Falls ja, kommst du wahrscheinlich nicht nach ihm.
Mein Dad kann vieles fahren: Gabelstapler + Parasail + Jetski + Snowboard + er hatte mal einen Flugdrachen. Er träumt schon seit Langem davon, ein richtiges Motorradabenteuer zu erleben + zwar mit MIR, wenn ich älter bin. Das war UNSER PLAN. Deswegen bin ich so sauer. Schreib mir, wenn du angekommen bist. Ich bin noch wach, auch wenn es nicht so aussieht, weil ich wegen der Zeitverschiebung + der Motorradtour, die ohne mich stattfindet, nicht schlafen kann.

Bett

PS: Morgen suchen wir uns die Tiere aus, um die wir uns in den nächsten Wochen kümmern. Ich melde mich für die SCHWEINE. Ich habe gehört, am UNDANKBARSTEN sind die Hühner, weil man mit Hühnern keine Beziehung aufbauen kann.

VON: Avery Bloom
AN: Bett Devlin
BETREFF: Re: Re: Re: Re: Re: Re: Re: Re: Re: Re: Re: Re: Re: (...) du kennst mich nicht

---

B –

Es ist 3:02 Uhr morgens. Du schläfst. Ich habe unsere Betreuerin Rachel gefragt, welches Bett deins ist. Sie hat auf eine ausgebeulte Decke gezeigt, unter der nicht mal der Kopf rausguckt. Natürlich hatte ich Angst, dass du erstickst, aber Rachel hat nur geflüstert: »Bett Devlin macht alles auf ihre Art.«

Du bist erst seit zehn Stunden hier und hast dir schon einen Namen als Rebellin gemacht! So was würde mir nie passieren.
Ich versuche zu schlafen, aber ich leide unter Reisenervosität. Außerdem mache ich mir Sorgen um Papa. Motorradfahren ist wahnsinnig gefährlich. Das weiß jedes Kind. Motorräder sind die Zigaretten unter den Fahrzeugen. Papa ist so ein Heuchler. Wenn wir verreisen, macht er immer ein Riesentheater um unsere Sicherheit. Was ein Indiz dafür ist, dass meine Ängste genetisch bedingt sind.
Aber die Liebe hat ihn verändert.

A

PS: Ich hatte vorher schon entschieden, dass ich zu den Hühnern will. Ich glaube, Hühner werden wegen der geringen Größe ihres Gehirns allgemein unterschätzt. Aber ich habe vor, den IQ meiner Hühner zu fördern, indem ich bei ihnen Trainingsmethoden anwende, die sonst nur bei Papageien zum Einsatz kommen. Am Ende schreibe ich einen Bericht über das Experiment und reiche ihn beim National-Geographic-Schreibwettbewerb für junge Journalisten ein, der im September stattfindet. Ich will mich in drei Kategorien bewerben.

PPS: Wir sehen uns morgen, auch wenn wir natürlich nicht miteinander sprechen. Hier sind ja genug Leute, also kann jede von uns ihre eigenen Freundinnen finden. Falls wir zufällig beide mit den gleichen Leuten herumstehen, sollte eine von uns einfach davonschlendern und so tun, als würde sie sich für die Pflanzen am Wegrand interessieren oder so etwas.

VON: Bett Devlin
AN: Avery Bloom
BETREFF: Re: Re: Re: Re: Re: Re: Re: Re: Re: Re: Re: Re: Re: (...) du kennst mich nicht

A —

Zu deiner Information, ich habe nicht darum gebeten, aus dem Petunien-Wigwam verlegt zu werden.
Sie haben mich zufällig ausgewählt. Es hatte damit zu tun, dass ein Mädchen namens Stella ERST HEUTE ankam, weil sie sich den Knöchel verstaucht hatte und bis gestern noch nicht feststand, ob sie überhaupt kommen kann. Sie ist die Cousine von dieser supernervenden Dyllan. (So wird sie wirklich geschrieben. Mit zwei Ls. Steht auf allen ihren Taschen.) Jedenfalls hat Stella geheult, weil sie nicht bei Dyllan im Petunien-Wigwam war, sondern im Friedenslilien-Wigwam.
Nicht böse gemeint, aber Heulen ist keine besonders reife Reaktion für eine 12-Jährige, die nicht im Wigwam ihrer Wahl ist, finde ich. Warum haben sie die Wigwams eigentlich nach Blumen benannt? Tiere wären mir lieber. Sieht aus, als kriegte ich bald das nächste T-Shirt, das gleich weiter in die Altkleiderkiste wandern kann.
Ich hatte meine Sachen noch nicht ausgepackt, deshalb war der Umzug kein großer Akt. Jedenfalls sehen wir uns jetzt NUR NOCH bei den VOLLVERSAMMLUNGEN, weil die meisten Aktivitäten mit der Wigwam-Gruppe gemacht werden. Offenbar gibt es selten Freundschaften zwischen verschiedenen Wigwams + wir reden ja sowieso nicht miteinander. Was bedeutet, wir haben den Plan unserer Dads jetzt schon durchkreuzt.
Dafür können wir uns AUF DEM iPAD SCHREIBEN. Aber ich würde sagen, nur, wenn es Neuigkeiten von den Dads gibt.
Am besten, wir sagen ihnen gar nicht, dass ich in einem anderen

Wigwam bin. Sie sitzen gerade in einem 1000-stündigen Flug nach China + haben unsere Existenz wahrscheinlich längst vergessen. Ich schreibe meinem Dad fürs Erste nicht. Das hat er davon.
Ich habe mich heute für die Nachmittagskurse eingeschrieben. Ich mache: HOCHSEILKLETTERN + CAMPER-ABC (ich will lernen, wie man ohne Streichhölzer Feuer macht) + ABENTEUER STEILWAND + SEILRUTSCHE. Was hast du genommen?
Wenn du unbedingt willst, könnten wir einen Nachmittagskurs zusammen machen (OHNE zu reden), jetzt wo ich Friedenslilie bin + du Petunie. Im Notfall würde ich auf CAMPER-ABC verzichten, aber auf keinen Fall mache ich Puppentheater. Wieso bieten die so was überhaupt an?
Mir gefällt deine Sonnenbrille. Ist sie geschliffen? Die Gläser sehen so dick aus.

B

PS: Ich glaube, du machst mit den Hühnern einen Fehler. Meine neue Betreuerin heißt Benita. (Sie ist netter als Rachel.) Benita kommt aus Puerto Rico + singt gern. Sie sagt, die Schweine sind so schlau, dass sie dich schon nach einer Fütterung kennen. Außerdem darf man, wenn man die Schweine füttert, dreimal am Tag in die Küche, um die Essensabfälle abzuholen, aus denen das Schweinefutter gemacht wird. Ich hoffe, dass ich mich mit den Köchen anfreunden kann.

VON: Avery Bloom
AN: Bett Devlin
BETREFF: Re: Re: Re: Re: Re: Re: Re: Re: Re: Re: Re: Re: Re: (...) du kennst mich nicht

B –

ich habe mich nur für Kurse angemeldet, die in überdachten Räumen stattfinden. Und zwar:
Drück dich aus (Schreib hier, schreib jetzt!)
NaWi für alle (nur für Mädchen!)
Appetizer und nachhaltige Menüs: Grundwissen der veganen Küche
Puppentheater (von Masken zu Muppets)
Ich finde, wir sollten einfach bei unseren Kursen bleiben.
Ja, meine Sonnenbrille ist geschliffen. Papa hat mir das Gestell gekauft, als wir zusammen in Quebec waren. Es ist Vintage. Papa und ich haben versucht, Französisch zu sprechen, und wir hatten so viel Spaß, nur wir beide. Das war kurz vor meinem zehnten Geburtstag. Ich hatte keine Ahnung, wie anders mein Leben nur zweieinhalb Jahre später sein würde.
Heute in »Drück dich aus« habe ich eine Geschichte angefangen, die ich dir zum Lesen geben würde, wenn du möchtest. Aber nur, wenn du wirklich interessiert bist. Wenn nicht, lösche sie einfach.

»NÄMLICH FÜR IMMER«
Von Avery A. Bloom

Leighton Z. Swizzler hatte eine privilegierte Kindheit, was ihr klar war, aber sie wusste auch, dass sie nichts dafür konnte. Sie trug gerne bunte Schals aus nachhaltigen Materialien, die sie auf kreative Art band und knotete. Außerdem sammelte sie Bücher, die, während sie sie las, in der ganzen Wohnung verstreut waren, wenn auch niemals mit dem Gesicht nach unten. Leighton Z. Swizzler liebte es, die Wörter zwischen den Buchdeckeln zu entwirren und im Kopf zu allen möglichen Ideen zu kombinieren.

Leightons Mutter war lesbisch, und zu zweit bewohnten sie eine Wohnung mit braun-gold gestreiften Flur-Tapeten an der Upper West Side, einer sehr familienfreundlichen Gegend in Manhattan. Eines Abends, während Leighton ihre Bioschals sortierte, lernte ihre Mutter bei einer geschäftlichen Veranstaltung eine Frau kennen. Zwischen den beiden funkte es. Zufälligerweise hatte die Frau eine Tochter, die genau in Leightons Alter war. Die Tochter hieß Tish Tappler.

Kurze Zeit später gaben Leighton Z. Swizzlers Mutter und Tish Tapplers Mutter bekannt, dass sie sich verliebt hätten.

Ihre Töchter lernten sich kennen, aber es ging nicht gut. Sie waren wie Milch und Klebstoff, wie Schneeflocken und Granit.

Tish Tappler wollte immer alles auf ihre Art tun, und sie konnte ziemlich stur sein, auch wenn sie ein großes Herz für Tiere hatte. Leighton Z. Swizzler war dazu bestimmt, eines Tages eine große Schriftstellerin zu werden, auch wenn ihre hohe Sensibilität auf die meisten anderen nervös und übervorsichtig wirkte (Charaktereigenschaften übrigens, die in der Soziologie als Zeichen von Intelligenz gewertet werden).

Die Mädchen wussten, dass sie nichts füreinander übrighatten, und beschlossen, dass sie erst gar nicht miteinander sprechen würden, aber ihre Väter verlangten, dass sie lernen mussten miteinander zurechtzukommen. »Denn wir werden eine sehr lange Zeit zusammen sein«, sagte Leightons Vater. »Nämlich für immer.«

Fortsetzung folgt.

Ich weiß, es ist noch keine hohe Literatur, Bett, aber das ist eben meine Art, mich bei »Drück dich aus« auszudrücken.
Wahrscheinlich ist es besser, dass du keine Petunie mehr bist. Gestern Nacht ging mir eine ganze Powerpoint-Präsentation trauriger Gedanken durch den Kopf (mit traurigen Grafiken). Ich habe sogar ein bisschen im Bett geweint, und Rachel, die Betreuerin, hat sich nicht einmal die Mühe gemacht, mit ihrer Smartphone-Taschenlampe herüberzukommen und zu fragen, was los sei. Die anderen Mädchen auch nicht. Wahrscheinlich haben alle schon geschlafen. Meistens ist Weinen wohltuender, wenn man dabei gesehen und gehört wird.
Bis jetzt ahnt niemand, dass eine Verbindung zwischen dir und mir besteht.

Avery

VON: Avery Bloom
AN: Bett Devlin
BETREFF: Re: Re: Re: Re: Re: Re: Re: Re: Re: Re: Re: Re: Re: (...) du kennst mich nicht

---

B —

Hoppla, ich habe mir gerade noch mal den Teil der Geschichte durchgelesen, den ich dir geschickt habe, und sehe, dass mir ein Freudscher Verschreiber unterlaufen ist (weiß nicht, ob du weißt, was das ist – wenn du versehentlich was sagst, was du nicht sagen wolltest, aber eigentlich meinst). Als ich am Schluss von Vätern geschrieben habe. Ich meinte natürlich Mütter.

A

VON: Bett Devlin
AN: Avery Bloom
BETREFF: Re: Re: Re: Re: Re: Re: Re: Re: Re: Re: Re: Re: Re: (...) du kennst mich nicht

A –

ich weiß, wer Sigmund Freud ist, weil es in Oregon einen Unterwäscheladen gibt, der nach ihm benannt ist.
Einmal, als Dad + ich nach Portland gefahren sind, haben wir uns unterwegs die Seelöwenhöhlen angesehen. Hast du schon mal eine Seelöwenhöhle gesehen? Sie STINKEN, aber die Seelöwen sind unglaubliche Tiere + RIESENGROß.
Deine Geschichte lese ich, wenn ich mehr Zeit habe. Nicht böse gemeint, aber ich muss zu Wilbur + Minnie. Meine Schweine brauchen mich. Wir haben super gebondet, nicht nur wegen dem Corned Beef, das ich ihnen mitgebracht habe. Sie weinen, wenn ich nicht im Stall bin. Ohne Witz. Lautes Quieken, als würden sie nach mir rufen. Mir wird's ganz warm ums Herz. Hast du sie gehört?

Bett

VON: Avery Bloom
AN: Bett Devlin
BETREFF: Re: Re: Re: Re: Re: Re: Re: Re: Re: Re: Re: Re: Re: (...) du kennst mich nicht

Okay, keine Eile wegen der Geschichte. Inzwischen habe ich noch zwei geschrieben. Und achtzehn Gedichte. Aber sechs davon sind Haikus.
Zum Beispiel:

Väter brechen
nach Osten auf.
Kommen sie je zurück?

Avery Bloom, 12 Jahre
Petunie

Als ich in der Scheune war, habe ich ein Quietschen gehört, das wie Fahrradbremsen klang. Waren das deine Schweine? Ich versuche mein Huhn mit der Hand zu füttern (ich habe es J. K. Rowling genannt, und falls ich eines Tages, wenn ich selbst Schriftstellerin bin, meine Lieblingsschriftstellerin persönlich kennenlerne, werde ich ihr davon erzählen).
Das Handfüttern gehört zur Papageien-Methode, allerdings klappt es bei J. K. Rowling bis jetzt noch nicht (dem Huhn, nicht der Schriftstellerin). Ich habe Angst, dass sie mir in den Finger pickt und einen Nerv verletzt (was für eine Schriftstellerin problematisch wäre). Deswegen habe ich mir aus dem Geräteschuppen einen Gartenhandschuh besorgt, den ich auf einen Stock gesteckt habe, und jetzt füttere ich J. K. Rowling damit.
Im veganen Kochkurs habe ich mich mit jemandem angefreundet, glaube ich (Dilshad Patel). Dilshad ist auch Vegetarierin, nur dass sie nicht aus Angst vor Rinderwahnsinn damit angefangen hat. Du weißt wahrscheinlich, dass es in den letzten Jahren immer wieder Ausbrüche gab.

A

VON: Sam Bloom
AN: Avery Bloom
BETREFF: Grüße

Meine liebste Avery (die jetzt eine Petunie ist! Achtung, Spitznamen-Alarm!):
ich weiß, dass du gut im Ferienlager angekommen bist und der Sommer in vollem Gang ist. Auf der Camp-Webseite werden jeden Abend Fotos gepostet, und ich versuche immer, dich auf den Gruppenbildern zu finden. Was für eine Freude, als ich dich eben mit erhobener Hand bei einer Art Schreibkurs entdeckt habe. In der Vergangenheit warst du eher ein schüchternes, zurückhaltendes Mädchen, aber auf diesem Foto sieht es aus, als wolltest du vom Stuhl springen. Volldampf voraus, junge Dame!
Die Organisatoren des Camps haben uns Eltern unmissverständlich klargemacht, dass wir euch CamperInnen in Frieden lassen sollen, daher werde ich dir nicht täglich schreiben. Aber weil ich außer Landes bin, hast du eine iPad-Erlaubnis und kannst mir, wenn du möchtest, zehn Nachrichten am Tag schicken. So weit weg, aber im Herzen so nah. Das ist die moderne Welt, oder?
Marlow und ich sind noch ganz am Anfang unserer Reise. Was für ein Abenteuer! Ich verspreche dir, ich bemühe mich, dich auf dem Laufenden zu halten, ohne ein nervender Helikopter-Vater zu sein.

Ich hab dich lieb,
Papa

PS: Hast du dir schon eine Meinung über Bett gebildet? Du musst nicht gleich antworten. Lasst euch Zeit, euch kennenzulernen. Seid ihr im gleichen Stockbett? Wie läuft es? Keine Sorge – alles, was du mir sagst, bleibt unter uns. Ich werde Marlow kein Sterbenswörtchen sagen. Versprochen.

VON: Bett Devlin
AN: Avery Bloom
BETREFF: Re: Re: Re: Re: Re: Re: Re: Re: Re: Re: Re: Re: Re: (...) du kennst mich nicht

---

A —

ich schreibe dir aus dem Büro, weil ich dir erklären will, was passiert ist. Dass ich hier bin, soll eigentlich eine Strafe sein, aber ehrlich gesagt ist es sehr angenehm, mal allein zu sein. Im Camp ist man sonst nie allein.

Wahrscheinlich reden sie bei dir im Petunien-Wigwam auch schon darüber, was heute am Hochseil passiert ist, als wäre es eine RIESENSACHE.

Es war so: An einer Stelle führt der Hochseil-Parcours über einen Zipfel des Sees. Warum, wenn nicht, um reinzuspringen? Ich weiß, dass du und ich UNTERSCHIEDLICHE Einstellungen zum Wasser haben, aber für Leute, die GERN schwimmen, ist der Fall glasklar.

Daheim schwimme ich mehrmals die Woche im Ozean + ich habe zwei Wetsuits. In den Ferien in Utah bin ich schon von viel höheren Felsen in tiefes Wasser gesprungen. Letztes Mal hat Dad mich sogar ermutigt, noch höher zu klettern. Außerdem sind Dad + ich einmal auf dem Kern-River mit dem Kajak einen Wasserfall runtergefahren. Es war keine Absicht, aber wir werden es nie vergessen, das steht fest.

Na gut, ja, ich habe den Sicherheitsgurt GEÖFFNET. Was niemand weiß, ist, dass ich ihn schon aufgemacht hatte, bevor es ÜBERHAUPT LOSGING. Ich habe ihn so hingehalten, dass es aussah, als wäre mein

Gurt »fest geschlossen«, aber ich will nicht, dass Stanton (der schon eine Glatze kriegt, obwohl er erst 19 ist) Ärger bekommt, weil er als Kursleiter die Gurte eigentlich kontrollieren muss. Er hat ihn zwar kontrolliert, aber als er nicht hinsah, habe ich die Beinschnallen einfach wieder aufgemacht. Danach war es ganz leicht, auch die vordere Schnalle zu öffnen.

Jetzt warte ich auf Camp-Leiter Birnbaum. Vielleicht schickt er mich heim. Was cool wäre, wenn ich wüsste, wie ich mich versorgen + die Hunde aus der Hundepension holen soll. Ich hätte nichts dagegen, den Rest des Sommers allein zu Hause zu sein. Aber ich schätze, sie dürfen mich hier nicht einfach in ein Flugzeug setzen + nach Kalifornien zurückschicken.

Ich hoffe, ich darf meine Schweine wiedersehen, weil mich bei dem ganzen Geschrei hier nur der Gedanke an Minnie + Wilbur getröstet hat.

Ich finde echt, dass man 12-Jährige nicht so anbrüllen darf. Wahrscheinlich ist das nicht mal erlaubt. Immerhin zahlen wir, um hier zu sein.

VON: Bett Devlin

AN: Avery Bloom

BETREFF: Re: Re: Re: Re: Re: Re: Re: Re: Re: Re: Re: Re: Re: (...) du kennst mich nicht

---

Avery —

weil ich hier ganz allein im Büro vor dem großen Computer rumsitze, habe ich ein bisschen im Internet gesurft, weswegen ich dir diese 2. E-Mail schicke.

Ich habe mich in Dads E-Mail-Konto eingeloggt. Er hat seinem Freund

Henry AUS CHINA BERICHTET. Ich habe gerade VIEL über die ersten motorisierten Tage unserer Väter erfahren.
Bitte setz dich hin.
Sie hatten SCHON ZWEI UNFÄLLE. Zuerst sind sie in ein Schlagloch gefahren + gegen den Bordstein geknallt. Dann ist mein Vater gegen einen Sanddornkarren gefahren (keine Ahnung, was das ist). Dein Vater hat eine Platzwunde am Kopf + einen blauen Ellbogen. Mein Vater hat ein fast gebrochenes Schlüsselbein. Was heißt das? Gebrochen oder nicht?
Aber sie fahren trotzdem weiter!
Du denkst vielleicht, das war schon alles, aber das Schlimmste kommt noch. DEIN DAD MUSSTE MEINEN DAD INS KRANKENHAUS BRINGEN.
ERDNUSSALLERGIE!!!!
Irgendwas, was sie gegessen haben, wurde in Erdnussöl gekocht, obwohl DEIN Vater extra Karten ausgedruckt hat, auf denen auf Chinesisch steht, dass MEIN Vater Erdnussallergie hat. (Was ziemlich nett von deinem Vater ist.)
Zum Glück hat Dad immer seinen EpiPen dabei, das ist eine Notfallspritze, die er sich ins Bein rammen kann, was er erst 7× in seinem ganzen Leben machen musste. Der EpiPen hat ihn davor bewahrt, irgendwo in China jämmerlich an Erdnussallergie zu sterben.
Nach der Spritze hat dein Vater meinen Vater hinten auf sein Motorrad geworfen + ihn ins nächste Krankenhaus gebracht.
Eigentlich muss Dad sich nach so einer Erdnussattacke erst mal erholen, aber sie haben sich nur 3 Stunden später wieder auf ihre verbeulten Maschinen gesetzt und sind weiter nach Westen getuckert. Sie haben einen Begleitwagen gemietet, der sie führt.
Nur dass sie wegen der Erdnusssache dem Zeitplan hinterherhinkten, weswegen sie nach Sonnenuntergang weiterfuhren, obwohl sie

sich vorgenommen hatten, genau das niemals zu tun + deswegen haben sie den Begleitwagen verloren. Dann haben sie die Ausfahrt der Stadt verpasst, wo sie das nächste Hotel gebucht hatten + mussten in einem Gerstenfeld auf einer Decke übernachten.
Von da haben sie lauter komische Insektenstiche + jetzt juckt es sie überall. Dein Vater hat einen Witz gemacht, er würde nie wieder Gerstengrütze für dich kochen. Gab es so was bei euch etwa???
Schreib mir zurück, weil ich vielleicht aus dem Camp geworfen + in der Nähe bei einer Pflegefamilie untergebracht werde. Hoffentlich gibt es dort Tiere.
Was sollen sie sonst mit mir anfangen?

Bett

VON: Daniel Birnbaum, CIGI
AN: Marlow Devlin
BETREFF: Ihre Tochter Bett Devlin

Da Sie außer Landes sind, melde ich mich nicht telefonisch, sondern per E-Mail. Es handelt sich nicht um einen Notfall. Aber beinahe. Bei uns im CIGI-Camp hat Sicherheit die höchste Priorität, und es gibt strikte Regeln, die die Sicherheit unserer CIGIs gewährleisten. Leider hat Ihre Tochter Bett heute gegen mehrere unserer wichtigsten Regeln verstoßen. Sie hat am Hochseil den Sicherheitsgurt geöffnet. Dann hat sie sich aus ca. 6,50 m Höhe in den See fallen lassen. Zum Glück hat sie sich nicht verletzt.
Bett ist beliebt unter den CIGIs. Als es zur Überbelegung eines Wigwams kam, hat sie sich freiwillig bereit erklärt, von den Petunien zu den Friedenslilien zu wechseln. Sie begeistert sich für Outdoor-Akti-

vitäten und hat den morgendlichen »Gedanken des Tages« hinterfragt, was noch kein CIGI vor ihr getan hat. Kurz, sie hat viele Qualitäten, die wir begrüßen und fördern möchten.
Doch sie hat auch Schwächen. Bett fällt es schwer, sich unterzuordnen (was Ihnen als Elternteil nicht neu sein dürfte). Sie gibt selbst zu, dass sie über ein schlechtes Zeit-Management verfügt. In den ersten Tagen sind wir ihr entgegengekommen, aber leider hat sie es noch immer nicht geschafft, sich an den Stundenplan des Camps zu gewöhnen.
Manche jungen Menschen haben mit Stimmungstiefs und Identitätsfragen zu kämpfen. Können Sie sich vorstellen, dass Ihre Tochter sich am Lake Spoon vielleicht heute etwas antun wollte? Hat sie Sorgen, die sie nicht mit uns teilt?
Wir haben Bett zu unserer Camp-Psychologin geschickt. Bis uns deren Bericht vorliegt, werden wir Bett genau im Auge behalten. Vom CIGI-Hochseil-Kurs bleibt sie suspendiert, wie auch vom Camper-ABC, weil dort Beile in Gebrauch sind.

Hochachtungsvoll,
Daniel Birnbaum
CIGI-Camp-Leiter

VON: Avery Bloom
AN: Bett Devlin
BETREFF: Re: Re: Re: Re: Re: Re: Re: Re: Re: Re: Re: Re: Re: (...) du kennst mich nicht

Bett —

ich habe von Simon aus Chicago von deinem Hochseilsprung gehört. Er hat Amelia, Zoe und Ry alles erzählt, und ich stand daneben. Er sagte, die Camp-Verwaltung hat Angst vor »Nachahmungstätern«. Deswegen wird der Hochseilgarten auf unbestimmte Zeit geschlossen.
Als Simon zur Frozen-Yogurt-Maschine gegangen war, habe ich versucht, Amelia, Zoe und Ry zu erklären, dass du surfst und ans Wasser gewöhnt bist und dass es keine Straftat war, weil niemand verletzt wurde.
Ich habe das Gefühl, viele hier sind ziemlich beeindruckt von dir. Und gleichzeitig eingeschüchtert? Und sauer, weil deinetwegen das Hochseil außer Betrieb ist.
Ich habe gehört, wie Jasmine zu Dilshad und Dyllan sagte: »Haltet euch von Bett fern. Die macht nur Schwierigkeiten.« Das fand ich echt übertrieben. Audrey B. hat gesagt, du musst heute Nacht in der Krankenstation schlafen. Stimmt das? Ich bin neugierig – wie sind sie hier medizinisch ausgerüstet? Würdest du sagen:

a) mangelhaft
b) befriedigend
c) gut
d) ausgezeichnet

Nur so aus Interesse.
Avery

VON: Bett Devlin
AN: Avery Bloom
BETREFF: Re: Re: Re: Re: Re: Re: Re: Re: Re: Re: Re: Re: Re: (...) du kennst mich nicht

Ja, sie haben mich in die Krankenstation gesteckt (bescheuerter Name für ein Zimmer mit ein paar IKEA-Betten, die durch Duschvorhänge voneinander getrennt sind. Dass die Betten von IKEA sind, weiß ich, weil ich daheim das gleiche habe). Es hat nicht viel von einer Krankenstation, tut mir leid. Falls jemandem hier mal was Ernstes passiert – viel Glück, CIGI!

Der Typ neben mir hat einen üblen GIFTSUMACH-AUSSCHLAG. In Kalifornien gibt es nur Giftefeu. Er behauptet steif und fest, es wäre Giftsumach. Was ist der Unterschied?

Wenigstens haben sie hier gutes WLAN + ich hab ein Kartenspiel gefunden (nur die Kreuz Neun fehlt). Mal sehen, ob die Sumach-Pustel Lust auf eine Runde Blackjack hat. Danke, dass du mir schreibst.

B

VON: Avery Bloom
AN: Bett Devlin
BETREFF: Re: Re: Re: Re: Re: Re: Re: Re: Re: Re: Re: Re: Re: (...) du kennst mich nicht

Bett,

wir reden zwar nicht miteinander und sind auch keine Freundinnen, aber ich bin auf deiner Seite. Ich habe gefragt, ob ich dich heute Nachmittag in der Krankenstation besuchen darf, aber Rachel hat gesagt, das wäre keine gute Idee und ich soll lieber an meinem Kochkurs-Projekt arbeiten: dem 3D-Druck eines innovativen Kochutensils. Ich habe einen Pfannenwender für Linkshänder entworfen. Papa ist Linkshänder, wie viele andere auch, Barack Obama zum Beispiel und Justin Bieber. Aber in der Küchenindustrie werden Linkshänder kaum berücksichtigt.
Jedenfalls wollte ich dir sagen (auch wenn ich dich nicht besuchen konnte), dass ich meine Zitronen-Tofu-Schnitte vom Abendessen aufgehoben habe. Ich habe sie in eine Serviette gewickelt, bin zum Friedenslilien-Wigwam gegangen und habe das rote Sweatshirt von deiner Pritsche geholt (vielleicht das Sweatshirt, dass Zander Barton dir geschenkt hat?). Ich habe Benita gesagt, ich bringe es dir in die Krankenstation. Stattdessen bin ich zu Minnie und Wilbur gegangen. (Sie haben geschlafen, aber als ich an den Pferch kam, sind sie aufgewacht.)
Und dann habe ich deinen Hoodie angezogen und den Kuchen in ihren Trog geworfen. Ich hoffe, sie haben deinen Geruch erkannt und wissen, dass ich sie für dich gefüttert habe.

Avery

VON: Bett Devlin
AN: Avery Bloom
BETREFF: Re: Re: Re: Re: Re: Re: Re: Re: Re: Re: Re: Re: Re: (...) du kennst mich nicht

Avery –

VIELEN VIELEN VIELEN DANK, dass du Minnie + Wilbur deinen Nachtisch gebracht hast. Ich habe schon daran gedacht, dass sie sich wahrscheinlich fragen, wo ich bin. Es IST der Hoodie von Zander Barton. Deswegen ist er so groß. Ich bin auch kein Riesenfan von Totenköpfen.
Inzwischen übernachtet noch ein Mädchen in der Krankenstation. Sie hat sich beim Puppentheater versehentlich einen Stock ins Auge gestochen. Kennst du sie? Sie ist aus Wisconsin + trägt ein silbernes Glöckchen um den Hals, was supernervig ist. Jetzt hat sie eine Augenklappe, sodass ich nicht sehen kann, wie schlimm ihre Verletzung wirklich ist.
Eigentlich sollen wir schon seit einer Stunde schlafen, aber die Sumach-Pustel will, dass das Licht AN bleibt, und die Augenklappe + ich wollen, dass das Licht AUS ist. Wir haben also ein Problem.
Ich schätze, wir warten, bis die Sumach-Pustel eingeschlafen ist, dann stehe ich auf + mach die große Deckenlampe aus, um die jetzt schon die Insekten kreisen wie die Autos in Venice Beach bei der Parkplatzsuche.
Noch mal danke, dass du dich um Wilbur + Minnie kümmerst.

xo
Bett

VON: Dr. Stohl
AN: Daniel Birnbaum
CC: Marlow Devlin
BETREFF: Psychologisches Gutachten von CIGI-Camperin #49302

CIGI #49302 war heute eine Stunde lang bei mir. Sie wirkt wie ein ausgeglichenes aufgewecktes 12-jähriges Kind. Manche Mädchen in diesem Alter haben mit Selbstbewusstseinskrisen zu kämpfen, aber dahingehend konnte ich bei #49302 keinen Hinweis erkennen.
#49302 erklärte, dass sie in einer Ein-Eltern-Familie lebe und ihr Vater das Zentrum ihres Lebens sei. Sie ist sehr tierlieb und hat stark ausgeprägte Neigungen (zum Beispiel bezüglich des Schlafens, des Essens und der Freizeitgestaltung).
#49302 war noch nie zuvor in einem Sommercamp. Wie sie sagte, sei es nicht ihre Idee gewesen hierherzukommen, und sie bestand darauf, dass ich diese Tatsache ins Protokoll aufnehme.
Trotz allem erklärt #49302, dass ihr die ersten elf Tage im CIGI-Camp gefallen haben. Sie mag ihre Betreuerin und mehrere Kameradinnen aus ihrem Wigwam und hat außerdem ein Mädchen aus New York erwähnt (#49319), das sie als »guten Menschen, wenn auch völlig anders als ich« beschreibt und das sich »nach dem Hochseilproblem um meine Schweine gekümmert hat«. #49319 gehört nicht zu #49302s Wigwam, was für #49302s Fähigkeit spricht, ihren Freundeskreis zu erweitern.
Auf die Frage, ob sie außer beim Hochseilklettern noch weitere Camp-Regeln gebrochen habe, antwortete #49302, eine Küchenhilfe namens Connie habe ihr Corned Beef und Kokoskekse gegeben. Das Corned Beef sei für die Schweine gewesen. Die Kokoskekse habe sie selbst gegessen.
#49302 äußerte Interesse daran, in den Friedenslilien-Wigwam zu-

rückkehren zu dürfen und sich um ihre Pflegetiere zu kümmern (die oben erwähnten Schweine), außerdem wolle sie reiten. Darüber hinaus interessiert sie sich für den Lagerfeuer-Workshop und das bevorstehende Pfeil-und-Bogen-Turnier.

VON: Marlow Devlin
AN: Bett Devlin
BETREFF: Du

Hallo aus »Zhongguo«! So wird dieses Land von seinen Bewohnern genannt, was so viel wie »Reich der Mitte« heißt. Das Erste, was man also über China wissen muss, ist, dass die Chinesen ihr Land nicht *China* nennen. Wie wir gestern erfahren haben, hatten die ersten westlichen Entdecker eine Familie namens Chin für die Anführer gehalten! Daher leitet sich unser westlicher Name für Zhongguo ab.
Liebe Bett, heute hat mich eine E-Mail von Daniel Birnbaum, dem Camp-Leiter, erreicht. Wahrscheinlich denkt er, ich raste aus, wenn ich höre, dass du vom Hochseil in den See gesprungen bist, aber er hat dich auch noch nie mit dem Pick-up auf dem Skateboard gezogen (erzähl ihm das bloß nicht und am besten auch nicht Avery). Aber leider, mein Liebling, kann ich nicht kommen und dich abholen, falls du aus dem Camp fliegst. Also versuch bitte, auf der richtigen Seite des Gesetzes zu bleiben.
Betts, ich habe mich noch gar nicht bei dir bedankt. Ich weiß, dass das CIGI-Camp nicht deine Vorstellung von Sommerferien war, aber wenn wir uns aus unserer Komfortzone herauswagen, wachsen wir.
Womit ich sagen will, die Welt ist hart, aber das bist du auch. Ich verlasse mich darauf, dass du das Richtige tust (gemeint ist: Bitte halte dich an die Sicherheitsregeln). Außerdem: Zum allerersten Mal schrei-

ben wir uns! Das haben wir zwei noch nie getan, weil wir ja sonst immer zusammen sind, und SMSe zählen nicht. Das alles ist neu für uns beide.
Ich lasse von mir hören, so oft ich kann. Bis jetzt ist China einer der wildesten Trips, die ich je erlebt habe. Und du weißt, das heißt viel! Ich war nicht darauf vorbereitet, wie viel Geschichte es hier gibt und wie klein man sich im Angesicht von Jahrtausenden fühlt.
Verstehst du dich gut mit Avery? Gibt es noch andere Kinder mit schwulen oder lesbischen Eltern? Oder redet ihr über so was überhaupt nicht? Eure Generation hat viel weniger Vorurteile als meine. Hurra!

Ich habe dich sehr lieb und vermisse dich,
DAD

PS: Wir haben gestern Lauchzwiebelpfannkuchen mit einem tollen Dip gegessen, und ich konnte nur daran denken, wie gut sie dir geschmeckt hätten. Nach den Sommerferien gehen wir als Erstes ins Mandarette, und du bestellst dir, so viel du willst.

VON: Bett Devlin
AN: Marlow Devlin
BETREFF: Hochseil-Verwirrung

Dad – vom Hochseil in den See zu springen kam mir in dem Moment echt nicht wie eine große Sache vor. Aber im Nachhinein weiß ich, dass es eine GROSSE SACHE war. Eigentlich war es bloß eine Wette, weil Eric Peabody gesagt hat, ER würde springen, wenn er an der Reihe wäre. Aber dann ist er nicht gesprungen. Wie Gaga sagen würde:

»Viel Hut, aber keine Stiefel.« Ich habe die STIEFEL. HA! Aber keine Sorge. Heute lassen sie mich in meinen Wigwam zurückkehren.
Nach der Hochseilsache war Avery echt nett. Ich schätze, das kannst du ihrem Dad erzählen. Sie hatten mich gleich am Anfang in eine andere Hütte gesteckt, deshalb sind wir in verschiedenen Gruppen. (Sie nennen es Wigwams, aber es sind keine Wigwams.)
Ich wünschte, ich hätte Lauchzwiebelpfannkuchen auf dem Teller. Und dich neben mir!

Hab dich lieb + vermiss dich sehr,
Bett

VON: Daniel Birnbaum
AN: Marlow Devlin
BETREFF: Wg. #49302 – Bett Devlin

Mr. Devlin,

Bett ist wieder in den Friedenslilien-Wigwam eingezogen, und wir haben mit dem Vorfall abgeschlossen. Um zu verinnerlichen, dass wir ein »lehrreiches Ereignis« hinter uns haben, war unser Gedanke des Tages: »Dein letzter Fehler ist dein bester Lehrer.«
Am Rande möchte ich noch etwas erwähnen. Eine Camp-Teilnehmerin hat sich besonders für Bett eingesetzt. Auf ihre Initiative trugen alle Bewohnerinnen des Petunien-Wigwams ihre T-Shirts linksherum, um ihre Unterstützung für Bett zu demonstrieren. Was uns überraschte, da wir die beiden Mädchen nie zusammen gesehen hatten. Und weil wir auf keinen Fall möchten, dass sich die CIGI-Teilnehmer in Lager aufspalten, haben wir beim Mittagessen einfach *alle*

dazu aufgefordert, für den Rest des Tages die T-Shirts linksherum zu tragen.
Wie wir festgestellt haben, scheinen sich die Grenzen zwischen den Wigwams aufzulösen, was eine begrüßenswerte Entwicklung ist.
Überflüssig zu erwähnen, dass Bett keinen Eintrag in ihrer Akte hat.

Hochachtungsvoll,
Daniel Birnbaum
CIGI-Camp-Leiter

VON: Bett Devlin
AN: Avery Bloom
BETREFF: Re: Re: Re: Re: Re: Re: Re: Re: Re: Re: Re: Re: Re: (...) du kennst mich nicht

A –

ich bin wieder in der Friedenslilie. Ich habe keine Auflagen mehr + alles ist, als wäre nichts gewesen, nur dass ein paar Lilien Abstand halten. Vielleicht haben sie Angst, sie könnten sich bei mir MIT ÄRGER ANSTECKEN.
Wenn wir uns im Speisesaal sehen, ist es wahrscheinlich ok, wenn wir uns grüßen + wir könnten unser Schweigegelübde brechen, damit ich dir von Dr. Stohl erzählen kann. Sie ist keine Ärztin, sondern Psychologin + sie ist echt cool.

Bett

VON: Avery Bloom
AN: Bett Devlin
BETREFF: Re: Re: Re: Re: Re: Re: Re: Re: Re: Re: Re: Re: Re: (...) du kennst mich nicht

Ist Dr. Stohl die mit dem Workshop *Was wir von Mäusen im Labyrinth lernen können*? Am Freitag hält sie einen Vortrag für alle mit dem Titel »Anderen helfen: Wann tun wir am besten nichts?«. Ich schätze, sie redet nicht von der Schule.

Die Hälfte meines Wigwams hat sich heute Abend für *Erweitere deinen Wortschatz jetzt!* angemeldet. (Zu viele Kurse haben Ausrufezeichen, findest du nicht?)

Ich gehe wahrscheinlich nicht hin, weil ich die Vokabelkarten gesehen habe, und die meisten kenne ich schon.

AB

VON: Bett Devlin
AN: Avery Bloom
BETREFF: Re: Re: Re: Re: Re: Re: Re: Re: Re: Re: Re: Re: Re: (...) du kennst mich nicht

Ich würde das Labyrinth mitmachen, wenn sie uns EINE ECHTE MAUS GEBEN würden. Oder uns wenigstens welche füttern lassen. Aber Benita sagt, das ist nicht drin.

Nach dem Abendessen gehe ich zum VOGELFREUND-FORUM. Warum eigentlich FORUM? Ich hab gehört, man kriegt coole Nachtsicht-Ferngläser. Leider dürfen wir sie nicht behalten. Vielleicht hast du Lust mitzukommen.

BD

VON: Sam Bloom
AN: Avery Bloom
BETREFF: Gruß

Liebster Schatz,

die Reise ist ziemlich hektisch. Entschuldige vielmals, dass ich mich ein paar Tage nicht gemeldet habe. Marlow und ich hätten uns besser vorbereiten sollen (dir und mir macht Recherchieren Spaß, aber nicht alle teilen dieses Hobby). Marlow ist mehr der spontane Typ. Was manchmal toll ist. Und manchmal ... nicht so toll.
Wie wir jetzt erst erfahren haben, sind Motorräder in vielen chinesischen Städten verboten. Wir haben einen Begleitdienst gebucht (gesetzlich vorgeschrieben), ein Eskortfahrzeug mit zwei Einheimischen, die auf uns aufpassen sollen. Wir können entscheiden, ob wir vor ihnen oder hinter ihnen herfahren wollen. Aber das System ist nicht perfekt, und wir verlieren uns ständig.
Es hat ein paar Zwischenfälle gegeben, aber nichts Ernstes. China ist ein wunderschönes Land (vielleicht noch schöner, wenn man nicht in einem Motorradsattel sitzt), und diese Reise ist eine einmalige Erfahrung. Zumindest hoffe ich, dass manche Dinge einmalig bleiben.
Marlow hat erzählt, du hast seiner Tochter geholfen, als sie irgendeine Meinungsverschiedenheit mit einem Schwimmlehrer hatte (Genaues hat er nicht gesagt)? Irgendwie klingt sie so anders als du (nicht nur, weil sie eine Wasserratte ist, wie Marlow sagt).
Ich freue mich jedenfalls riesig auf den 14. August, wenn wir uns endlich wiedersehen! Im Herzen bist du immer bei mir, geliebtes Kind!

Immer und ewig
Dein Papa

VON: Avery Bloom
AN: Sam Bloom
BETREFF: Re: Gruß

Lieber Papa,

macht Euch die Reise noch Spaß? Das geht aus deinem Brief nicht eindeutig hervor.

Bett und ich haben uns ein bisschen angefreundet. Erst habe ich sie nicht für den fürsorglichen Typ gehalten, aber dann habe ich gesehen, wie sie sich um Wilbur und Minnie, die Camp-Schweine, kümmert und um die Pferde (sie wackeln alle mit dem Schweif, wenn Bett in den Stall kommt, und das tun sie bei sonst niemandem), und ich habe festgestellt, dass sie ganz anders ist, als sie auf den ersten Blick wirkt.

Gestern Abend haben wir Vögel beobachtet. Das war die erste Aktivität, die wir gemeinsam hatten. Obwohl es schon stockdunkel war, hatte ich keine Angst. Wir haben das *Huhu* der Eulen in den Bäumen gehört, und Bett hat hinter dem Schweinepferch eine Leiter gefunden. Damit sind wir auf die Scheune geklettert und haben uns aufs Dach gesetzt. Ich weiß nicht, ob das erlaubt ist, aber Bett sagte, in den Regeln stand nichts von Leitern oder Dächern, deshalb war ich beruhigt. Und dann ist etwas Unglaubliches passiert: Eine Eule kam aufs Scheunendach geflogen und ist ganz in unserer Nähe gelandet! Wir brauchten nicht mal unsere Nachtsicht-Ferngläser. (Du weißt, wie sehr ich Eulen liebe. Und nicht erst seit *Harry Potter.*) Die Eule hatte eine Maus in der Kralle, die sie verspeisen wollte. (Wir haben so lange weggesehen.) Bett meinte, den anderen vom Vogelfreund-Forum erzählen wir lieber nichts davon, weil sie sonst nur neidisch wären.

Lieber Papa, pass auf dich auf. Du fehlst mir, aber du erlebst gerade einen Traumurlaub mit deinem neuen Freund, und ich bin in Michigan im Sommercamp, und weißt du was? Ich habe noch kein einziges Mal meinen Inhalator gebraucht!

Ich hab dich lieb,
Avery

VON: Bett Devlin
AN: Avery Bloom
BETREFF: Re: Re: Re: Re: Re: Re: Re: Re: Re: Re: Re: Re: Re: (...) du kennst mich nicht

---

Wahrscheinlich schläfst du schon. Hier schlafen alle. Das mit der EULE war so cool, oder? Dein Tier! Zu Hause sehe ich manchmal Haie im Wasser, was nicht so gruselig ist, wie es klingt, weil es natürlich Sternhaie sind.

Wer, glaubst du, würde beim Kampf zwischen einer großen Nachteule + einem Sternhai gewinnen? Ich schätze, der Sternhai, es sei denn der Kampf findet an Land statt.

Solana, die unter mir im Stockbett liegt, schnarcht wie ein Walross. Sie müsste mal lernen, durch die Nase zu atmen. Eigentlich ist Schlafenszeit, aber obwohl ich nicht so eine Nachteule bin wie du, schaffe ich es einfach nicht, auf Befehl zu schlafen.

Ich schreibe dir, weil ich wissen wollte, ob du dir bei der Lagerfeuer-Versammlung heute auch komisch vorkamst, als Camp-Leiter Birnbaum davon geschwafelt hat, dass wir bei CIGI alle eine FAMILIE sind + dann fing er damit an, wie dankbar wir für UNSERE FAMILIE sein sollen? Er wollte uns bestimmt bloß in Stimmung für den CIGI-FAMILIENTAG bringen.

Nur dass du + ich KEINE FAMILIE HABEN, die zum Familientag

kommt. Du hast gesagt, dein Dad hatte keine Leihmutter (wie unsere brasilianische). Weißt du, wer deine biologische Mutter ist?
Du musst nicht antworten. Aber falls du es tust, ich bin wach, Nachteule.

Sternhai

PS: Rodrigo aus dem Stall hat gesagt, J. K. Rowling kann nicht bei Wilbur + Minnie einziehen. Er sagt, es hätte schon Schweine gegeben, die Hühner gefressen haben. Ich glaube, Wilbur + Minnie würden so was NIE tun, aber er sagt, das Risiko ist zu hoch.

VON: Avery Bloom
AN: Bett Devlin
BETREFF: Re: Re: Re: Re: Re: Re: Re: Re: Re: Re: Re: Re: Re: (...) du kennst mich nicht

---

Sternhai –

ich sollte längst schlafen, und du übrigens auch. Zu wenig Schlaf kann zu Herzkrankheiten, hohem Blutdruck und Diabetes Typ 2 führen. Das ist nicht erfunden. Du kannst es im Internet nachlesen.
Na gut, du hast nach meiner Mutter gefragt, und ich werde den Mantel des Schweigens, der über dieser sehr persönlichen Information liegt, ein winziges bisschen anheben.
Meine biologische Mutter heißt Kristina Allenberry.
Sie und Papa waren College-Freunde. Lange Geschichte.

Nachteule

VON: Bett Devlin
AN: Avery Bloom
BETREFF: Re: Re: Re: Re: Re: Re: Re: Re: Re: Re: Re: Re: Re: (...) du kennst mich nicht

WAS??? IM ERNST???
Letztes Jahr haben Dad + ich zwei Theaterstücke von einer Kristina Allenberry gesehen! Ich habe das Programm behalten, deswegen erinnere ich mich an ihren Namen. Auf dem Programm war ein gezeichneter Hund, weil das Stück *HUND IN DER WILDNIS* hieß, und ich habe es mir an die Wand gehängt, weil mir das Stück so gut gefallen hat (obwohl gar kein Hund vorkam). Danach haben wir noch das Stück *SAG MIR, WANN JIMMY NACH HAUSE KOMMT* gesehen.
Ist das deine Mutter? IST DEINE MUTTER EINE BERÜHMTE THEATER-AUTORIN?
Antworte sofort! Solana schnarcht SO LAUT, und die Information, wer deine Mutter ist, ist SO OBERCOOL, dass ich bestimmt noch STUNDEN wach bin.

VON: Avery Bloom
AN: Bett Devlin
BETREFF: Re: Re: Re: Re: Re: Re: Re: Re: Re: Re: Re: Re: Re: (...) du kennst mich nicht

Ja, Kristina Allenberry ist meine biologische Mutter.
Deswegen heiße ich Avery A. Bloom. Das »A« steht für Allenberry. Aber ich schreibe den Namen nie aus, außer auf Formularen beim Arzt (wo ich häufiger bin).
Unglaublich, dass du ihre Theaterstücke gesehen hast!

A

VON: Bett Devlin
AN: Avery Bloom
BETREFF: Re: Re: Re: Re: Re: Re: Re: Re: Re: Re: Re: Re: Re: (...) du kennst mich nicht

Unglaublich, dass Kristina Allenberry DEINE MUTTER IST!

VON: Avery Bloom
AN: Bett Devlin
BETREFF: Re: Re: Re: Re: Re: Re: Re: Re: Re: Re: Re: Re: Re: (...) du kennst mich nicht

Freu dich nicht zu früh. Ich habe sie seit acht Jahren nicht gesehen. Ohne Google(-Bildersuche) wüsste ich nicht mal, wie sie aussieht. Das letzte Foto, das ich von ihr gesehen habe, war bei einer Theater-Lesung in Island, und sie hatte einen Umhang und einen Zylinder an. Seltsamer Zufall: Island, das übersetzt Eisland heißt, ist grün, und Grönland, das übersetzt Grünland heißt, ist weiß.

VON: Bett Devlin
AN: Avery Bloom
BETREFF: Re: Re: Re: Re: Re: Re: Re: Re: Re: Re: Re: Re: Re: (...) du kennst mich nicht

Nachteule –

so ein Mist, dass dein Vater + die berühmte Theaterschriftstellerin Kristina Allenberry sich nicht grün sind, sondern Eiszeit zwischen ihnen herrscht.
Weswegen haben sie sich gestritten? Ich will nicht neugierig sein. Es liegt einfach in meiner Natur.

Außerdem wünschte ich, wir würden in einer Zeit leben, wo man jeden Tag Zylinder und Umhänge tragen kann, nicht nur bei Theater-Lesungen in Island.

Sternhai

VON: Avery Bloom
AN: Bett Devlin
BETREFF: Re: Re: Re: Re: Re: Re: Re: Re: Re: Re: Re: Re: Re: (...) du kennst mich nicht

---

Der Grund für das Zerwürfnis war ich.
Ich bin kein Fan von Zylindern.
Ich bin immer noch verblüfft, dass du und dein Vater ihre Stücke gesehen habt. Gute Nacht, Bettchen.

Avery A. Bloom
alias Nachteule

VON: Bett Devlin
AN: Avery Bloom
BETREFF: Re: Re: Re: Re: Re: Re: Re: Re: Re: Re: Re: Re: Re: (...) du kennst mich nicht

---

Okay. BITTE SCHLAF NICHT EIN. Nur eins noch. Mein Vater hat am Ende von *SAG MIR, WANN JIMMY NACH HAUSE KOMMT* geweint. Keine Ahnung, warum. Ich hab nicht richtig verstanden, was der Schauspieler gesagt hat. Wir hatten zwar gute Plätze, aber er hat genuschelt.

Sternhai

PS: Ich habe seit vier Tagen nichts von Dad gehört. Im Moment ist er kein gutes Vorbild.

VON: Avery Bloom
AN: Bett Devlin
BETREFF: Re: Re: Re: Re: Re: Re: Re: Re: Re: Re: Re: Re: Re: (...) du kennst mich nicht

---

Sternhai –

ich habe auch beide Stücke gesehen, aber das darf mein Vater nicht wissen. Ich hatte die Karten von meinem eigenen Geld gekauft und sie Corrie Coles Mutter Mindy Cole gegeben (sie ist Immobilienmaklerin), die ich gefragt hatte, ob sie mit mir hingeht. Corrie Cole ist in meinem Buchclub, und ihre Mutter Mindy nimmt mich manchmal zu Veranstaltungen mit, weil Corrie Angst vor Menschenansammlungen hat.
Ist Jimmy der Typ auf der Brücke? Oder der kleine Junge mit dem Luftballon? Ich habe Corrie Coles Mutter (Mindy) nicht gefragt, weil sie nicht weiß, dass die Autorin des Stücks (Kristina Allenberry) meine biologische Mutter ist, und irgendwie kam es mir komisch vor.
Okay, sag mir Bescheid, wenn du von deinem Vater hörst. Ich mache mir Sorgen um unsere Väter. Wenn ich Zeit habe, mir Sorgen zu machen. Aber hier habe ich viel weniger Zeit dazu als zu Hause.
Machst du vor dem Einschlafen das Hörtraining?

Nachteule

VON: Bett Devlin
AN: Avery Bloom
BETREFF: Re: Re: Re: Re: Re: Re: Re: Re: Re: Re: Re: Re: Re: (...) du kennst mich nicht

Nein, ich mach das Hördings nicht. Es ist freiwillig. In der Friedenslilie machen es ALLE. Während die anderen hören trainieren, geh ich lieber auf Instagram. Ich folge einem Welpen namens Ron Swanson und einem geretteten Waschbären namens Kürbis, der auf den Bahamas lebt + denkt, er wäre ein Hund. Ich würde gern ein Konto für Wilbur + Minnie einrichten, aber nach dem Sommer wäre Schluss, und was hätte ein Instagram-Konto dann überhaupt für einen Sinn?
Vielleicht sollte ich auch mit dem Hörtraining anfangen. Ich wette, deswegen schlafen hier alle immer so schnell ein.

VON: Bett Devlin
AN: Kristina Allenberry
BETREFF: Möglicher Besuch am CIGI-Camp-Familientag

Sehr geehrte Kristina Allenberry,

ich bin eine Freundin von AVERY ALLENBERRY BLOOM. Sie wissen, wer das ist. Ich habe Ihre E-Mail-Adresse von Ihrer offiziellen Webseite als Dramatikerin. (Warum heißt es eigentlich »Dramatiker«, auch wenn nicht alle Theaterstücke dramatisch sind? Wäre Theatriker nicht besser? Die Sprache ist ein rätselhaftes Ding.)
Aber ich will nicht abschweifen. Ich habe im Internet gelesen, dass sie zurzeit bei einem großen Sommertheater-Festival in einem Örtchen namens Seelocken sind, wo Sie ein Aufenthaltsstipendium ha-

ben. HERZLICHEN GLÜCKWUNSCH! Es macht bestimmt großen Spaß, vor allem, wenn man sich für Theater interessiert, was bei Ihnen der Fall ist.

Mit freudiger Überraschung habe ich festgestellt, dass Seelocken in MICHIGAN ist!

Was ein unglaublicher Zufall ist. Weil: WISSEN SIE WAS? Ich bin mit IHRER TOCHTER AVERY ALLENBERRY BLOOM in einem Sommercamp namens CIGI (blöder Name), das zufällig AUCH IN MICHIGAN ist. Laut Google Maps nur 1 Stunde und 42 Minuten von Seelocken entfernt.

Letztes Jahr habe ich mit meinem Vater *HUND IN DER WILDNIS + SAG MIR, WANN JIMMY NACH HAUSE KOMMT* gesehen. Wir haben eine Saisonkarte für das Broad Theater in Santa Monica, auch wenn wir die Karten häufig weiterverkaufen, weil wir beide wenig Zeit haben. Saisonkarten klingen toll, bis man sie hat + dann sind sie plötzlich ein Klotz am Bein. Das sagt meine Großmutter Betty, die in Texas wohnt (wir nennen sie Gaga).

Jedenfalls haben Dad + ich Ihre beiden Stücke gesehen (weil wir die Karten nicht losgeworden sind).

Aber jetzt zum Grund, aus dem ich Ihnen schreibe. Im CIGI-Camp (nur 1 Stunde 42 Minuten von Seelocken!) ist bald FAMILIENTAG. Einige Kinder haben das Pech, keine Familie in der Nähe zu haben. AVERY ALLENBERRY BLOOMS VATER zum Beispiel macht gerade eine Motorradtour durch China. Mein Vater auch. Das ist kein Zufall. Averys + mein Vater haben sich vor einer Weile in Chicago kennengelernt + sind jetzt ein PAAR.

Es sieht so aus, als würden Avery + ich (wir haben uns ein bisschen angefreundet) bald zwei Väter kriegen, obwohl wir beide eigentlich ganz froh mit einem waren. Ich hatte zwar früher noch einen zweiten Dad (er hieß Phillip), aber der ist vor langer Zeit gestorben + wir haben uns daran gewöhnt, auch wenn wir ihn natürlich vermissen. An seinem Geburtstag zünden wir jedes Jahr eine Kerze für ihn an + sehen in die Sterne, weil er meinem Dad gesagt hat, wenn er tot ist, würde seine Seele eins mit dem Nachthimmel werden.

Na ja, und weil Sie nun mal Averys biologische Mutter sind, heißt das wohl, dass ich auch bald zu IHRER FAMILIE gehöre. Ich würde nicht so weit gehen und sagen, Sie wären meine Stiefmutter, weil wir uns noch nicht einmal kennengelernt haben. Aber gerade deswegen wäre es auch so cool, wenn SIE ZUM CIGI-FAMILIENTAG KOMMEN KÖNNTEN! Zu Ihrer Information, es gibt ein warmes Mittagessen, sogar ein veganes, wenn man das mag (Warnung: Bohnen).

Weil der Tag für die Kinder, deren Familien nicht kommen, ein bisschen traurig ist, organisiert die Camp-Leitung zum Trost für die einsamen Kinder einen Ausflug in ein Erlebnisbad. Aber Avery hasst Wasser, und deshalb ist es kein Trost für sie.

Hier noch eine Information, die Sie interessieren wird: CIGI ist kein gewöhnliches Sommercamp, wo die Mädchen Freundschaftsbändchen knüpfen + beim Singen in die Hände klatschen. Im CIGI-Camp sollen wir unsere Fantasie mit Mathematik beflügeln + Sport in Kunst + Wissenschaft in Bewegung verwandeln. Ich bin nicht so ein Bücherwurm wie Avery (ich weiß nicht, ob Sie das wussten, aber sie hat sogar ihr Huhn J. K. Rowling genannt) + bis jetzt hab ich nicht mal das Hörtraining gemacht, das uns vorm Einschlafen empfohlen wird, aber ich habe schon VIEL GELERNT.

Avery hat gesagt, Sie + ihr Vater waren im College befreundet, aber seitdem ist viel Wasser den Bach runtergeflossen.

Mein Vater hat in *SAG MIR, WANN JIMMY NACH HAUSE KOMMT* übrigens geweint, als der Typ mit dem Bart auf der Brücke über dem Bach stand und vor sich hin gemurmelt hat.

WÜRDEN SIE UNS DIESEN SONNTAG UM 11:30 UHR IM CIGI-CAMP

BESUCHEN? (Direkt nach dem Frühstück wird *DAS PHANTOM DER OPER* aufgeführt. Das wollen Sie NICHT sehen.)
Bitte sagen Sie Bescheid, ob Sie es einrichten können. Avery hätte Ihnen gern selbst geschrieben, aber sie ist gerade sehr mit einem Laborprojekt beschäftigt, in dem es um Sporen geht.
Vielen Dank für Ihre Zeit.

Hochachtungsvoll,
Bett Devlin

VON: Ben Vondrak
AN: Bett Devlin
BETREFF: Re: Möglicher Besuch am CIGI-Camp-Familientag

Hi Bett,

ich bin Kristina Allenberrys persönlicher Assistent und Praktikant am Seelocken Theater Arts Center in diesem Sommer. Kristina bat mich, dir zu schreiben, weil sie rund um die Uhr in den Proben für ihr neues Stück steckt: *DAS GEWICHT DES HALBEN HIMMELS*. Sie lässt ausrichten, sie ist unglaublich gerührt, dass du und Avery sie in euer Ferienlager eingeladen habt. Und obwohl ich ihr gesagt habe, dass sie wegen der Proben keine Sekunde Zeit hat, sagt Kristina, sie will ernsthaft versuchen zu kommen. Sie ist eine großartige Frau.
Falls es klappt, würde ich sie fahren, weil Kristina sich selbst nicht ans Steuer setzt. Ich habe erst letzte Woche meinen Führerschein gemacht (ich bin 19 und studiere seit einem Jahr am Oberlin College) und mir für den Sommer das Auto meiner Eltern ausgeliehen, des-

halb darf ich eigentlich nicht auf dem Highway fahren, sondern nur Landstraße.

Falls wir wirklich kommen, geben wir uns größte Mühe, pünktlich zu sein. Allerdings gebe ich zu bedenken, dass Pünktlichkeit nicht Kristina Allenberrys zweiter Vorname ist, wenn du weißt, was ich meine. (Bitte nicht weitersagen.)

Des Weiteren lässt Kristina fragen, ob sie dich und Avery abends zum Essen ausführen kann? Und falls ja, habt ihr ein Lieblingsrestaurant in Woolersville, laut Google Maps dem nächsten Ort in eurer Nähe? Kristina isst gerne vegetarische persische Küche, falls es so etwas bei euch gibt.

Mit freundlichen Grüßen
Ben Vondrak
Assistent/Praktikant von Kristina Allenberry

VON: Bett Devlin
AN: Ben Vondrak
BETREFF: Re: Re: Möglicher Besuch am CIGI-Camp-Familientag

Ben!

Ich freue mich SO, dass Kristina ZUM FAMILIENTAG KOMMT! Ich habe dem Camp-Leiter davon erzählt (+ gebeten, dass er es NICHT WEITERSAGT) + auch er freut sich riesig. Er heißt Daniel Birnbaum + lässt Kristina ausrichten, dass er *SAG MIR, WANN JIMMY NACH HAUSE KOMMT* in Chicago 4× gesehen hat + EIN RIESENFAN von ihr ist.

Dann sehen wir dich + Kristina DIESEN SONNTAG. Sie muss nichts mitbringen. Wir haben gehört, dass manche Eltern Berge von Süßig-

keiten + Kaugummis + lustigen Überraschungen mitbringen (z. B. Sami-Cal's einzeln verpackte scharfe Mini-Salami), aber wir erwarten nichts.
Okay, vielen Dank, Ben. Wir sehen uns am Sonntag!

Bett Devlin (+ Avery Allenberry Bloom)

PS: Wir dürfen das Camp-Gelände nicht verlassen, deswegen können wir abends nicht ins Restaurant.

Hallo, süße kleine Betty junior – hier spricht Deine Gaga!

Es tut mir leid, dass dies erst der erste Brief von mir ist, der Dir im Sommercamp in die Hände flattert, aber ich hatte schrecklich viel zu tun (lauter unwichtiges Zeug)! Dabei wollte ich Dir jeden Tag schreiben, einen richtigen Brief mit einer hübschen Briefmarke, den Du aufheben kannst. E-Mails hebt keiner auf, außer man druckt sie aus. Aber wer druckt E-Mails schon aus?
Jedenfalls wollte ich Dich um etwas bitten: Sei lieb zur kleinen Avery aus New York City. Dein Vater sagt, Du warst nicht gerade begeistert von der Vorstellung, Eure Familie um einen zweiten Daddy & dessen Kind zu erweitern. Tja, ich kann Dich VERSTEHEN! Aber vergiss eines nie: Du kannst immer ZU MIR ziehen. Damit hast du eine Alternative, aber erzähl Deinem Daddy nichts davon. Er würde es nur falsch verstehen. Ich bin Betty »1« & Du bist Betty »2« & wir Bettys müssen zusammenhalten.
Ich habe kein einziges Mal von Deinem Vater gehört, seit er zu der großen China-Reise aufgebrochen ist. Seit er Sam begegnet ist, sind bei ihm ein paar Glühbirnen durchgebrannt, fürchte ich.

Auch wenn Dein Vater für Tiere nicht so viel übrig hat wie Du & ich, wollte ich Dir immer ein Pony kaufen. Das weißt Du, oder?
Ich hab Dich sehr lieb, mein Schäfchen. Wir schaffen das schon. Wir schaffen alles. Fühl Dich geküsst und fest gedrückt!

Deine Gaga

PS: Wahrscheinlich sollte ich Dir das nicht erzählen, aber Dein Vater hat vor, Sam in China einen HEIRATSANTRAG *zu machen. Vielleicht sind sie inzwischen schon verlobt.* DESWEGEN *haben sie mich besucht, bevor sie losgefahren sind. Dein Vater wollte meinen Segen. Was hätte ich sagen sollen? Ich kenne den Kerl gar nicht. Er scheint lieb & nett zu sein, aber ein Wochenende ist nicht viel, um sich ein Bild von einem Menschen zu machen. Was für ein Überfallkommando. Anscheinend kann's Dein Vater kaum abwarten, vor Sam auf die Knie zu gehen und ihm die Frage aller Fragen zu stellen. Wenn sie heiraten, könnten wir Blumenmädchen sein! Meine Freundin Diamond hat mir ein YouTube-Video gezeigt, wo eine fast 90-Jährige Blumenmädchen ist & mit einem mit weißen Rosen geschmückten Rollator zum Altar wackelt. Das Video wurde ein Hit im Netz. Gegen die Alte bin ich ein junger Hüpfer! Willst Du mit mir im Partnerlook zur Hochzeit gehen? Ich schätze, wir müssten uns was schneidern lassen.*

VON: Bett Devlin
AN: Betty Devlin
BETREFF: Schön von dir zu hören

Gaga …

ICH HATTE KEINE AHNUNG, DASS DAD SICH VERLOBEN WILL! Bist du dir SICHER? Hat er einen RING besorgt? Wenn du irgendwas hörst, SAG MIR SOFORT BESCHEID. Ich frag mich, ob ich es Avery erzählen soll. Wahrscheinlich behalte ich es lieber erstmal für mich, weil sie manchmal vor Schreck in Ohnmacht fällt. Ich bin aber nicht gut im Geheimnissehüten. Genauso wenig wie du!

Dein Brief ist der erste richtige Brief, den ich bekommen habe, seit ich hier bin. Manche kriegen jeden Tag Post. Meistens Postkarten von ihren Eltern, auf denen nur »ICH HAB DICH LIEB« steht. Wenn du willst, kannst du mir ab jetzt auch e-mailen. Ich hab nämlich mein iPad hier + kenne das Internetpasswort des Camps, das ziemlich schwach ist: WISSEN! (mit Ausrufezeichen!)

Übrigens, keine Sorge. Ich bin lieb zu Avery. Am dritten Tag hier hatte ich Ärger, weil ich von einer Stelle ins Wasser gesprungen bin, von der aus man nicht springen darf + Avery war voll auf meiner Seite. Jedenfalls verstehen wir uns gut + ich plane gerade eine RIESENÜBERRASCHUNG für sie. Ich hoffe, sie freut sich.

Gaga, nimm's mir nicht übel, aber inzwischen bin ich ein bisschen zu alt für das Pony. Vielleicht können wir über ein Pferd nachdenken. Oder über Zwergziegen. Oder ein Capybara (die sehen aus wie Schweine, aber es sind Nagetiere – die größten der Erde, das kannst du nachlesen).

Hab dich lieb,
Betty 2

PS: Darf ich Summer + Angel von der Verlobung erzählen? Im CIGI-Camp MÜSSEN wir einen Brief an einen Freund oder eine Freundin schicken, die vielleicht auch mal ins CIGI-Camp kommen wollen. Summer + Angel hätten zwar bestimmt keine Lust, aber ich könnte ihnen in dem Brief erzählen, dass Dad heiratet. Sie lieben Geheimnisse.

VON: Sam Bloom
AN: Avery Bloom
BETREFF: Gruß von der Landstraße

Avery –

jeden Tag lernen Marlow und ich so viel in diesem unglaublichen Land auf der anderen Seite der Erdkugel.
Bis jetzt war das Schwierigste, mich ans Motorradfahren zu gewöhnen. Wahrscheinlich hätten wir vorher trainieren sollen. Abends kann ich mich kaum auf den Beinen halten. Meine Arme fühlen sich an, als hätte ich am Presslufthammer gestanden, was wahrscheinlich denselben Effekt hat.
Es klingt, als hättest du dich im CIGI-Camp gut eingelebt, was mich sehr freut. Ich bin zwar nicht gerade begeistert, dass ihr mit einer Leiter auf die Scheune geklettert seid, aber ich verlasse mich darauf, dass du vernünftig bist. Das warst du immer.
Marlow und ich sind beide traurig, dass wir am Familientag nicht bei euch sein können. Aber für dich und mich ist jeder Tag Familientag, oder?

Ich lieb dich bis zum Mond!
Papa

VON: Avery Bloom
AN: Bett Devlin
BETREFF: Danke

Sternhai –

ich bin so froh, dass du mit dem Camp-Leiter gesprochen hast. Wir sollten nicht auch noch dafür bestraft werden, dass wir am Familientag keinen Besuch bekommen. Ich schätze, für die meisten Kinder ist das Erlebnisbad keine Strafe, aber du kennst ja meine Angst vor dem Ertrinken, und es ist wirklich großzügig von dir, dass du freiwillig mit mir im Camp bleibst.
Ich bin froh über unsere Entscheidung, dass wir jetzt miteinander reden. Natürlich heißt das noch lange nicht, dass wir Freundinnen oder gar Schwestern sind oder dass wir zukünftig bei irgendwas die gleiche Meinung haben müssen.

xo
Nachteule

PS: Müssen wir an den geplanten Aktivitäten für die Kinder, deren Eltern kommen, mitmachen? Wir brauchen einen Plan.

VON: Bett Devlin
AN: Avery Bloom
BETREFF: Re: Danke

Wir lassen den Familientag morgen einfach auf uns zukommen. Ich wette, es gibt einige ÜBERRASCHUNGEN.
Außerdem kriegen wir NEUE T-SHIRTS + alle Familienmitglieder auch. Becky Jansen aus dem Mohnblumen-Wigwam hat sie entworfen. Sie kann richtig gut malen. Für das T-Shirt hat sie ein OPOSSUM gezeichnet, das total echt aussieht. Ich liebe Opossums. Meine Freundin Angel hat mal ein Buch über Opossums gelesen, in dem stand, dass diese Tiere völlig missverstanden werden + sie hat mir alles darüber erzählt.

xo
B

Hallo CIGIs!

Hier das Programm für den Familientag nebst unserem Liedtext. Ihr dürft den Text mit in die Aula nehmen, aber wir bitten euch trotzdem, das Lied auswendig zu lernen. Schließlich wollen wir uns von unserer besten Seite zeigen.
Eure Angehörigen sind lauter besondere, inspirierende Menschen, darunter viele führende Köpfe in den verschiedensten Disziplinen, und diesen Sommer haben wir das Glück, dass sich einige bereit erklärt haben, aus dem Nähkästchen zu plaudern und kluge Fragen zu beantworten. Dieses Angebot gilt für:

Wendy Lee (Hally Lees Mutter), bekannte Archäologin, deren Team die Statue des Ruhenden Xerxes ausgegraben hat
James McGhee (Bentley McGhees Vater), bekannter Biologe, vom National Institute of Health als »Wissenschaftler des Jahres« nominiert
Maria Hernandez (Josie und Carmen Hernandez' Tante), Erfinderin des »Hernandez-Nuklear-Zystoskops« (eine selbstregulierende Zentrifuge™)
Und ein Überraschungsgast aus der Kulturbranche, deren Besuch mich persönlich besonders ehrt, weil ich schon länger ein großer Fan ihres Werks bin.
Wir freuen uns, diese und alle anderen Gäste bei uns begrüßen zu dürfen.
Aufgepasst, Erlebnisbad-Kids: Abfahrt mit dem Bus Punkt 8:00 Uhr. Bitte denkt daran: Aus Sicherheitsgründen sind Badeanzüge/Badehosen mit Reißverschlüssen, Knöpfen, Nieten oder metallenen Verzierungen verboten. Sonnenbrillen und optische Brillen müssen auf den Rutschen mit Gummibändern befestigt sein. Die Gummibänder werden mit den Handtüchern im Bus verteilt.
Wir wünschen allen einen tollen Tag!

Daniel Birnbaum
Camp-Leiter

CIGI-FAMILIENTAG-PROGRAMM

08:00 Uhr: aus parkplatztechnischen Gründen gestaffelte Ankunft der Eltern
09:00 Uhr: Schnupperkurs für Eltern. Optionen:
»Genom-, Mitochondrien- und Chloroplasten-Gaudi«
»Molekulare Küche: Die Chemie macht den Unterschied!« mit Köchin Molly

10:00 Uhr: Frühstückssnack (glutenfrei)

10:30 Uhr: Die Stratford-upon-CIGI-Truppe präsentiert unsere Interpretation von *DAS PHANTOM DER OPER*

12:00 Uhr: Mittagessen

14:00 Uhr: Let's Sing!
Eröffnungslied: »Einmal CIGI, immer CIGI«

(Text)
Einmal CIGI, immer CIGI,
ganz gleich wohin der Wind uns trägt.
Einmal CIGI, immer CIGI,
Wissen ist Macht, das ist belegt.

Hast du ein Gehirn im Kopf,
gib Gas und schalt es ein.
Einmal CIGI, immer CIGI,
weil wir uns aufs Lernen freun.

VON: Marlow Devlin
AN: Bett Devlin
BETREFF: Hindernisse

Betts –

hier ein Update unserer Reise – wir hatten ein bisschen Pech. Erstens – gestern wurde Sams Ledertasche gestohlen (mit unseren Pässen und meinem Handy!). Wir sind uns nicht 100 % sicher, ob sie geklaut wurde. Kann sein, dass einer von uns sie im Hotel vergessen hat, aber als wir zurückgefahren sind, war sie nicht mehr da. Jedenfalls

haben wir jetzt das Problem, dass wir uns vor der Heimreise Ersatzdokumente ausstellen lassen müssen, was aber anscheinend nicht *allzu* schwer ist.
Außerdem sind wir inzwischen auf *einem* Motorrad unterwegs, weil das andere kaputtgegangen ist. Und Sams Handy hat was abbekommen, als es bei dem Mini-Unfall am Anfang der Reise auf die Straße gefallen ist, sodass wir zwar manchmal Anrufe bekommen (und manchmal nicht), aber wir haben Schwierigkeiten rauszutelefonieren.
Kurz, es ist gerade auf verschiedenen Ebenen kompliziert. Für Sam ist es schlimmer als für mich (er ist am Rande des Nervenzusammenbruchs), aber bis jetzt reißt er sich zusammen. Ich habe ihm gesagt, ich versuche die Umstände als Chance zu begreifen, mich vom Joch der Technologie zu befreien und ganz im Augenblick zu leben, und er sollte es auch mal probieren. Aber ich schätze, er ist noch nicht so weit.
Jedenfalls brauchst du dir keine Sorgen um deinen Dad zu machen. Wir kriegen das alles hin, und der Rest der Reise wird toll.
Viel Spaß beim Familientag! Tut mir wirklich leid, dass ich nicht bei dir sein kann, kleine Erbse.

Hab dich so lieb!
Dad (oder Baba – so heißt Dad auf Mandarin!)

VON: Kristina Allenberry
AN: Sam Bloom
BETREFF: Ein Sommercamp im Wald und die Wunder, die sich dort zugetragen haben

Sam –

ich weiß, unser letzter Kontakt ist sehr lange her. Jahre. Ich habe deine Regeln immer eingehalten. Aber nun haben sich die Dinge geändert, Sam. Ich habe versucht, dich in China anzurufen, um dir alles zu erklären, aber deine Handynummer scheint nicht zu funktionieren. Aus diesem Grund schreibe ich dir eine E-Mail.
Wie soll ich es in Worte fassen?
Eine verrückte Wendung des Schicksals hat Avery zu mir geführt.
Oder besser, mich zu ihr.
Und eigentlich warst du es, der den Stein ins Rollen gebracht hat. Beziehungsweise die Tochter des neuen Mannes in deinem Leben.
Als Dramatikerin schildere ich die Ereignisse am besten in Szenen.
Seelocken, Michigan, ein Nachmittag im Juli, 28 °C im Schatten, hohe Luftfeuchtigkeit. Als Artist in Residence verbringe ich den Sommer am hiesigen Theater-Institut, als mich eine ungewöhnliche E-Mail erreicht. Ich erfahre, dass unsere Tochter Avery und die Tochter deines Partners zufällig die Ferien in einem Camp ganz in der Nähe verbringen. Anscheinend gibt es einen sogenannten Familientag. Sie laden mich ein.
Wie soll ich reagieren? Natürlich werfe ich meinen ganzen Wochenplan über den Haufen und fahre hin.
Mein Assistent Ben sitzt am Steuer, wobei mir nicht klar war, dass er noch nie in seinem Leben auf einer zweispurigen Straße links abgebogen ist. Trotzdem kommen wir wohlbehalten an. Auf dem Parkplatz des Ferienlagers begrüßt uns ein umwerfendes Mädchen na-

mens Bett Devlin. Zuallererst verkündet sie: »Avery hat keine Ahnung, dass Sie heute kommen, Kristina! Ich habe ihr nur gesagt, ich habe eine Überraschung für sie.«
Ist es fair, meine Tochter unter diesen Bedingungen wiederzusehen? Ich bin verwirrt und habe Angst. Trotzdem folge ich Bett auf die Wiese, wo noch ein Mädchen wartet, die Augen mit einem interessanten gepunkteten Tuch verbunden. Bett nimmt ihr die Augenbinde ab und brüllt (das Kind hat ein Organ!): »Überraschung!«
Avery sieht mich durch ihre Brille an.
Ich sehe sie an.
Sie steht unter Schock. Sie ist gleichzeitig 12 und 112 Jahre alt. Eine weise alte Seele in einem neuen CIGI-Familientag-T-Shirt. Ich will sie in die Arme schließen und nie wieder loslassen. Aber aus Angst, sie zu erschrecken, rühre ich mich keinen Millimeter.
Avery sieht Bett an. »Wie ...«, fragt sie, »... *wie konntest du das tun?«*
»Ich fand, ihr zwei solltet heute zusammen sein«, erklärt Bett. »Es ist Familientag. Sie gehört zu deiner Familie.«
Die Spannung zwischen beiden ist greifbar. Wäre es ein Theaterstück, würde das Publikum Averys Gefühl, verraten worden zu sein, spüren, als sie ruft: »Das war privat, Bett! Ich hätte es dir niemals erzählen dürfen! Du hattest kein Recht, sie einzuladen.«
»Aber selbst hättest du es nie getan, deshalb *musste* ich es tun!«, ruft Bett zurück.
»Du denkst, du kannst immer machen, was du willst, wann es dir gerade in den Kram passt, oder?«, ruft Avery. »Aber so läuft es nicht auf der Welt.«
Dann kommt der Clou. Bett sagt: »Komm schon – freust du dich denn nicht, sie zu sehen? Ich meine, sie ist deine MUTTER!«
Beim Wort »Mutter« knickt Avery ein. Ihr Kinn zittert, und sie bricht in Tränen aus. Ich stürze zu ihr, nehme sie in die Arme, und plötzlich

hält sie mich ganz fest. Wir weinen beide. Bett kommt zu uns, aber sie weint nicht. Wir umarmen uns alle drei, und dann reden wir durcheinander, wie Menschen, die sich ein ganzes Leben zu erzählen haben. Oh, Sam, sie ist wunderbar. Und auch Bett ist ein wunderbarer Mensch. Am Nachmittag haben wir das Programm des CIGI-Familientags absolviert. Wir haben Käfige für Grillen gebaut. Wir haben beim Wissenschafts-Quiz mitgemacht. Wir haben beim Koch-Labor zugesehen. Wir haben das eine oder andere gelernt, aber vor allem haben wir festgestellt, dass wir wahnsinnig gerne zusammen sind.

Irgendwann ist die Zeit des Abschieds da, allerdings fehlt von meinem Assistenten Ben jede Spur. Wie sich herausstellt, hat seine Freundin angerufen, um am Telefon mit ihm Schluss zu machen, und da ist er einfach in den Wagen seiner Eltern gestiegen und abgehauen.

In der Pampa von Michigan gibt es offenbar kein Uber, also lasse ich mich von Camp-Leiter Birnbaum in die »Stadt« bringen. Bevor ich in sein Auto steige, verabschiede ich mich von den Mädchen, und wir schwören, dass wir uns möglichst bald wiedersehen. Dann fährt mich Birnbaum nach Silf's Crossing. Der Ort ist rund zehn Kilometer vom Camp entfernt, und es gibt nicht mehr als einen Laden, einen Imbiss und eine stillgelegte Tankstelle. Ich erfahre, dass nur einmal am Tag ein Greyhound-Bus hier hält. Ich könnte in Seelocken anrufen und bitten, dass mich jemand abholt, aber das würde ewig dauern, außerdem hatte ich dort allen den Tag freigegeben. Plötzlich kommt mir ein Gedanke: *Das ist Schicksal, Kristina. Du hast noch nicht genug Zeit mit deiner Tochter verbracht.*

Du musst verstehen, Sam, ich war von meinen Gefühlen übermannt, von dem Tag überwältigt, außerdem haben wir viele Stunden in der prallen Sonne verbracht. Zu viel Sonne ist mir noch nie gut bekommen.

Ich esse also im Silf's Crossing Café zu Abend und studiere Google Maps. Als ich mich schließlich zu Fuß auf den Rückweg zum CIGI-Camp mache, bricht die Dunkelheit herein. Bei meiner Ankunft schläft das ganze Camp (mit den Hühnern ins Bett gehen gehört dort zu den Regeln). Aber ich finde problemlos sowohl Avery als auch Bett, und zu dritt schleichen wir uns fort und wandern zur anderen Seite des Sees, wo wir uns auf Pferdedecken in die Wiese legen, um in den blauschwarzen Himmel zu sehen.

Der Mond geht auf. Wir sehen Sternschnuppen und wünschen uns was. Wir sprechen die Worte hinter den Worten aus. Die Nacht ist tief. Auf einmal sind wir schrecklich müde. Wir singen ein bisschen, und dann schlafen wir völlig unbeabsichtigt ein. Es war nicht geplant, Sam. Aber als wir wieder aufwachen, ist es schon hell, und ich sage: »Schnell, Mädchen, wir müssen uns beeilen, bevor sie merken, dass ihr nicht in euren Betten liegt.«

Fast hätte es geklappt.

Aber als wir die Lichtung vor dem Speisesaal erreichen, ruft jemand: *»Da sind sie!«*

Wir stoßen auf eine Gruppe von Betreuern, alle mit Taschenlampen in der Hand. »Ms. Allenberry – wie konnten Sie nur!« Camp-Leiter Birnbaum ist ein schnurrbärtiger Mann mit vor Entrüstung tanzenden Brauen. Als er mich am Abend vor dem Café abgesetzt hatte, war er noch voller Komplimente gewesen, aber – o weh! – jetzt nicht mehr. »Sie haben die Mädchen ohne Genehmigung aus den Wigwams entführt!«, brüllt er mich an.

»Wir wollten uns bloß die Sternschnuppen ansehen, Camp-Leiter Birnbaum«, verteidigt mich Bett.

»Es war dunkel, und ich habe Tieraugen gesehen, aber ich hatte kein bisschen Angst«, sagt Avery.

Die Mädchen werden von ihren Betreuerinnen weggebracht. Ich werde ins Büro zitiert, wo der Camp-Leiter mich weiter anschreit. Es tut mir wahnsinnig leid, Sam. Das Ergebnis ist: Beide Kinder werden des Camps verwiesen. Und damit nicht genug. Die Kosten werden nicht zurückerstattet, kein einziger Penny. Ich habe extra die Richtlinien überprüft.

Natürlich will ich es wiedergutmachen. Deswegen treffe ich eine spontane Entscheidung. Ich rufe in Seelocken an, und sie schicken sofort einen Produktionsassistenten. Ich gehe zu den Mädchen und sage: »Avery, du kommst mit mir!« Als ihr Gesicht aufleuchtet, springt mir fast das Herz aus der Brust. Sie ist überglücklich. Also unterschreibe ich die nötigen Entlassungspapiere (immerhin bin ich ihre biologische Mutter), und Avery fängt an zu packen.

Aber dann bricht Bett in Tränen aus. Sie ist ganz sicher kein Kind, das nah am Wasser gebaut ist. Da muss ich auch weinen, was niemandem weiterhilft. Bei Bett sind alle Schleusen geöffnet. »Was soll ich jetzt machen?«, schluchzt sie. »Ich kann nirgendwohin. Mein Vater ist in China verschollen.«

Ich schlage vor, dass sie auch mit nach Seelocken kommt. Die Mädchen finden die Idee so gut, dass sie kreischend Luftsprünge machen. Doch Camp-Leiter Birnbaum hat andere Pläne.

»Nein. Kommt überhaupt nicht infrage«, sagt er. »Wir rufen Betts Großmutter an. Betty Devlin ist Betts Notfall-Kontakt, nicht Sie, Ms. Allenberry.«

Bett reißt die Augen auf. »Was? Gaga hat Texas seit Jahren nicht verlassen. Sie steigt in kein Flugzeug.«

Camp-Leiter Birnbaum würdigt mich keines Blickes, obwohl ich mir alle Mühe gebe, ihn zu besänftigen. Wirklich. Doch er weigert sich eiskalt, Bett an irgendjemanden auszuhändigen außer an ihre Großmutter Betty Devlin (die aus irgendeinem Grund »Gaga« genannt wird).

Fest steht, nach dem Familientag und einer magischen Nacht müssen die Mädchen Camp CIGI verlassen.
Aber diesmal bin ich der Situation gewachsen.
Ich kümmere mich um unsere Tochter.
Das sollte die Überschrift dieser Geschichte sein.

K. A.

VON: Bett Devlin
AN: Marlow Devlin
BETREFF: NICHT MEINE SCHULD

Daddy,

was passiert ist, ist TOTAL UNFAIR. Ich weiß, dass du es verstehen würdest + auf meiner Seite wärst, wenn du hier wärst. Kristina (Averys Mutter) hatte Avery so lange nicht gesehen + wir haben einen wunderschönen Familientag miteinander verbracht + da wollte sie einfach noch eine FamilienNACHT dranhängen, was eigentlich total verständlich ist. Deswegen kam sie nach Einbruch der Dunkelheit zurück + wir sind ausgebüchst.
Nur damit du's weißt, es war eine DER SCHÖNSTEN NÄCHTE MEINES GANZEN LEBENS. Für Avery auch. Wir beide werden sie NIEMALS VERGESSEN. Kristina will sogar eine Geschichte darüber schreiben. Stell dir vor, eines Tages kommen Avery + ich in einem berühmten Theaterstück vor. Ich habe ihr sogar erlaubt, meinen ECHTEN Namen zu benutzen.
Jedenfalls wäre alles gut gegangen, wenn nicht Benita (meine Betreuerin) um 3 Uhr morgens aufs Klo gemusst hätte + dabei feststellte,

dass ich nicht im Wigwam war. Sie hat einen RIESENAUFSTAND gemacht, denn das ist ihr Job.
Dann kam raus, dass Avery auch nicht in ihrem Wigwam war + das ganze Camp-Team ist ausgerastet, weil sie dachten, wir wären entführt worden. Aber das ist so was von albern, Daddy, weil, uns ging's bestens, wir sind einfach bloß auf der anderen See-Seite eingeschlafen, deshalb haben wir sie nicht rufen hören.
Und dann hat ein Mädchen namens Lana Dewey auf einmal gesagt, sie hätte EINEN HAGEREN MANN im Wald gesehen. Das hat natürlich auch nicht zur Aufklärung beigetragen.
Jedenfalls haben sie uns NICHT GEFUNDEN. Aber wir sind in aller Früh aufgewacht + pünktlich zum Frühstück im Camp erschienen. Da haben sie uns rausgeworfen.
Das Komische ist, ich hatte gerade angefangen, es hier richtig gut zu finden. Heute wollten sie sogar das Hochseil wieder aufmachen.
Im Moment sitzt Gaga im Flugzeug von Texas hierher, um mich abzuholen. Also hat dieser Notfall wenigstens ihre Flug-Verweigerung beendet. Das ist doch was, oder? Du hast ja immer gesagt, dass sie sich eines Tages einfach wieder ins Flugzeug setzt. Tja, dieser Tag ist heute. Am Flughafen in Detroit nimmt sie sich einen Mietwagen + kommt direkt hierher.
Avery ist mit Kristina am Theater-Institut in Seelocken.
DAD, JETZT KOMMT'S:
ICH WILL AUCH NACH SEELOCKEN.
Das ist DER EIGENTLICHE GRUND DIESER E-MAIL.
Falls du diese Nachricht bekommst, KANNST DU BITTE, BITTE CAMPLEITER BIRNBAUM ANRUFEN + sagen, dass ich nach SEELOCKEN darf, statt mit Gaga zu fahren (nichts Persönliches)? Du weißt, wie lieb ich Gaga habe, aber im Sommer ist es in Texas viel zu heiß, ungefähr eine Million Grad + ich will so gern mit Avery zusammen sein.

Außerdem ist Kristina so toll + sie hat gesagt, wenn ich diesen Sommer bei ihr ein Theater-Praktikum mache, lerne ich Sachen, die ich für mein ganzes Leben gebrauchen kann.
Bitte schreib mir SCHNELL ZURÜCK. Gaga könnte mich nach Seelocken bringen + die ersten Tage bei mir bleiben + dann nach Texas zurückfliegen. Das ist echt ein toller Plan.
Ich hoffe, eure China-Reise macht noch Spaß + dass du + Sam lauter BESONDERE MOMENTE habt, von denen ihr uns bestimmt erzählt, wenn ihr so weit seid.

Alles Liebe,
Bett

PS: Du hattest recht, als du gesagt hast, die Erfahrungen, die ich im CIGI-Camp mache, würden mein Leben größer machen. Mein Leben fühlt sich RIESIG an. Außerdem habe ich neue Freundinnen gefunden. Avery (die wirklich interessant + nett ist, auch wenn sie vor vielen Sachen Angst hat) + noch ein paar andere. Ein paar meiner Friedenslilien-Kameradinnen haben geweint, als sie gehört haben, dass ich gehen muss + ein Typ namens Simon hat mir seinen Hoodie geschenkt.
Ich werde mich nicht von meinen Schweinen Minnie + Wilbur verabschieden. Ich kann nicht. Wir hatten eine so tiefe Bindung. Sogar jetzt in diesem Moment höre ich sie quieken, weil sie mich rufen.

VON: Daniel Birnbaum
AN: Sam Bloom, Marlow Devlin
BETREFF: Vertraglich festgelegte Vorgehensweise

Sehr geehrter Mr. Bloom, sehr geehrter Mr. Devlin,

ich schreibe Ihnen gemeinsam, da es um Ihre beiden Töchter geht. Ich habe mehrfach versucht, Sie jeweils telefonisch zu erreichen, und habe Nachrichten auf Band gesprochen, doch ich habe von keinem von Ihnen eine Rückmeldung erhalten.

Während ich diesen Brief schreibe, hält sich Avery bereits nicht mehr auf dem Camp-Gelände auf, sondern ist in Obhut ihrer biologischen Mutter Ms. Kristina Allenberry, die zwar nicht auf der Liste der zu benachrichtigenden Personen steht, aber offensichtlich zur Familie ersten Grades gehört.

Auch Bett Devlin hat das Camp-Gelände verlassen und befindet sich in Obhut von Ms. Betty Devlin, ihrer Großmutter (die als Notfall-Kontakt angegeben war).

Ein vollständiger Bericht der Verstöße gegen unseren Verhaltenskodex wird schriftlich an Sie beide gehen.

Sollten Sie irgendwelche Fragen haben, zögern Sie nicht, mich zu kontaktieren.

Mit freundlichen Grüßen
Daniel Birnbaum
CIGI-Camp-Leiter

Autor von *Der begabte Camper: Neue Ideen für die nächste Generation*, erschienen bei Birnbaum House und exklusiv online erhältlich.

VON: Avery Bloom
AN: Sam Bloom
BETREFF: Was passiert ist

Papa,

wahrscheinlich hast du inzwischen von den Ereignissen im Camp gehört. Und wahrscheinlich bist du ziemlich wütend. Dabei solltest du eigentlich glücklich sein, weil ich nämlich sehr, sehr, sehr glücklich bin.

Zuerst war ich stinksauer auf Bett, weil sie den Mantel des Schweigens kaputt gemacht hat. Aber dann wurde mir klar, dass Bett die Welt einfach anders sieht als normale Leute, und gerade das macht sie aus! Sie reimt sich die Dinge auf ihre eigene Art zusammen. Manchmal ist das ein Problem (Hochseil), und manchmal verändert sie damit Leben, wie heute, weswegen ich jetzt bei Kristina am Theater-Institut in Seelocken bin.

Weißt du noch, wie du gesagt hast, du und Marlow macht in China eine einmalige Erfahrung? Und genau das tue ich jetzt hier.

Deswegen bitte ich dich nur um eins (flehentlich): Könntest du bitte, bitte versuchen, Betts Vater zu überzeugen, dass er Bett die Erlaubnis gibt, nach Seelocken zu kommen, damit sie auch Teil dieser einmaligen Erfahrung sein kann?

Kristina sagt, sie würde sich freuen, und in der Jurte gibt es jede Menge Platz.

Danke, Papa. Ich habe dich so lieb,
Avery

VON: Betty Devlin
AN: Marlow Devlin
BETREFF: was hier los ist

Doug (ich weiß, dass du dich jetzt Marlow nennst, aber ich gewöhne mich nicht mehr um):

Junge, dein Handy funktioniert nicht. Ich schätze, das weißt du.

Die kleine Bett ist also aus dem CIGI-Camp geflogen & Big Betty ist zu ihrer Rettung angerückt. Avery Bloom haben sie auch rausgeschmissen. Dabei konnten die Mädchen wirklich nichts dafür, schließlich waren sie mit Kristina Allenberry zusammen, die Averys Mama ist. Aber Regeln sind Regeln – wir sind hier ja nicht in Texas.

Kaum hat mich der Anruf erreicht, habe ich meinen selbst auferlegten Reisebann gebrochen und bin ins nächste Flugzeug gestiegen. Ich hatte einfach keine Zeit für Flugangst oder die Sorge, mich am Arsch der Welt aus dem Mietwagen auszusperren. Allerdings hat mich der Spaß eine Stange Geld gekostet, aber darüber reden wir, wenn du wieder da bist.

Ich hatte vor, am gleichen Tag zum Camp und wieder zurück zum Flughafen in Detroit zu fahren, aber da hatte ich die Rechnung ohne die kleine Bett gemacht. Sie hat sich dieses Seelocken-Institut in den Kopf gesetzt, wo Avery mit ihrer Mama ist. Bett kann ein ziemlicher Dickkopf sein, und weil ich noch ein bisschen angeschlagen vom Fliegen war (die Luft da oben trocknet einen aus wie Dörrobst), habe ich nachgegeben.

Und bin froh darüber!

Erinnerst du dich, dass ich vor vielen Jahren in der Laientheatergruppe von Galveston war und in drei Aufführungen die Hauptrolle gespielt habe? Stell dir vor, was passiert ist: Kristina Allenberry macht hier einen Theater-Workshop mit ihrem neuen Stück *DAS GEWICHT*

DES HALBEN HIMMELS. »Workshop« bedeutet, sie probiert das neue Stück aus – wie ein Kochrezept, das man erst mal für sich selbst macht, bevor man es den Gästen auftischt.
Als Bett und ich ankamen, waren sie ziemlich in der Bredouille, weil Ruth Hudnutter, eine Schauspielerin, die eine Figur namens Sandra Mason spielt, schlimme Gürtelrose hatte & aufhören musste. Kristina brauchte dringend Ersatz, um die Inszenierung durchzuspielen & da hat sie mich gefragt, ob ich Lust hätte, mich mit dem Textbuch auf die Bühne zu stellen und abzulesen. Das habe ich getan, aber ich habe mich nicht strikt an den Text gehalten, sondern ein bisschen improvisiert.
Und als wir mit dem Stück durch waren, haben alle wie verrückt zu klatschen angefangen. Kristina hat gesagt, sie bräuchte nicht weiter nach Ersatz für Ruth Hudnutter zu suchen, wenn ich Lust hätte, die Rolle ganz zu übernehmen!
Ich wünschte, dein Paps könnte mich hier sehen. Das Stück wird 16-mal aufgeführt, das heißt, wir bleiben drei Wochen lang hier. Aber keine Angst. Den Mädels geht's blendend. Besser als blendend. Das Leben hat uns Zitronen gegeben, und wir haben Limonade draus gemacht!

Alles Liebe,
Sandra Mason
(um in der Rolle zu bleiben)

VON: Sam Bloom
AN: Kristina Allenberry
BETREFF: Unsere Vereinbarung

Kristina,

was ist da los? Als ich heute mein Postfach geöffnet habe, brach mir das absolute Chaos entgegen. *Seit Jahren* höre ich nichts von dir, und jetzt sagst du mir, *du hast Avery*?
Wir haben eine rechtlich bindende Vereinbarung. Auf dem CIGI-Formular habe ich Melissa Barnes, meine Sekretärin, als Averys Notfallkontakt eingetragen. Das hast du einfach ignoriert, was unentschuldbar ist, vor allem weil ohne deine Einmischung Avery (und Bett Devlin) beide noch im Camp wären.
Wir haben sehr viel Geld dafür bezahlt, dass die Mädchen über den Sommer sowohl künstlerisch als auch naturwissenschaftlich in *Charakter, Instinkt, Geschicklichkeit* und *Intelligenz* gefördert werden.
Marlow und ich brechen natürlich umgehend unsere Reise ab und fliegen so schnell wie möglich nach Hause.
Ich hoffe, du bist zufrieden, Kristina. Du hast einer ganzen Reihe von Leuten den Sommer versaut.

Sam

VON: Bett Devlin
AN: Marlow Devlin
BETREFF: DER BESTE SOMMER MEINES LEBENS

Dad,

Seelocken ist der TOLLSTE ORT DER WELT. Ohne Übertreibung!
Gaga sagt, sie hat dir alles per E-Mail erklärt, aber nur, damit du es weißt, Seelocken ist genau das Gegenteil vom CIGI-Camp. Im CIGI-Camp ging es darum, Dinge zu lernen, mit denen man angeben + beeindrucken kann. Ein paar der Kurse haben auch wirklich Spaß gemacht, die Tiere (Minnie + Wilbur + ein paar Pferde, vor allem Mike) sind mir echt ans Herz gewachsen, und man konnte zum Ponton schwimmen. Und das Hochseil war spitze, auch wenn sie das dichtgemacht haben.
Aber ehrlich, Daddy, ständig oberschlau sein zu müssen ist nicht gerade entspannend.
Deswegen: Vielen Dank, dass du mich GEZWUNGEN hast, Avery kennenzulernen, weil, wie Gaga sagt: »Seelocken ist der Ritt unseres Lebens!« Genau wie bei dir + Sam auf dem Motorrad!

Alles Liebe,
Betts

VON: Avery Bloom
AN: Sam Bloom
BETREFF: Seelocken

Lieber Papa,

tut mir leid, dass ich deinen Anruf verpasst habe. Ich hatte das Handy auf lautlos, weil ich die anderen in der Jurte nicht wecken will. Sie gehen sehr spät ins Bett, weil sie Text lernen müssen und manchmal noch Impro machen. Wenn sie dann Schluss machen, brauchen sie dringend ihren Schlaf.

Aber ich habe deine Nachricht gehört. Nein, du brauchst *nicht* so schnell wie möglich aus China zurückkommen. *Bitte nicht.* Uns geht es allen sehr gut hier. Besser als sehr gut.

Bitte komm nicht früher nach Hause. Bleib und genieß deine romantische Reise mit Marlow.

Außerdem ist es längst kein Geheimnis mehr: Wir wissen, dass ihr euch verlobt habt! Gaga hat uns erzählt, dass Marlow dir einen Antrag machen wollte, was er inzwischen bestimmt getan hat. Oder? Vielleicht auf der Chinesischen Mauer. Ist er auf die Knie gegangen? Ich hoffe, ihr habt nicht zu nah am Abgrund gestanden, weil manchen Leuten in solchen Momenten schwindelig wird, und dann endet eine Frage, die zu einer Hochzeit führen sollte, mit einer Beerdigung. Tut mir leid, das ist ein schrecklicher Gedanke, dabei habe ich eigentlich viel weniger dunkle Gedanken als sonst.

Wir freuen uns so für euch, und wir freuen uns auch für uns, weil Bett und ich dicke Freundinnen geworden sind. Und bald wird geheiratet! Ich habe schon eine Hochzeits-App runtergeladen, mit Check-Listen, Zeitplänen und einem »schrittweisen, leicht verständlichen Alarmsystem«.

Nur damit du es weißt: Anscheinend fängt man mit dem Hochzeitsdatum an und rechnet von da aus rückwärts. Habt ihr schon ein Datum? Es wäre super, wenn du es uns *asap* mitteilen könntest.
Bett und ich gehen natürlich davon aus, dass wir zur Hochzeitsgesellschaft gehören. Heißt das, wir sind Blumenmädchen? Oder sind wir zu alt dafür? Gaga (Betts Großmutter) sagt, man ist nie zu alt für den großen Auftritt. Ich glaube, sie will auch Blumenmädchen sein, was ein bisschen verrückt ist, aber vielleicht kann sie Blumen*frau* sein, und Bett und ich sind die Brautleuteführer?
Das sind nur Vorschläge.

xo
Avery

PS: Noch einmal: Komm bitte nicht früher aus China zurück.

VON: Sam Bloom
AN: Avery Bloom
BETREFF: WIR KOMMEN FRÜHER ZURÜCK

Avery,

es war nicht richtig von Marlows Mutter »Gaga«, mit Bett und dir über eine Verlobung zu sprechen.
Kurz nach unserer Ankunft hier haben Marlow und ich Freundschaftsringe getauscht, aber das war wenige Stunden nach der Landung, und nach dem langen Flug und der Zeitverschiebung waren wir beide sehr emotional. Ich erzähle dir alles in Ruhe, wenn wir zurück sind.

Wir versuchen gerade, neue Pässe zu bekommen (unsere wurden gestohlen), damit wir nach Hause fliegen können. Es ist nicht so einfach, wie es zuerst hieß. Wir müssen stundenlang in endlosen Schlangen stehen, und dann schicken sie uns an einen anderen Schalter, wo wir wieder in der Schlange stehen müssen. Es ist extrem frustrierend.
Bitte lass nachts in der Jurte dein Handy an (ich fasse es nicht, dass ich einmal so einen Satz schreibe) und sag Kristina, sie soll ihr Telefon auch anhaben. Ich muss euch auf jeden Fall erreichen können, wenn unsere Reiseplanung feststeht.
Ich freue mich riesig darauf, deine Stimme zu hören, mein Schatz.

Alles Liebe,
Papa

VON: info@USEmbassy.China.org
AN: Sam Bloom
BETREFF: Verlorener Pass AZ: 198230498-B1928473

Wir bearbeiten Ihren Antrag. Die Ausstellung Ihres Ersatz-Passes kann bis zu zehn Arbeitstage in Anspruch nehmen.
Auf dem von Ihnen eingesandten Passfoto tragen Sie eine Brille. Bitte reichen Sie ein neues Foto ein. Brillen sind auf dem Foto nicht erlaubt.

VON: Benita Ocampo
AN: Bett Devlin, Avery Bloom
BETREFF: Hallo von euren CIGI-Freunden!

Bett & Avery –

Heute war Camp-Leiter Birnbaums Gedanke des Tages im Morgenkreis KOMMUNIKATION. Daher haben die Petunien und die Friedenslilien gemeinsam beschlossen, als kreative Kommunikationsform eine E-Mail an euch zu schreiben. Aber wir erzählen Camp-Leiter Birnbaum nichts davon, weil er in letzter Zeit nur noch schlechte Laune hat.
Das wollten wir euch sagen:
Wir wünschten, ihr wärt noch hier.
Mit euch hat alles Spaß gemacht.
Wir finden es nicht fair, dass ihr rausgeflogen seid!
Außerdem hat Bett ein paar rote Flipflops, einen Kiwi-Lipgloss, zwei Haarspangen, einen Zeichenblock mit Tierzeichnungen (richtig schön, hauptsächlich Schweine, aber auch ein paar Haie und Eulen) und ihr Raketen-Tagebuch hier vergessen (Notizen zu Höhe/Erdentfernung).
Avery hat einen Stapel Bücher mit Lesezeichen dagelassen. *Onkel Wolfram*, *Eine kurze Geschichte von fast allem*, *Harry Potter und der Feuerkelch* und *Stolz und Vorurteil*. Außerdem eine Tube verschreibungspflichtige Hautcreme (0,05 % Hydrocortison), Nasenspray und ungefähr tausend Pflaster.
Schreibt uns zurück und sagt Bescheid, wohin Benita eure Sachen schicken soll und was ihr beide so macht. Bist du in Texas, Bett? Durftest du bei deiner Mutter bleiben, Avery?
Liebste Grüße von Stella, Lauri, Dyllan, Charlotte R., Charlotte M.,

Charlotte P., Emma, Hannah, Sibi, Ava, Solana, Annie, Zoe, LeeLing, Pari und Dilshad

PS: Dies ist Benitas persönliche E-Mail-Adresse. Sie ist vertrauenswürdig.

VON: Bett Devlin
AN: Benita Ocampo
BETREFF: CIGI Wigwam-Team

Hi Stella, Lauri, Dyllan, Charlotte R., Charlotte M., Charlotte P., Emma, Hannah, Sibi, Ava, Solana, Annie, Zoe, LeeLing, Pari + Dilshad,
wir sind's, Bett + Avery, von Betts E-Mail-Konto.
Haltet euch fest: Wir sind ZUSAMMEN in Seelocken. Es sind nur 130 km von CIGI, aber es fühlt sich an wie ein anderer PLANET!
Wir vermissen euch auch sehr, aber wir sind gleichzeitig sehr glücklich, dass wir rausgeflogen sind, weil Seelocken ein INSTITUT ist, was – wie wir herausgefunden haben – das Erwachsenen-Wort für FERIENLAGER ist.
Allerdings gibt es nur einen Kurs, nämlich Theater, und alle hier sind auf die eine oder andere Art damit beschäftigt, ein Stück auf die Beine zu stellen.
Nur wir spielen NICHT mit oder machen Kostüme oder Kulissen oder sonst was. Sondern wir können tun und lassen, WAS WIR WOLLEN, und zwar unter anderem AUTO FAHREN!
Ja, richtig gelesen: Auto fahren.
Wir haben ein Golfmobil, mit dem wir fahren dürfen!
Wir essen, wann wir wollen + gehen ins Bett, wann wir wollen + stehen auf, wann wir wollen. Wir schlafen in einer großen *Jurte*. Davon

gibt es hier sechs. Die Erwachsenen schlafen morgens immer LANGE, was echt cool ist.
Hier die Sachen, die wir letzte Woche erlebt haben:

1. Wir sind alle zusammen nachts um 2 Uhr schwimmen gegangen. Avery nur bis zum Bauch + sie ist auch nicht geschwommen, aber sie war trotzdem dabei + sie kann es selbst kaum glauben, dass sie NACHTS IN EINEM SEE war, was wahrscheinlich das gruseligste ist, was sie je getan hat + sie hat die ganze Zeit geschrien.
2. Wir haben im Wald Blaubeeren gesammelt. Die ersten sieben Minuten haben Spaß gemacht. Die zweiten sieben Minuten waren langweilig. Die nächsten zwei Minuten waren nur noch anstrengend + dann haben wir aufgehört. Falls euch mal jemand in den Wald zum Blaubeerensammeln schickt, merkt euch diesen Bericht.
3. Wir haben für das ganze Camp GEKOCHT. Es war unsere eigene Idee. Wir haben Geld fürs Einkaufen bekommen + sind mit dem Golfmobil zum Supermarkt im nächsten Ort gefahren. Wir hatten Fahrradhelme auf + sind auf der Wiese neben dem Randstreifen des großen Highways gefahren! NUR BIS ZUR NÄCHSTEN AUSFAHRT + VÖLLIG UNGEFÄHRLICH. Alle vorbeifahrenden Autos haben gehupt + uns gewinkt!

Für 65 Leute zu kochen war viel schwerer, als wir dachten. Leider hat es nicht gereicht (es ist sehr schwer, die Mengen für so viele Leute zu berechnen), aber alle waren total nett. Es gab Spaghetti mit Zitronen-Sahne-Soße + Brot + Salat, weil wir nicht ein Fleischgericht UND ein vegetarisches Gericht machen wollten, denn dann hätten wir zwei Essen kochen müssen.
Wir benutzen hier meistens unsere Spitznamen, weil alle Schauspie-

ler ihre Rollennamen benutzen. Avery ist Nachteule + Bett ist Sternhai. Als das Essen fertig war, sind alle aufgestanden + haben geklatscht + EIN PAAR haben sogar gerufen: »Bravo, Nachteule! Bravo, Sternhai!« Das war so cool. Wir sind aus der Küche gekommen + haben uns verbeugt.

Aber wir haben nicht vor, noch mal für so viele Leute zu kochen. Wenn man so viel Zitronenschale reiben muss (diese dünnen Zitronenschalenstreifen heißen unter Kochprofis übrigens Zesten), fallen einem die Arme ab. Außerdem waren mittendrin die Spaghetti alle, worauf wir Eiersalat-Sandwiches + Nachtisch verteilt haben, weswegen es am nächsten Tag keine Frühstückseier gab.

Hier noch mehr, was toll ist: Niemand fragt uns, ob wir uns mit Sonnen- und Mückenschutz eingecremt haben. Oder ob wir Zähne geputzt + Zahnseide benutzt haben. (Nur zu eurer Information: Wir CREMEN UNS EIN + putzen meistens Zähne. Zahnseide benutzen wir NIE.) Außerdem isst Bett JEDEN TAG MITTAGS UND ABENDS Salami-Pizza, ohne dass irgendwer ihr Vorträge über die Ernährungspyramide hält.

Und es ist noch was passiert: Unsere Väter WOLLEN HEIRATEN – aber das ist ein Geheimnis. Wir werden also Schwestern! Und vielleicht Blumenmädchen bei der Hochzeit. Oder wir führen unsere Väter zum Altar. Das muss alles noch entschieden werden. Jedenfalls freuen wir uns riesig, was eine ziemliche Kehrtwende ist, weil wir am Anfang beide nicht begeistert waren, dass unsere Dads zusammen sind.

Vielen Dank für eure E-Mail, CIGIs! Wenn unser Institut hier ein Motto hätte, wäre es: EIN CAMP OHNE REGELN IST DAS BESTE CAMP.

Cheers! (wie die Schauspielerin aus London, die hier ist, 20-mal am Tag sagt)

Bett + Avery

PS: Liebe Benita + Rachel, liebe Grüße und danke, dass ihr unseren Freundinnen diese Nachricht vorlest. Bitte löscht sie nach dem Lesen. Camp-Leiter Birnbaum könnte Spyware benutzen.
Es wäre total nett, wenn ihr unsere Sachen (Lipgloss etc.) ans Büro des Theater-Instituts Seelocken schickt. Dort sind wir ungefähr 10-mal am Tag, wenn wir Geld für den Süßigkeiten-Automat oder für Eis brauchen. Die Postadresse steht im Internet.

VON: Avery Bloom
AN: Sam Bloom
BETREFF: Lass dir Zeit

Papa –

im Theater müssen die Handys aus sein, deswegen habe ich deinen Anruf wieder verpasst. Aber ich habe deine Nachricht erhalten, dass ihr Probleme mit den Pässen habt. Ich wünschte, wir könnten euch helfen! Kristina sagt, ihr solltet die Zeit, bis die neuen Pässe da sind, nutzen, um noch mehr von China zu sehen.
Wenn du mir das nächste Mal auf die Voicemail sprichst, kannst du mir sagen, wann ungefähr die Hochzeit sein soll?

Hab dich lieb,
Avery

VON: Bett Devlin
AN: Marlow Devlin
BETREFF: Jeden Tag Neues!

Dad,

ich hab das Gefühl, ich lerne so viel NEUES hier. Das Geld hat sich also doch gelohnt, auch wenn ich nicht im CIGI-Camp geblieben bin.

Außerdem ist Gaga nicht nur DER STAR des Stücks, sondern DES GANZEN INSTITUTS! Alle nennen sie Lady Gaga. Sie LIEBT es. Kristina macht Gagas Rolle IMMER GRÖSSER, indem sie ihr immer mehr Text gibt (manche Zeilen stammen auch von Gaga selbst, aber sie verzichtet darauf, als Autorin genannt zu werden).

Ich hab gar nicht gewusst, dass sie Theater spielen kann!

Avery + ich sehen oft bei den Proben zu, aber Kristina hat uns auch ihr Golfmobil überlassen (ihr Fahrer Ben ist nach Ohio zurückgegangen). Wir sind jetzt Kristinas Chauffeurinnen, wenn sie irgendwohin will, aber meistens ist sie im Theater.

Ein paarmal ist Avery gefahren, aber sie hat zu große Angst, dass sie einen Unfall baut + uns umbringt. Dabei ist sie nur 1× vom Weg abgekommen, weil sie ein total niedliches Kaninchen gesehen hatte + dann hat sie einen Rasensprenger überfahren, der kaputtging, sodass alle nass wurden.

Es war aber nicht so schlimm, weil der Hausmeister des Instituts den Rasensprenger gleich wieder repariert hat. Außerdem ist Wasser hier nicht so kostbar wie in Kalifornien, deshalb gab es keinen Ärger.

Du kannst dich darauf verlassen, dass wir mit dem Golfmobil NICHT AUF DER STRASSE fahren. Wir fahren nur auf Fußwegen + querfeldein, wenn wir zum See wollen.

Ich wünschte, wir würden hier leben, Daddy. Vor allem, wenn wir ein

Golfmobil hätten + jederzeit Essen anschreiben lassen könnten, so wie wir es hier an der Snackbar machen.
Avery ernährt sich sehr gesund, aber ich gebe ehrlich zu, dass ich mir ab + zu eine Salami-Pizza gönne. Das würdest du auch tun. Der Käse ist aus Wisconsin + die wissen, wie man Käse macht.
Gaga sagt, das ist unser SOMMER DER FREIHEIT + ihrer auch. Ich hoffe, du und Sam erlebt in China auch euren SOMMER DER FREIHEIT. Deshalb, bitte keine Eile mit der Rückkehr. Lasst euch Zeit + macht coole Sachen + schlaft lange aus + geht bowlen, falls es das dort gibt. In der Liebe darf man nicht hetzen.
So, das war's. Ich vermisse dich. Nämlich für immer. (Das ist Averys + mein Code für so ziemlich alles.)

Hab dich lieb, Daddylein.
Betty junior

Von Betty Devlin
AN: Diamond Johnson
BETREFF: Danke, dass du dich um alles kümmerst

Liebe Diamond,

es macht bestimmt keinen Spaß, meinen Garten zu gießen. Und meinen Briefkasten zu leeren. Aber ich wette, Cookie vermisst mich kein bisschen. Katzen haben einen bekanntlich lieb, solange man da ist, aber es ist ihnen völlig schnuppe, wenn man vom Erdboden verschluckt wird, solange immer eine Schüssel Brekkies dasteht. Du bist ein Engel, dass du sie zu dir genommen hast. Kraul ihr bitte die Öhrchen für mich und sag ihr, dass ihre Mama sie vermisst.

Ich bin erst zwei Wochen weg, aber es fühlt sich an wie zwei Monate. Auf die gute Art. Die längsten Tage und die kürzesten Wochen, wenn du weißt, was ich meine. Das Theaterstück hält mich von früh bis spät auf Trab. Aber ich will gar nicht erst so tun, als wäre es Arbeit. Es macht einfach nur unendlich viel Spaß.

Die kleine Betty wird so schnell groß. Und auch Avery ist mir richtig ans Herz gewachsen (wie es aussieht, ist sie meine Schwieger-Enkelin in spe!). Sie hat einen guten Einfluss auf Bett, die manchmal ein bisschen über die Stränge schlägt. Avery dagegen hat immer einen Fuß auf der Bremse – die Arme ist von lauter Ängsten und Sorgen geplagt wie eine alte Frau. Aber sie ist auch schlau und bringt mich zum Lachen. Und obwohl sie eine Großstadtpflanze ist, hat sie überhaupt keine Allüren. Die beiden sind echt ein tolles Gespann.

Am Anfang hatte ich Angst, Dougie und sein Verlobter Sam würden hier aufmarschieren, um die Mädchen wegzuholen (in welchem Fall ich trotzdem geblieben wäre – ich gehöre jetzt zum Ensemble, und sie brauchen mich), aber die Jungs haben in China ihre Pässe verloren und müssen erst neue beantragen. Ich habe so eine Ahnung, dass sie sich jeden Tag mehr in die Haare kriegen. Klingt mir nicht nach einer Traumreise, aber ich fand die Idee, rund um die Welt zu fliegen, um sich besser kennenzulernen, sowieso verrückt. Wären sie zum Angeln ins Mississippi-Delta gefahren, hätten sie es viel leichter gehabt. Aber dann wäre ich nicht hier, an einem blaugrünen See in Michigan mit meinen süßen Enkelinnen! Ich würde keine Stimmübungen machen und kein Tofu-Geschnetzeltes essen (lach nur, Diamond, aber so grässlich ist es gar nicht). Ich hätte nicht alle Lieder des Musicals *Hamilton* auswendig gelernt und mich auch nicht in einen Brettspiel-Fan verwandelt! Du musst unbedingt »Verbotene Insel« mit mir spielen.

Heutzutage will jeder eine große Nummer sein und ständig schicke

Fotos von sich im Internet posten. Das habe ich immer für einen Haufen Schall und Rauch gehalten, aber jetzt fange ich an, meine Facebook-Seite upzudaten, zum ersten Mal seit Jahren. Immerhin bin ich Mitglied einer Theatertruppe, das können die Leute ruhig erfahren.
Liebe Diamond, strahle weiter!

Deine Betty (die alle hier Gaga nennen)

PS: Es ist so ein Segen, so viel Zeit mit der kleinen Bett zu verbringen. Ich erzähle ihr unsere ganze Familiengeschichte, und sie saugt alles auf wie ein Schwamm.

VON: Bett Devlin
AN: Avery Bloom
BETREFF: Was Gaga MIR erzählt hat, was Kristina IHR erzählt hat

---

Hey, Nachteule –

ich bin gerade mit Gaga in der Stadt beim Arzt wegen ihrer schmerzenden Fußballen, was so ungefähr das Langweiligste ist, was ich je irgendjemandem geschrieben habe. Oder irgendwer mir. In einer Stunde bin ich wieder da. WEHE, du holst dir ohne mich ein Eis.
Während wir im Wartezimmer saßen, hat Gaga mir lustige Geschichten aus Dads Kindheit erzählt. Und sie hat mir erzählt, WIE DU ENTSTANDEN BIST. Was du wahrscheinlich schon weißt, aber vielleicht habe ich ein paar Informationen, die du noch nicht kanntest. Kristina erzählt Gaga nämlich alles.
Also. Gaga hat gesagt, Kristina + dein Dad waren BESTE FREUNDE im College, als dein Dad gerade entdeckte, dass er schwul ist. Aber

dann hatten sie eine wilde Nacht + plötzlich war Kristina von ihm SCHWANGER.

Kristina hat entschieden, dass sie das Baby (DICH) bekommen wollte + ihre Mutter (deine Großmutter SUSAN) versprach ihr, in den ersten Jahren zu helfen, damit Kristina nach London gehen konnte, wo sie gerade einen Platz in einer supertollen Theatertruppe ergattert hatte.

Dein Dad war völlig schockiert + ging erst mal nach New York, um Architektur zu studieren.

Aber dann, kurz vor deinem zweiten Geburtstag, hatte deine Großmutter Susan plötzlich, aus heiterem Himmel einen Schlaganfall und ist gestorben (ohne Vorwarnung! Eines Tages hatte sie einfach nur schlimme Kopfschmerzen. Aber mach dir jetzt bloß KEINE SORGEN. Die meisten Kopfschmerzen sind völlig HARMLOS!). Kristina flog zurück nach Ohio, wo Susan beerdigt wurde + dein Dad kam auch + Kristina hatte einen Nervenzusammenbruch.

Also beschloss dein Dad, seine Rolle als Vater ernst zu nehmen + packte lauter Babyzeug ein + brachte Kristina + dich nach NEW YORK. Sie hatten keinen Plan, wie es weitergehen sollte.

Nur dass Kristina wieder nach London musste, aber du hattest eine Mittelohrentzündung + die Ärztin sagte, du DÜRFTEST NICHT FLIEGEN.

Deswegen flog Kristina allein, weil sie dachte, sie wäre in drei Wochen wieder da, aber dann ist sie bei Glatteis vor dem Theater ausgerutscht + hat sich den Fuß gebrochen + musste operiert werden + durfte vier MONATE nicht reisen.

Du warst die ganze Zeit bei deinem Dad. Als Kristina endlich nach New York zurückkam, hatte sie dich ein halbes Jahr nicht gesehen + du hast sie nicht mehr erkannt! Sie ging mit dir in den Park + da kam ein Hund, der dich umgeworfen + dir in die Lippe gebissen hat. Du

musstest genäht werden! Kristina dachte, all das wären Zeichen, dass sie eine schlechte Mutter ist.
Deswegen sind sie + dein Dad zu einem Therapeuten gegangen, der sagte, vielleicht sollte dein Dad allein das Sorgerecht (Sorgenrecht?) übernehmen, weil das weniger verwirrend für dich wäre, als ständig zwischen London + New York hin- und herzumüssen.
Kristina erklärte sich einverstanden. Aber heute weiß sie, dass sie in dem Moment, als sie ihre Zustimmung gab, den größten Fehler ihres Lebens machte. Wenn sie die Zeit zurückdrehen + eine EINZIGE Sache in ihrem Leben ändern könnte, dann wäre es diese Entscheidung. Sie sagt, das Sorgerecht für dich abzugeben hat ihr das Herz gebrochen.
Und immer, wenn in einem ihrer Stücke jemand auf der Brücke steht + weint, wie in *SAG MIR, WANN JIMMY NACH HAUSE KOMMT*, oder auf dem Dach steht + weint oder sonst irgendwo weint, dann weinen diese Leute alle DEINETWEGEN. Sie weinen, weil sie das Kostbarste verloren haben, was sie je besessen haben. Nicht dass du etwas bist, was man »besitzen« kann. Aber du weißt, was sie meint.
Gaga hat gesagt, ich soll DIR NICHTS DAVON ERZÄHLEN. Aber ich habe beschlossen, nicht auf sie zu hören.

xo
Alles Liebe,
Sternhai

VON: Avery Bloom
AN: Bett Devlin
BETREFF: Re: Was Gaga MIR erzählt hat, was Kristina IHR erzählt hat

Das ist sehr, sehr aufwühlend. Ich habe das Gefühl, ich hätte bis jetzt nur durch ein Schlüsselloch in mein Leben gesehen, und das meiste war verdeckt. Aber jetzt ist die Tür wenigstens einen Spalt weit geöffnet.
Zwei wichtige Dinge hatte ich bisher nicht gewusst.

1. Niemand hat mir gesagt, dass Kristinas Herz gebrochen war. Ich dachte immer, sie wäre einfach viel beschäftigt und lebte ihr Leben in England. Andererseits hätte sie bestimmt einen Weg finden können, mit mir Kontakt aufzunehmen. Hat Papa das verhindert? Oder schreibt sie jetzt ihre Vergangenheit um (immerhin ist sie Theater-Autorin)?
2. Ich wusste nicht, dass Kristina mit mir im Park war, als damals der große Hund kam und mich gebissen hat. Bis jetzt ging es in der Geschichte immer nur um mich und den bösen Hund. Ich bin davon ausgegangen, dass Papa dabei war. Es ist seltsam, weil es so lange her ist und die Geschichte heute nur noch die Erklärung für meine Narbe an der Lippe ist. Vor tiefem Wasser habe ich viel mehr Angst als vor Hunden.

Irgendwie habe ich das Gefühl, alle Geschichten sind eine Erklärung für irgendwas.
Ich lese gerne Bücher, die von einem »unzuverlässigen Erzähler« erzählt werden, wo man sich als Leser nicht darauf verlassen kann, dass alles genauso stimmt, wie es dasteht, und sich die Wahrheit selbst zusammenreimen muss, wie in *Huckleberry Finn* zum Beispiel.

Vielleicht ist man bei seiner eigenen Geschichte selbst auch immer ein unzuverlässiger Erzähler.

GESENDET ALS SMS-NACHRICHT

Mädels – große Neuigkeit!
Wird gleich im Internet angekündigt.
Ihr seid irgendwo mit dem Golfmobil
unterwegs – halt, ich sehe euch
auf dem Hügel ...

THEATERNEWS.COM TITELSTORY

Soeben erreicht uns die Mitteilung des Theater-Instituts Seelocken in Michigan, dass die Sommer-Produktion des neuen Stücks von Kristina Allenberry, der Autorin des für den Tony nominierten und mit dem Drama Desk Award ausgezeichneten Theaterstücks *DAS GEWICHT DES HALBEN HIMMELS*, im Frühjahr in New York gezeigt wird.
Geplant ist die Vorpremiere im Februar mit einer Laufzeit ab März am Off-Theater New World Stages #4. In der Rolle der Sandra Mason tritt Newcomerin Betty Hawkins Devlin auf.
Der Rest der Besetzung steht noch nicht fest, wobei Auli'li Cravalho für die Hauptrolle der Schwester Elaine im Gespräch ist. Wie wir hören, sind außerdem Verhandlungen mit Nia Long für die Ruthie Hocks im Gange.
Valeria Garcia wird die Regie des 12-Personen-Stücks übernehmen, in dem es um Zeit und Identität geht. Martina DeSouza übernimmt die Tongestaltung, Dilly Clark die Beleuchtung.

VON: Avery Bloom
AN: Evan Balakian, Friedensrichter
BETREFF: Hochzeitsdatum

Lieber Mr. Balakian,

ich habe Ariel um Ihre E-Mail-Adresse gebeten. Sie hat mit einem Wort geantwortet: »Wieso?« Und da habe ich es ihr erklärt, und jetzt erkläre ich es Ihnen (aber bitte nicht weitersagen, es ist noch nicht auf Instagram oder Facebook, wo die meisten Leute heutzutage ihre Verlobung bekanntgeben).

Mein Vater heiratet! Eine Weile war ich die Einzige in unserer Klasse mit einem schwulen Vater, aber zum Glück kam Maddy Burkett mit ihren zwei Müttern dazu (und ganz vielen Katzen), und dann hat Will Garrds Vater seine Mutter wegen Wills Nachhilfelehrer verlassen.

Jedenfalls hat Ariel gesagt, dass Sie als Friedensrichter auch manchmal Trauungen durchführen. Und da wollte ich fragen, ob Sie meinen Vater und seinen neuen Partner D. Marlow Devlin verheiraten würden? Die beiden sind gerade auf einer Reise durch China (auf Motorrädern, was sehr gefährlich ist, aber auch sehr abenteuerlich).

Ich war mit Marlows Tochter Bett im Sommercamp in Michigan (und jetzt im Theater-Camp am Seelocken-Institut), und sie ist meine neue beste Freundin. Bitte sagen Sie Ariel, dass Ariel auf immer und ewig meine älteste *beste Freundin* ist und natürlich meine beste *Schulfreundin*. Jedenfalls freuen Bett und ich uns riesig, dass wir Schwestern werden. (Stiefschwestern.)

Mein Vater ist ziemlich beschäftigt (das weiß ich, weil sein Google-Kalender mit meinem Handy synchronisiert ist), daher habe ich beschlossen, mich um die Organisation zu kümmern, solange er weg ist, um ihn und Marlow zu überraschen, wenn sie aus China zurück sind.

Lieber Mr. Balakian, wären Sie bereit, meinen Vater und seinen Freund zu trauen, jetzt, wo das Ehe-für-alle-Gesetz die Welt zu einem gerechteren Ort macht?
Mögliche Daten wären: 7.9., 12.10., 13.10, 19.10 oder 20.10.
Wahrscheinlich wäre am besten eine Nachmittagshochzeit, gefolgt von einem Abendessen an einer langen Tafel, die nach dem Motto »Kleintiere aus aller Welt« dekoriert ist (das war Betts Idee).
Wenn Sie zusagen, könnte ich den wichtigsten Punkt auf meiner Liste abhaken. Falls nicht, verstehe ich das vollkommen. Ariel sagte schon, dass Sie am Wochenende lieber Golf spielen.
Bitte grüßen Sie Mrs. Balakian ganz herzlich von mir und sagen Sie ihr, dass ich mich jetzt schon auf die Leinsamenmehl-Pfannkuchen freue, wenn ich im Herbst mal wieder zum Übernachten komme. Meine zukünftige Schwester Bett ist auch ein großer Pfannkuchen-Fan, und sie will Ariel unbedingt bald kennenlernen und Sandra Day, den Schnoodle. Bett liebt Hunde, aber sie hat noch nie eine Schnauzer-Pudel-Mischung gesehen.
Ich hoffe, Sie und Ihre Familie verbringen einen wunderbaren Sommer.

Ganz herzlich,
Ihre Avery Bloom

VON: Bett Devlin
AN: Marlow Devlin
BETREFF: Erklärung des Traktors

Dad – falls du im Internet ein Foto von MIR BEIM TRAKTORFAHREN siehst (Avery + ich zusammen auf dem Fahrersitz), es ist NICHT so, wie es auf dem Foto aussieht.

Ich meine, es ist nicht bearbeitet oder so was + ja, ich fahre Traktor, aber der Traktor fährt GANZ LANGSAM + wir sind mitten auf einem Feld in Seelocken + es ist der letzte Tag + wir fahren NUR FÜRS FOTO, weil der Traktor SO RIESIG ist + das Ganze SO WITZIG aussieht. Und meine Haare fliegen auch nur so, weil es TOTAL WINDIG war.

Rena (die Publicity-Frau) hat gefragt, ob sie das Foto auf der Theater-Webseite posten kann, und da wurde mir klar, dass du es vielleicht siehst. Auch wenn es unwahrscheinlich ist. Gaga war dabei + sie kennt sich mit Landwirtschaftsmaschinen aus + es war vollkommen SICHER. Deswegen haben wir auch Helme auf.

Außerdem sieht es auf dem Foto zwar so aus, als ob Avery schreit, aber das war ein JAUCHZER, wie in der Achterbahn. (Avery ist noch nie Achterbahn gefahren, aber wenn, dann würde sie jauchzen.) Du kannst sie fragen. Oder ihr Dad fragt sie. Andererseits, wozu schlafende Hunde wecken, wenn er das Foto gar nicht gesehen hat, oder?

Okay, ich wollte mich nur mal melden. Wusstest du, dass Traktoren meistens 2×4 Gänge haben, nämlich Schnellbetrieb und Lastenbetrieb? Außerdem gibt es einen Nebenantrieb, die Zapfwelle, mit der man noch andere Geräte betreiben kann.

Im CIGI-Camp haben wir ganz viel THEORETISCHES über Technik + so was gelernt, aber im Theater-Camp machen wir PRAXIS.

Morgen fliegen wir alle nach New York. Lösch mal ein paar Nachrich-

ten auf deiner Voicemail. Die ist voll + Gaga regt sich total auf. Sie hat VIELE NEUIGKEITEN.
Wir sind sehr froh, dass ihr noch in China geblieben + nicht schnellstmöglich zurückgekommen seid, auch wenn ihr das eigentlich wolltet, aber nicht konntet, weil ihr keine Pässe hattet.

Hab dich lieb,
Bett

VON: Betty Devlin
AN: Marlow Devlin
BETREFF: Seelocken

Doug –

wir verpassen hier ständig deine Anrufe. Zehn Stunden Zeitverschiebung sind keine Kleinigkeit, außerdem ist das Theater-Institut mitten in der Pampa, und das Handynetz ist vorsintflutlich, deshalb klingelt es bei uns meistens gar nicht erst. Wir sehen nur die Nachrichten. Tut mir leid, mein Junge.
Hier in Seelocken sind wir fast mit dem Stück fertig (die schnellsten drei Wochen meines Lebens) & fahren alle zusammen nach New York! Wahrscheinlich hast du dich gerade an deinem Kaffee (oder Tee) verschluckt! Du weißt, dass ich freiwillig nicht verreise & in New York war ich nur ein einziges Mal – als Jimmy Carter noch Präsident war –, aber dieses Mal ist es eine Geschäftsreise. Richtig gelesen: eine Geschäftsreise.
Ich wollte es dir lieber persönlich sagen, aber *DAS GEWICHT DES HALBEN HIMMELS* geht nach New York! Und ich bin dabei!

Die Premiere findet erst im Frühjahr statt, und ich muss mir in New York eine Bleibe suchen (auch wenn Avery ständig sagt, in ihrem Apartment ist Platz genug & wir wären jetzt eine Familie). Kristina wohnt ja eigentlich in London, aber sie sucht sich jetzt auch eine Wohnung in New York.

Der zweite Grund für meine Geschäftsreise an die Ostküste ist ein Termin mit einem Agenten. Emerson Morgan hat das Stück gesehen & will mich »vertreten«. Zuerst kam mir der Kerl nicht ganz koscher vor, aber Kristina sagt, ich könne Emerson Morgan vertrauen und ich bräuchte ihn, um meine Verträge auszuhandeln.

Lieber Himmel, auf einmal fällt mir alles in den Schoß. Na gut, mein Junge – wir versuchen es auf dem Handy, wenn wir in Detroit am Flughafen sind. Dort wird der Empfang ja besser sein.

Ich hab dich schrecklich lieb –

Deine Mama (oder Sandra Mason, die ein bisschen unberechenbar ist, aber Eier in der Hose hat)

VON: Sam Bloom

AN: Avery Bloom

BETREFF: Endlich Rückflug

Okay, wir haben endlich unsere vorläufigen Pässe, und ich steige in Kürze ins Flugzeug nach New York. In dreißig Minuten beginnt das Boarding. Der Flug dauert mit Zwischenstopp in Dallas 25 Stunden. Ich bin immer noch fassungslos, dass es so lang gedauert hat, hier wegzukommen.

Ich freue mich wahnsinnig auf dich. Es gibt so viel zu erzählen. Wir haben beide unglaublich viel erlebt.

Ich hoffe, dass ich das alles eines fernen Tages mit Humor sehen kann.

Ich hab dich lieb,
dein Papa

PS: Ich schicke die Flug-Details ins Büro. Du bekommst eine SMS von mir, sobald ich gelandet bin. Sag Kristina, ich erwarte, dass du zu Hause bist, wenn ich komme. Kristina hat meine letzten zwei E-Mails nicht beantwortet. Das Beste wäre, wenn Dee auf dich aufpasst. Ich glaube nicht, dass ich Lust habe, Kristina zu sehen.

VON: Marlow Devlin
AN: Betty Devlin
BETREFF: Heimflug

Mom –

morgen bin ich wieder in Los Angeles. Ich weiß, du hast gesagt, ihr seid in New York, aber du musst mit Bett ins Flugzeug steigen und in L. A. sein, wenn ich ankomme.
Ich habe viel zu erzählen und will es nicht schreiben. Vor allem, da Bett Zugang zu meinen Mails hat.

Wir sehen uns morgen.
Marlow

VON: Betty Devlin
AN: Marlow Devlin
BETREFF: Seelocken

Wir haben Flüge nach L. A. gebucht & werden da sein, wenn du ankommst. Keine Sorge wegen des Geldes, laut meinem Theater-Vertrag steht mir ein Inlandsflug zu, mit Begleitperson (= Bett).
Wir packen gerade. Du kennst das Bloom'sche Apartment in New York wahrscheinlich schon, es ist die schickste Behausung, die ich je gesehen habe. Bett hat viele Fotos gemacht.

Bis morgen, mein Liebling.

VON: Bett Devlin
AN: Avery Bloom
BETREFF: ERSTE KLASSE

Ich sitze im Flugzeug. In der ERSTEN KLASSE, die »der Wahnsinn« ist, wie du gesagt hast, aber wahrscheinlich total schlecht für den Charakter, weil, wer will danach je wieder in der alten, engen, unbequemen Touristenklasse reisen?
Da sieht man mal wieder, wie unterschiedlich die Menschen leben, obwohl es ein und dieselbe Welt ist. Kaum saßen wir, wurde bei uns vorne Champagner serviert (Orangensaft für mich). Sie haben unsere Jacken aufgehängt + dauergegrinst, während sich die Mehrzahl der Passagiere hinter uns durch den Gang quetschen musste + angeschrien wurde, wenn sie sich nicht sofort auf ihren Platz gesetzt haben.
Gaga sagt, sie wirkten alle, als hätten sie Angst, im Fall einer Über-

buchung aus dem Flugzeug zu fliegen. Sie können unser Klo sehen, aber dürfen es nicht benutzen, was ich unfair finde. Und dann hat die Flugbegleiterin den kleinen Vorhang zugezogen, damit sie nicht mehr hereinsehen können.
Im Moment backen sie frische Schokoladenkekse für uns. Hinter dem Vorhang heult ein Baby. Ich hoffe zumindest, dass es ein Baby ist.
Gaga sagt die ganze Zeit, sie hätte keine Ahnung von der Schauspielerei + versteht die Hälfte von Kristinas Stück nicht. Ich habe ihr gesagt, dass wir uns nie das ganze Stück angesehen haben, weil es nicht für Kinder ist + außerdem hat es viel mehr Spaß gemacht, draußen herumzurennen.
Erinnerst du dich an die Eulen? (Natürlich erinnerst du dich, Nachteule!) Das war so toll. Ich wünschte, wir hätten den Eulen, die auf den Bäumen saßen, beibringen können, runterzufliegen und sich bei uns auf die Schulter zu setzen. (Wir hätten eine für die Hochzeit dressieren können: Sie wäre vom Baum geflogen und hätte an einer Schleife um die Kralle die Ringe gebracht!)
Gaga sagt, zu viel Reisen macht die Menschen irre. Ich weiß nicht, ob sie von Dad redet oder von sich selbst, weil sie gerade eine Schüssel mit warmen Nüssen in ihren Geldbeutel geleert hat.
Die China-Reise muss ganz schön anstrengend gewesen sein, aber unsere Väter sind bestimmt FROH, wenn sie hören, dass wir uns gut verstehen + ihnen unseren Segen für die Hochzeit geben. Am Anfang haben wir es ihnen ganz schön schwer gemacht.
Ich freue mich so darauf, in New York meinen Gassigeh-Service aufzumachen. Ich wette, damit werde ich stinkreich. Aber vielleicht kommen die Dads auch zu dem Schluss, dass es unfair wäre, einen der beiden Wohnorte vorzuziehen + dann müssten wir irgendwo in der Mitte leben, in Oklahoma zum Beispiel. Wenigstens haben sie dort eine gute Basketball-Mannschaft.

Ich schreibe mehr, sobald wir gelandet sind + wir June + Raisin aus der Hundepension in Topanga geholt haben.

Bis ganz bald!
xo
Sternhai Devlin-Bloom

VON: Avery Bloom
AN: Bett Devlin
BETREFF: Katastrophe

Ich habe versucht dich anzurufen! Du bist nicht rangegangen! Wo bist du? Es ist etwas Schlimmes passiert. Etwas ganz, ganz Schlimmes.
Papa kommt aus China zurück und verhält sich von Anfang an seltsam. Erst sitzen wir in der Küche und reden übers Wetter. Ich weiß, dass er sauer ist, weil ich mit Kristina in Seelocken war, aber er spricht es nicht mal an. Irgendetwas anderes beschäftigt ihn. Und dann rückt er damit heraus: »Ich muss dir etwas sagen.«
Er kann mir nicht in die Augen sehen.
Er sieht weg, und sein linkes Bein wackelt, was ein nervöser Tick bei ihm ist. Ich sehe ihm an, dass es etwas wirklich Schlimmes ist. Also fange ich schon mal an zu weinen. Er hat noch kein Wort gesagt, und ich heule schon los. Irgendwann sagt er:
»Marlow und ich haben beschlossen, eine Pause einzulegen.«
Zuerst verstehe ich nicht, worauf er hinauswill. »Du meinst, nach dem langen Flug und dem Jetlag und so weiter ruht ihr euch erst mal aus?«
Er sagt, nein, das meint er nicht. Er sagt, die Reise war sehr anstrengend, und er und dein Dad sind sehr verschieden, und sie haben sich nicht gut verstanden. Sie haben sich wegen allem gestritten. Er sagt,

sie konnten gar nicht mehr aufhören mit dem Streiten. Sie mussten die Beziehung beenden. Und dann steht er auf, tigert durch die Küche und fuchtelt mit einem Kochlöffel herum.
Irgendwann sage ich: »Wovon redest du? Was willst du damit sagen?«
Er sagt: »Wir haben uns getrennt. Es ist Schluss. Aus. Vorbei.«
Und dann verlässt er die Küche.
Jetzt heule ich erst recht. Ich wusste gar nicht, dass ich so viele Tränen habe. Anscheinend passen die Tränendrüsen ihre Produktion der Nachfrage an. Ich lege mich auf die Speckmaus und drücke mein Gesicht ins weiße Leder (was schlecht ist, weil es nicht nass werden soll, außerdem bekommt man keine Luft), und ich heule eine ganze Packung Aloe-Taschentücher voll.
Papa sagt, dein Dad überbringt dir die schlechte Nachricht zur gleichen Zeit. Ich meine, drei Stunden früher, weil es an der Ostküste immer drei Stunden später ist als an der Westküste. Genau wie damals mit den CIGI-T-Shirts, nur dass es diesmal noch viel schlimmer ist.
Was hat dein Dad gesagt? Meiner dachte, ich würde es nicht schlimm finden, wenn sie sich trennen. Er dachte, ich wollte sowieso nicht, dass sich an unserer Familiensituation etwas ändert. Er versteht nicht, dass du und ich uns gefunden haben. Und das macht alles noch schlimmer.
Er ist in seinem Zimmer, also habe ich Kristina angerufen, die sagt, ich muss verstehen, dass er im Moment Liebeskummer hat und nicht klar denken kann. Ich will ja nicht alles auf mich beziehen, aber *ich habe auch Liebeskummer* (und denke trotzdem klar).
Soll das heißen, unsere Väter werden nicht heiraten? Ist die Hochzeit abgeblasen? Kann es wirklich sein, dass wir nie erfahren, wie es wäre, eine Familie zu sein?
Ich werde heute Nacht kein Auge zutun – und zwar nicht bloß wegen meiner üblichen Nachteulerei. Schlaflosigkeit kann chronisch werden, wenn sie nicht angemessen behandelt wird.

Vorher hat mir nichts im Leben gefehlt. Jetzt schon.
Du fehlst.
Nachteule und Sternhai werden keine Familie. Das kann einfach nicht wahr sein.

VON: Bett Devlin
AN: Avery Bloom
BETREFF: Re: Katastrophe

WAS??? NEIN!!! Wir haben doch gerade erst angefangen. Ich dachte, sie sind VERLOBT + wir PLANEN EINE HOCHZEIT? Du hast doch schon diese Hochzeitsplanungs-App! Hatte er nicht einen Ring am Finger? Hast du nicht drei Hochzeitsbücher bestellt + den Vater deiner Freundin angeschrieben, der Friedensrichter ist? Ich muss hören, was mein Vater dazu sagt.
Wir holen ihn in vier Stunden am Flughafen ab. Sein Flug hatte Verspätung, deshalb hat das mit der Gleichzeitigkeit mal wieder nicht geklappt, falls das wirklich ihr Plan war.
Ich sage Gaga nichts + ich werde nicht weinen, weil wir noch nicht beide Seiten der Geschichte kennen.
Ich würde am liebsten mit dir skypen, aber dann würde Gaga alles mitkriegen + sie dreht jetzt schon durch, weil ihr langsam klar wird, dass sie im Frühling IN NEW YORK AUF DER BÜHNE steht. Im Moment steht sie im Wohnzimmer + macht ihre Sprechübungen (abwechselnd leise + laute Vokale, immer immer wieder). Wegen ihr heulen die Hunde.

VON: Evan Balakian
AN: Avery Bloom
BETREFF: Hochzeitsdatum

Liebe Avery,

ich habe mich sehr über deine E-Mail gefreut, und es wäre mir eine große Ehre, deinen Vater und seinen neuen Lebenspartner zu verheiraten. Die rituelle (und rechtliche) Verbindung zweier Menschen ist ein Anlass großer Freude. Herzlichen Glückwunsch!
Ich halte mir die ersten beiden Oktoberwochenenden für deine Familie frei. Sag mir baldmöglichst Bescheid, welches Datum euch am besten passt, damit wir es fest buchen können.

Alles Gute für dieses neue Abenteuer!
Richter Evan

PS: Natürlich verzichte ich auf mein Honorar! (Ich habe ein paar Grundrisse unseres Wochenendhauses in Bedford, auf die dein Vater vielleicht freundlicherweise einen Blick werfen könnte. Wir arbeiten mit einem Architekten von McClain & Strothers, aber er ist noch jung und unerfahren. Vielleicht kann dein Dad uns seine Meinung sagen?)

VON: Bett Devlin
AN: Avery Bloom
BETREFF: SOLCHE IDIOTEN

Nachteule –

Dad ist zurück.

Es stimmt. SIE HABEN SICH GETRENNT.

Dad sagt, dein Dad und er haben einander GELIEBT, aber während der Reise haben sie aufgehört, sich zu MÖGEN. Sie sind zu verschieden, hat er gesagt.

Dann hat er geweint. Wir haben ihn am Flughafen abgeholt + er hat sich auf den Beifahrersitz gesetzt + Gaga ans Steuer gelassen + er hat geweint. ER LÄSST GAGA NIE FAHREN + ich habe ihn nur bei Filmen weinen sehen + an dem Tag, als das Oberste Bundesgericht offiziell die Ehe für alle erlaubte – aber das waren FREUDENTRÄNEN.

Heute hat er anders geweint. Und als er geweint hat, hat auch Gaga angefangen zu weinen. Sie hat die Unterlippe eingezogen + geflucht + geheult. Ich habe mir die Augen zugehalten, damit ich sie nicht sehen musste + urplötzlich hat RAISIN JUNIE gebissen.

Das ist NOCH NIE passiert. Rasin LIEBT Junie. Ich glaube, das ganze Geheule auf engstem Raum (in Dads Pick-up) hat Raisin verrückt gemacht. Es muss irgendwas mit dem negativen Umfeld zu tun haben, aus dem sie gerettet wurde.

Raisin hat sich in Junies einziges Ohr verbissen + Dad musste nach hinten klettern + dazwischengehen. Ich habe mich am Türöffner festgehalten, worauf die Tür aufging (keine gute Idee mitten auf der Straße).

Gaga hat GESCHRIEN. Aber wir haben keinen Unfall gebaut. Wir sind bloß gegen den Bordstein geknallt. Dann kam eine Flughafenpolizistin + hat verlangt, dass Gaga aussteigt. Wir haben Raisin + Junie voneinander getrennt + aus dem Auto gezogen. Auf dem Bürgersteig taten sie so, als wäre nichts gewesen, außer dass ein ganzes Stück von Junies Ohr fehlte. Vielleicht hat Raisin es verschluckt. Wir wissen es nicht.

Als wir die Leinen entheddertten, hat Raisin sogar versucht, Junie das Gesicht abzulecken.

Ich glaube, das war ein Omen. Es bedeutet, dass unsere Dads einen schlimmen Streit hatten, aber wenn sie sich entheddert haben, wollen sie wieder zusammen sein.

Wir sind mit Junie nicht mal zum Tierarzt gegangen, sondern haben ihr selbst einen Druckverband angelegt (mit einem Strumpf von mir + einem Finger von Dad). Weil sie auf der anderen Seite auch nicht viel Ohr hatte, sieht es jetzt eigentlich sogar besser aus.

Was ich nicht verstehe: Warum können Väter nicht verschieden sein + sich trotzdem gut verstehen? Sieh dir uns an. Wir sind auch ziemlich verschieden, aber meistens verstehen wir uns super.

Ich bin sehr, sehr, sehr TRAURIG. Wir gehen jetzt ins Bett + Gaga sagt, morgen geht die Sonne wieder auf. Aber Dads Herz ist gebrochen, das sehe ich ihm an.

Meins auch.

Ich habe Sam Bloom nicht mal kennengelernt.

Ich durfte DEINEN PAPA NICHT MAL KENNENLERNEN.

xo

ALLES LIEBE,

Sternhai

VON: Avery Bloom
AN: Bett Devlin
BETREFF: Re: SOLCHE IDIOTEN

Eigentlich sollte ich nachts nicht aufs Handy sehen, weil das sehr schlecht für die Schlafhygiene ist, und ich habe sowieso Schlafstörungen, wie du weißt, sowohl was das Einschlafen angeht, als auch das Nachts-wach-Liegen. Was viel öfter vorkommt, als gut für mich ist. Aber alle Regeln sind außer Kraft gesetzt. Selbst die Regeln über zu lange Sätze (Mäuseschwanzsätze).
Ruf mich morgen an, sobald du aufwachst.

VON: Bett Devlin
AN: Kristina Allenberry
BETREFF: KEINE FAMILIE

Kristina –

hast du es schon gehört? Wir werden doch keine Familie. Mein Vater + Averys Vater haben sich in China getrennt. Sie haben sich einfach nicht verstanden.
Wir können die Schuld nicht auf die verlorenen Pässe oder die kaputten Motorräder schieben (auch wenn die die Situation verschärft haben).
Wir können die Schuld auch nicht auf unsere Väter schieben, weil wir sie lieb haben.
Außerdem sind sie genauso traurig wie wir.
Vielleicht noch trauriger.
Aber ich bin schrecklich traurig.

Andererseits ist das hier kein Wettbewerb, wer am traurigsten ist.
Gaga sagt, dass unser Leben an ihrer Liebe gewachsen ist. Und das stimmt. Ich war im CIGI-Camp + dann in Seelocken + bin Golfmobil + Traktor gefahren, alle 2×4 Gänge. Avery + ich sind nachts im See geschwommen (ich jedenfalls, aber sie war im Wasser, was sehr mutig für sie ist). Wir haben Zitronen-Spaghetti für zu viele Leute gekocht + in einer Jurte geschlafen + versucht, mit Salami Eulen abzurichten + es hat fast funktioniert. Avery hat mir ein Buch geschenkt + ich hab's halb gelesen.
Ich konnte den Sommer mit Gaga verbringen + wir sind auf Platz 2A + 2B von Küste zu Küste geflogen, in der 1. Klasse + auf Theaterkosten.
Wir haben jede Nacht nach Sternschnuppen Ausschau gehalten + manchmal welche gesehen.
Das alles kann uns niemand mehr nehmen, weil es PASSIERT ist.
Es ist kein Wettbewerb, wessen Herz am meisten gebrochen ist.
Es gibt keine Gewinner.
Ich hoffe, wir können wenigstens Freunde bleiben, wenn wir schon keine Familie sind.

Alles Liebe,
Bett Devlin alias Sternhai

VON: Kristina Allenberry
AN: Bett Devlin
BETREFF: Re: KEINE FAMILIE

Bett –

ich möchte, dass wir trotzdem eine Familie sind, egal, was dein Vater und Sam machen. Diesen Sommer habe ich meine Tochter zurückbekommen. Du hast den Stein ins Rollen gebracht. Und wenn der Stein erst mal rollt, ist es schwer, ihn wieder anzuhalten, weil er immer schneller wird. Liebste Bett, in jeder Familie gibt es morsche Äste, da sind wir wie alle anderen, jede Familie auf ihre eigene Art.
Viele liebe Grüße von der Mutter der von dir gewählten Schwester, was dich auch zu meiner Tochter macht.

Deine Kristina

VON: Avery Bloom
AN: Kristina Allenberry
CC: Bett Devlin
BETREFF: Wir

Liebe Kristina,

Bett hat mir deine E-Mail weitergeleitet. Ich verstehe nicht, wie wir alle eine Familie sein sollen. Mein Vater will nicht einmal, dass ich mit dir rede.
Ich weiß, dass wir einen wunderbaren Sommer hatten. Aber Menschen, die Familie sind (selbst wenn sie nicht in einem Haus woh-

nen), verbringen Zeit miteinander. Sie teilen Dinge. Bis jetzt haben du und ich weder das eine noch das andere getan.

Wenn du wirklich ein Elternteil sein willst, musst du viele Dinge tun, die nicht so viel Spaß machen oder so interessant sind wie die Zeit in Seelocken. Du müsstest zum Beispiel Latein- und Französisch-Vokabeln mit mir pauken. Außerdem habe ich schreckliche Prüfungsangst. Und ich brauche extrem viel emotionale Unterstützung, wenn es um Geometrie geht.

Das ist noch lange nicht alles. Ich achte zwanghaft auf Mindesthaltbarkeitsdaten (Mindesthaltbarkeitsdaten sind sehr wichtig, auch wenn es sich nicht um Verfallsdaten handelt). Außerdem habe ich manchmal schreckliche Angst vor dem Sterben. Wenn Sturm angesagt ist, kann ich nicht aufhören, die Wettervorhersage zu checken, selbst wenn der Sturm überhaupt nicht für unsere Region angesagt ist. Ich lese, wenn ich eigentlich schlafen sollte. Ich benutze jeden Tag Wattestäbchen, und zwar nicht nur am äußeren Ohr. Ich hasse Donner. Rolltreppen. Strickleitern. Dosen mit Beulen. Lampenschirme aus Papier, die zu nahe an Glühbirnen sind, die sehr heiß werden. Teflonpfannen mit Kratzern in der Beschichtung (krebserregend). Und natürlich habe ich diese fürchterliche Angst vorm Ertrinken, was bedeutet, dass ich weder Schwimmbäder noch Teiche, Flüsse, Seen oder das Meer mag.

Meine eigentliche Frage ist, willst du mich wirklich so häufig sehen, dass du dich freiwillig mit diesem ganzen Mist auseinandersetzen würdest? Würdest du langfristig nach New York ziehen? Und wenn ja, in ein Hotel oder in eine Wohnung?

Hätte das Hotel Zimmerservice?

Und deutlich gekennzeichnete Notausgänge?

Könnte ich nach der Schule dorthin kommen?

Ich weiß, dass du viel um die Welt reist, aber wenn du in meinem

Leben wärst, gäbe es dann einen Ort, den wir zu Hause nennen könnten?

Alles Liebe,
Avery

VON: Sam Bloom
AN: Marlow Devlin
BETREFF: Aufräumen

Wir haben einvernehmlich entschieden, dass es besser ist, keinen Kontakt zu halten, aber wir haben ein Problem. Avery und Bett haben sich angefreundet. Ich würde fast sagen, Avery hat eine Art »Abhängigkeit« zu Bett entwickelt.
Außerdem äußert Avery den Wunsch, *deine* Mutter Betty zu besuchen (die sie »Gaga« nennt).
Dieser Sommer war sehr traumatisch, für Avery ebenso wie für mich. Was ich damit sagen will, ist, ich möchte nach vorne blicken und unser früheres Leben wieder aufnehmen. Gestern haben die Mädchen über eine Stunde geskypt. Das ist nicht gesund.
Ich brauche deine Hilfe, um dieses Durcheinander zu entwirren und den Kindern Grenzen zu setzen.

SB

VON: Marlow Devlin
AN: Sam Bloom
BETREFF: Re: Aufräumen

Sam, auch wenn wir erzählen, unsere Pässe wären gestohlen worden, wissen wir beide, dass du mir die Schuld gibst, weil ich meine Tasche im Hotel vergessen habe. Wir dachten, die Reise nach China wäre eine tolle Idee. Aber dann habe ich die Motorräder ins Spiel gebracht, weil ich schon immer eine Motorradtour machen wollte. Im Grunde bin ich also schuld an all unseren Problemen.

Ich mache Fehler, Sam. Das gebe ich zu. Ich schätze, du bist einer davon.

Was unsere Töchter angeht: Wir haben sie gezwungen, sich kennenzulernen. Sie hatten nichts gemeinsam, außer uns. Wir haben ihnen erklärt, dass sie Schwestern werden. Dann haben wir ihnen gesagt, sie werden doch keine Schwestern. Dass sie VERWIRRT sind, ist normal. Es ist NORMAL, dass sie viel zu besprechen haben. Ich mische mich da nicht ein.

VON: Sam Bloom
AN: Marlow Devlin
BETREFF: Re: Re: Aufräumen

Avery und Bett leben 4500 km voneinander entfernt, und sie werden neue Freundinnen finden, und du und ich werden auch neue Leute kennenlernen.

So funktioniert das eben. Den Kontakt aufrechtzuhalten tut keinem gut, weder ihnen noch uns. Schade, dass du das anders siehst.

Um die Dinge von meiner Seite zu beschleunigen, habe ich dich auf

Facebook entfreundet, und ich folge dir nicht mehr auf Instagram, du kannst also posten, was du willst. Ich lösche dich auch in meinen Kontakten – also keine Textnachrichten mehr.
Mein Leben und meine Familie haben nichts mehr mit deinem Leben und deiner Familie zu tun. Ich hoffe, ich habe mich klar ausgedrückt.

VON: Marlow Devlin
AN: Sam Bloom
BETREFF: Re: Re: Re: Aufräumen

SEHR KLAR.

VON: Betty Devlin
AN: Marlow Devlin
BETREFF: In New York

Doug —

ich bin wohlbehalten in New York gelandet. Kristina hat mich am Flughafen abgeholt, was eine große Hilfe war. Wir suchen jetzt nach Wohnungen möglichst in der Nähe voneinander. Wenn ich das Stück im Frühling mache, brauche ich Kristina in meiner Nähe, sonst ertrage ich die große Stadt nicht.
Schreib mir, was es Neues gibt, sobald du dazu kommst. Ich drücke die Daumen, dass du und Sam einen Weg findet, Freunde zu bleiben!

Voller Liebe,
Gaga

VON: Bett Devlin
AN: Betty Devlin
BETREFF: DU BIST EIN STAR!!!!!!

Gaga –

ich habe allen in der Schule die Ankündigung des THEATERSTÜCKS in der *NEW YORK TIMES* gezeigt. Dad sagt, wir rahmen den Artikel + hängen ihn auf. Meine Freunde + Mrs. Kleinsasser + Mr. Yip haben ihn gesehen. Ich habe ihn online gepostet, damit alle wissen, dass du meine Großmutter bist. Wir sind so stolz auf dich.
Ich wollte dir sagen, dass es Dad schon viel besser geht. Er tut so, als wäre alles beim Alten, auch wenn ich merke, dass er nur so tut.
Wenn ich nachts aufs Klo gehe, liegt er meistens auf dem Sofa. Aber er schläft nicht. Er sitzt nur da + glotzt in sein iPad. Einmal hat er mich nicht reinkommen hören + ich habe gesehen, dass er sich Fotos von China ansah. Auf den meisten sieht man Sam + ihn neben ihren Motorrädern mit Feldern oder Bergen oder Städten im Hintergrund. Auf manchen haben sie den Arm umeinandergelegt.
Avery + ich sind jeden Tag in Kontakt. Wir schicken SMS oder skypen + versuchen uns wenigstens einmal die Woche eine lange E-Mail zu schreiben. Ich vermisse sie SEHR. Vor dem Sommer kannte ich sie nicht mal + wollte sie auch nicht zur Freundin haben (ich habe genug Freundinnen + sie schien mir keine gute Kandidatin). Aber jetzt kann ich mir ein Leben ohne sie nicht mehr vorstellen.
Ich weiß nicht, ob du es gehört hast, aber Kristina + Sam Bloom streiten sich wie Wölfinnen (wie du sagen würdest). Ich habe ein paarmal versucht mit Dad darüber zu reden, aber er blockt total ab. Er sagt einfach: »Ich will es nicht wissen.« Dann hebt er die Hand, als wollte er mich zum Schweigen bringen.

Wir planen natürlich, im März zur Premiere nach New York zu kommen.

Ich hab dich lieb, Gaga!
xo
Kleine Betty

VON: Avery Bloom
AN: Bett Devlin
BETREFF: Noch mehr Probleme

Sternhai –

Papa ist im Büro, aber er hat den Laptop angelassen, deshalb habe ich mal reingesehen. Ich habe meine Nase in seine Privatangelegenheiten gesteckt. Folgende E-Mail habe ich kopiert und an mich selbst geschickt. Und jetzt an dich. Das ist schlimm.

Nachteule

VON: King, McElroy, Watson & Peacor Rechtsanwälte
AN: Sam Bloom
BETREFF: Avery Allenberry Bloom

Sehr geehrter Mr. Bloom,

ich vertrete Kristina Allenberry.
Auch wenn Ms. Allenberry einräumt, vor zehn Jahren ein anderslau-

tendes Dokument unterzeichnet zu haben, strebt sie heute das fünfzigprozentige (50 %) Sorgerecht für ihre leibliche Tochter Avery Allenberry Bloom an, derzeit wohnhaft bei Ihnen, 2211 Broadway, New York City, New York 10024.
Mein Mitarbeiter wird sich mit Ihnen in Verbindung setzen, um einen Termin zu vereinbaren, bei dem wir die Situation gemeinsam besprechen können.

Mit freundlichen Grüßen
Ryan King
Partner King, McElroy, Watson & Peacor Rechtsanwälte

VON: Bett Devlin
AN: Avery Bloom
BETREFF: Spionage

Nachteule –

ich kann nur sagen: WOW. Sie kämpfen um dich. Das ist ernst. Halt mich über alle Einzelheiten auf dem Laufenden. Auch wenn ich am anderen Ende des Kontinents bin, bin ich immer für dich da.
Wegen der Zeitverschiebung – ich bin die GANZE NACHT deiner Zeit wach. Ich bin deine Krisen-Hotline.

Sternhai

VON: Avery Bloom
AN: Bett Devlin
BETREFF: Immer schlimmer

Sternhai,

es wird immer schlimmer. Als Dad nach Hause kam, hat er Kristina angerufen und sie wegen des Sorgerechts angebrüllt. Ich hatte von einem Projekt über irische Einwanderer letztes Jahr noch einen Plakatkarton übrig, und während er sie anbrüllte, habe ich in lila und orangenen Buchstaben darauf geschrieben: DU BIST GEMEIN ZU MEINER BIOLOGISCHEN MUTTER!!!! Dann bin ich ins Zimmer gegangen und habe laut summend das Schild hochgehalten. Da hat er aufgelegt.

Aber er hat sich nicht beruhigt. Er hat sich zu mir umgedreht und mich angeschrien: »Hör auf zu summen!« Und dann hat er mir das Plakat abgenommen und gesagt: »Hat Bett Devlin, die Hochseil-Rabaukin, die, ohne zu fragen, Kristina kontaktiert hat und genauso rücksichtslos ist wie ihr Vater, dich dazu angestiftet, dieses lächerliche Schild zu basteln? Dann hör mal gut zu. Hiermit verbiete ich dir, je wieder ein Wort mit Bett Devlin zu wechseln! Sie hat einen schlechten Einfluss auf dich.«

Ich war vollkommen fassungslos, wie er über dich und deinen Dad geredet hat. Und ich war fassungslos, dass er mir nicht zutraut, aus eigenem Antrieb dieses Schild zu basteln.

Ich glaube, das war das erste Mal, dass ich mich ihm widersetzt habe. Bisher hatte ich nie einen Grund dazu, aber jetzt führt er sich auf wie ein Fremder und macht es mir leicht.

Du und ich, wir sind Romeo und Julia der BFFs. Oder Julia und Julia?

Das alles stresst mich extrem. Ich habe das Gefühl, ich kann den Cortisol-Anstieg in meinen Adrenalin-Drüsen spüren. Nicht sicher.

xx
Nachteule

VON: Kristina Allenberry
AN: Avery Bloom
BETREFF: Update!

Avery –

ich wollte dir sagen, dass dein Vater und ich uns mit unseren Anwälten zusammensetzen, um eine Umgangsregelung zu finden. Wir streiten uns nicht, auch wenn es vielleicht so aussieht. So funktioniert nun mal das System. Aus jeder Mücke wird ein Elefant gemacht, damit Leute, die drei Jahre Jura studiert haben, ihre Studienkredite abzahlen können.
Mach dir keine Sorgen. Wir sehen uns am Dienstag, und dann gehen wir Eis oder Kuchen essen und sehen uns in dem Sanitätshaus um, das dich so interessiert. (Ich finde medizinische Geräte auch spannend.)

Hab dich lieb,
Kristina

PS: Ich habe den Mietvertrag der Wohnung unterschrieben (nur vier Querstraßen von dir entfernt), und Gaga hat eine Wohnung im selben Stockwerk desselben Gebäudes gefunden! Bald sind wir alle New Yorker!

VON: Bett Devlin
AN: Avery Bloom
BETREFF: Spionin im Einsatz

Nachteule –

Dad ist auf einer Baustelle, also habe ich die Gelegenheit genutzt und seine E-Mails gelesen, um zu sehen, wie es ihm geht. Hier etwas Interessantes: Kristina hat Kontakt mit ihm aufgenommen!
Hat sie Dads E-Mail-Adresse von dir? Anscheinend hält sie sich an das Motto »Die Feinde meiner Feinde sind meine Freunde«.
Die meisten Leute denken, der Spruch stammt von Captain Kirk aus Star Trek, dabei ist er ursprünglich von einem Inder namens CHANAKYA aus dem 4. Jahrhundert vor Christus. Das weiß ich, weil wir in der Schule gerade das Thema »geistiges Eigentum« durchnehmen + dazu gehört es, die wahren Urheber zu würdigen, also die, die eine Idee zuerst hatten. In der Vergangenheit wurden die Urheberrechte von vielen Frauen + Minderheiten unter den Teppich gekehrt.

xo
Sternhai

PS: Profitipp: Wenn du deinen Vater weichklopfen willst, benutze häufig deinen Inhalator.

VON: Avery Bloom
AN: Bett Devlin
BETREFF: Re: Spionin im Einsatz

Das von Chanakya wusste ich nicht. Und ja, Kristina hat mich nach der E-Mail-Adresse deines Vaters gefragt. Natürlich habe ich sie ihr gegeben!
Ich glaube, es ist gut, dass die gemeinsamen Feinde in Kontakt sind. Das Neueste von hier ist, dass wegen der Sorgerechtsfrage jemand vom Jugendamt ein Gutachten über meine »häusliche Umgebung« erstellen soll. Und zwar sowohl mein eigentliches Zuhause bei Papa als auch die Wohnung, die Kristina gerade erst gemietet hat. Ich habe das Gefühl, alles läuft aus dem Ruder.
Bitte berichte, was sich dort tut. Ich befolge deinen Rat und tue so, als bräuchte ich ständig meinen Inhalator. Papa weiß nicht, dass ich nur so tue, und macht sich Sorgen um mich. Was gut ist, weil er weniger wütend ist, wenn er sich Sorgen um mich macht. Danke für den Tipp!

VON: Bett Devlin
AN: Avery Bloom
BETREFF: ALARMSTUFE ROT!!!!

Ich habe versucht dich anzurufen. Ich glaube, ich habe meine Tage bekommen. ALARMSTUFE ROT!

VON: Avery Bloom
AN: Bett Devlin
BETREFF: Re: ALARMSTUFE ROT!!!!

Habe versucht zurückzurufen. Keine Antwort. Gesimst. Keine Antwort. Wo bist du?
Hast du Bauchweh?
Denk immer dran, es ist nicht so schlimm, wie du denkst, sobald du dir klarmachst, dass du nicht verblutest.

VON: Bett Devlin
AN: Avery Bloom
BETREFF: Re: Re: ALARMSTUFE ROT!!!!

Ich wollte Dad nicht mit reinziehen, also habe ich Gaga angerufen. Im Moment seid ihr zwei die EINZIGEN AUF DER WELT, die es wissen, außer Angel, Summer, Ceci + Imani. Halt, nein. Sil + Tiana + Morgan habe ich auch gesimst.
So war es bei mir: Ich hatte plötzlich ganz komische Bauchschmerzen. Es hat sich angefühlt, als wäre irgendwo in meinem Inneren ein Scheibenwischer an. Du kennst das Gefühl wahrscheinlich, aber für mich war es neu.
Zum Abendessen hatte ich Chickennuggets gegessen + zwar zu viele, deswegen dachte ich erst, es kommt davon. Aber auf dem Klo habe ich dann den Blutfleck in meiner Unterhose entdeckt.
Mein erster Gedanke war: »Wie habe ich mich denn da geschnitten?« Ich bin sogar aufgestanden + hab an den Schenkeln nach der Wunde gesucht, aber dann hab ich mich wieder gesetzt + gedacht: »Oh Mann. Wahnsinn.«

Ich habe es laut zu mir selbst gesagt, wie manchmal im Fernsehen Leute, die mit ihrem Spiegelbild sprechen.
Weil ich ein Spätzünder bin, war ich vorbereitet. Also habe ich mir eine »Binde« aus dem Schrank geholt + in meine Unterhose gelegt. Es fühlt sich an, als hätte ich ein Hotdog-Brötchen im Schlüpfer. Ich schwör dir, daran gewöhne ich mich nie! Hast du dich etwa daran gewöhnt? Sei ehrlich. Ich kann die Wahrheit ertragen. Eigentlich würde ich lieber Tampons benutzen, aber die muss ich erst besorgen.
Ach, und noch was Abgefahrenes: Die HUNDE wissen Bescheid. Junie + Raisin waren ganz außer Rand und Band, als ich (endlich) aus dem Bad kam.
Ich wünschte, du wärst nicht so weit weg! Bitte schick mir Tipps. Es ist alles viel ekliger, als ich es mir vorgestellt hatte + viel verrückter. Warum reden nicht ständig alle (Mädchen und Frauen) nur darüber?

Hab dich lieb,
Sternhai

VON: A. Allenberry Bloom
AN: Bett Devlin
BETREFF: Körperfunktionen

Sternhai –

am Anfang musst du ein bisschen planen, aber du hast dich schnell daran gewöhnt. Am besten, du schreibst es dir in den Kalender, damit du nicht vergisst, wann es wieder so weit ist. Ich weiß, du bist kein großer Fan von Kalendern und Listen, aber sie können echt praktisch sein. Wenn du nicht »Periode« oder »Mens« reinschreiben willst, kannst du auch einfach einen roten Punkt machen. Na ja, das wäre ziemlich durchschaubar. Oder ein Emoji oder irgendein willkürliches Zeichen, um die Leute zu verwirren, einen Zwerg mit roter Mütze oder so.

Bitte speichere diese neue E-Mail-Adresse. Das ist jetzt mein Geheim-E-Mail-Konto, und ich checke es nur, wenn ich nicht zu Hause bin, bei meiner Freundin Ariel Balakian zum Beispiel. Sie lässt dich grüßen. (Zur Erinnerung: Ihr Vater ist der Friedensrichter, und ihnen gehört der Schnoodle Sandra Day.)

Schreib mir zurück. Ich bin den ganzen Tag bei Ariel.

xo

Alles Liebe,

Nachteule

VON: Bett Devlin
AN: A. Allenberry Bloom
BETREFF: Re: Körperfunktionen

Ich schwör dir, ich werde mich niemals an diese komische PERIODE gewöhnen, auch wenn ich dir gern glauben würde.

Was ist, wenn ich auf einen weißen Sessel blute? In den nächsten fünf Tagen setze ich mich nur noch auf rote Sitzmöbel. Ich verstehe nicht, warum es an öffentlichen Orten nicht mehr davon gibt. Ich glaube, ich versuche es mit dem Zwergen-Emoji.

Du wirst dich freuen zu hören, dass ich darüber nachdenke, dem NaWi-Club beizutreten. Ein paar Sachen, die wir im CIGI-Camp gemacht haben, waren echt cool. Außerdem habe ich meine Rakete nie fertig gebaut + sie haben mir gerade mein Raketen-Tagebuch von

CIGI zurückgeschickt, also habe ich mit neuen Berechnungen angefangen.
Meine Freundin Angel sagt, in ihrem Förderprogramm für Hochbegabte haben sie einen 3D-Drucker. Eigentlich voll unfair uns anderen gegenüber, weil wir bloß 2D haben. Das hat mir im CIGI-Camp gefallen. Ich habe gehört, in San Francisco gibt es ein Start-up, wo man sich mit einem 3D-Drucker ein richtiges Haus ausdrucken + dann einziehen kann.
Grüß Ariel zurück. Ich hoffe, ihr Schnoodle ist brav. Sandra Day ist kein guter Name für einen Hund, finde ich, auch wenn es ein Weibchen ist. Ich hätte sie Boots getauft.

VON: A. Allenberry Bloom
AN: Bett Devlin
BETREFF: Unter der Lupe

Letzte Woche kam die Frau vom Jugendamt zwei Mal, um mein häusliches Umfeld zu »begutachten«. Einmal zu Papa. Einmal zu Kristina. Wie ich festgestellt habe, gibt es nichts Schwierigeres auf der Welt, als sich natürlich zu verhalten. Es ist vollkommen unnatürlich.
Während des »begleiteten Nachmittags« bei Kristina habe ich ihr wirklich angemerkt, dass sie vom Theater kommt, weil sie eindeutig geschauspielt hat. Sie war sogar anders angezogen als sonst. Ihr ganzes Outfit war haferflockenbeige. Sie sah aus wie eine Zoowärterin. Ich habe sie kaum erkannt. (Sie hatte auch keinen Schmuck an wie sonst, keinen Schal, keinen Kajal, keine Armreifen, keine Extensions und keinen Hut.)
Wir haben nicht in Versen geredet, Indonesisch gegessen oder Möbel herumgeschoben wie sonst. Stattdessen haben wir vor der Nase der

Sozialarbeiterin *Kekse gebacken*. Hafervollkornkekse (passend zu Kristinas Kleidern).
Solange die Frau vom Amt da war, hat Kristina kein einziges Mal »Spitze!« gesagt und kein einziges Mal gesungen. An der Wand hing ein Kalender, den ich noch nie gesehen hatte. An einem Tag stand in großen Buchstaben: »Avery Kieferorthopäde«. Ich glaube, das hat sie frei erfunden. Meine Zähne sind ziemlich gerade, wie du weißt. Außerdem hingen Post-its daran mit Notizen wie: »Vitamine für Avery«. Über der Spüle hing ein Schild mit dem Satz: »Händewaschen ist der einfachste Schutz vor ansteckenden Krankheiten.«
Ich hoffe, das Gutachten fällt gut aus. Kristina war völlig erledigt, als der Besuch vorbei war. Ich auch.

Alles Liebe,
xo
Avery Allenberry Bloom

VON: Bett Devlin
AN: A. Allenberry Bloom
BETREFF: Re: Unter Beobachtung

Ich wünschte, ich hätte Kristina in ihrem Haferflocken-Outfit gesehen! Als berühmte Theater-Regisseurin hat sie bestimmt die ganze Zeit improvisiert.
Dad arbeitet in letzter Zeit nur noch. Das hat er zwar früher auch gemacht, bevor er deinen Vater kennenlernte, aber manchmal hat er sich auch mit Freunden getroffen oder war Rad fahren. Jetzt sitzt er in seiner Lieblingsnische vor seinem Computer (in der ehemaligen Kirche, in der wir wohnen, gibt es lauter Nischen).

Er geht nicht mal mehr ins Fitnessstudio, und danach war er früher süchtig. Das beweist, wie mies er drauf ist.
Geht deiner ins Fitnessstudio? Oder ist er auch so ein TRAUERKLOß, der den ganzen Tag auf den Bildschirm starrt?
Ich schätze, inzwischen bereuen die Dads die kleinen Tattoos, die sie sich am Knöchel haben stechen lassen.
S. B. + M. D.
Dad trägt jetzt IMMER Socken. Ich glaube, das Tattoo triggert bei ihm irgendwas. Ich würde mir nie jemandes Anfangsbuchstaben eintätowieren lassen. Das kann doch nur in einem Drama enden.
Gaga hat gesagt, ich muss Dad zwingen rauszugehen + neue Leute kennenzulernen. Wenn er jemanden trifft, der ihn interessiert, sagt sie, lächelt er bald wieder. Aber ich kann das nicht.
Gaga sagt: »NICHT DIE ZEIT HEILT ALLE WUNDEN, SONDERN DIE LIEBE.« Den Spruch hat sie mal in Dallas in einem Glückskeks gefunden, nachdem mein Großvater Alden gestorben war. Seitdem hat sie ihn im Geldbeutel.

VON: A. Allenberry Bloom
AN: Bett Devlin
BETREFF: Die zwei traurigsten Wörter

Was, findest du, sind die zwei traurigsten Wörter, die es gibt in unserer Sprache?

VON: Bett Devlin

AN: A. Allenberry Bloom

BETREFF: Re: Die zwei traurigsten Wörter

»Keine Haustiere.«

Und DU?

VON: A. Allenberry Bloom

AN: Bett Devlin

BETREFF: Re: Re: Die zwei traurigsten Wörter

»Träum weiter.«

ZWEI MONATE SPÄTER

VON: Bett Devlin
AN: A. Allenberry Bloom
BETREFF: HEUTE!

Frohes Fest! Als Weihnachtsbaum haben wir einen Zitronenbaum, den wir jedes Jahr schmücken (weil Phillip es so gemacht hat), und darunter haben wir gerade die Geschenke ausgepackt. Du hast meinen FREUDENSCHREI wahrscheinlich bis nach New York gehört! Der HAI ist mein ALLERSCHÖNSTES GESCHENK, ohne Witz – und ich hab dir eine EULE geschickt! Wir sind voll auf einer Wellenlänge. Und das, obwohl wir eigentlich viel zu alt sind für Stofftiere. DANKE, DANKE, DANKE, Avery! Auch das T-Shirt mit dem Spruch DAS IST MEINE CAMP-FRISUR ist supercool. Ich ziehe es am ersten Schultag nach den Ferien an + verspreche, dass ich *Die Insel der blauen Delfine* lese. Im Meer sehe ich ständig Delfine + es ist voll cool, dass es um ein MÄDCHEN geht, das auf einer Insel lebt, und nicht um einen Jungen oder einen Außerirdischen.
Als Dad gesehen hat, wie ich mich gefreut habe, ist er ganz still geworden. Da hab ich zu ihm gesagt: »An Weihnachten geht's nicht um Geschenke, sondern darum, unser Herz zu öffnen.« Das hat Angels Mutter mal gesagt. Solche Sprüche sehen mir überhaupt nicht ähnlich, aber das ist Dad nicht aufgefallen.
Jedenfalls habe ich ihn angesehen + vorgeschlagen: »Wir könnten Avery + ihrem Papa über Skype ein FROHES FEST wünschen.«
Da ist er aufgestanden + hat gesagt, ich soll es allein machen. Fröhliche Weihnachten! Frohes Chanukka-Fest! Happy Chappie! (Das ist auch eine Hai-Art.) Wir skypen später!

Hab dich lieb,
Sternhai

VON: A. Allenberry Bloom
AN: Bett Devlin
BETREFF: Re: HEUTE!

Es ist so cool, dass wir die gleiche Idee mit dem Geschenk hatten. Und noch dazu T-Shirts mit Camp-Sprüchen? Ich würde mein »Ruhe bewahren und weitercampen«-T-Shirt auch gern am ersten Schultag anziehen, aber wir haben eine Schuluniform. Das ist so unfair (aber dafür ist morgens das Anziehen viel leichter).

Und über die Schachtel mit den Möwenfedern freue ich mich auch riesig. Sie kommen zu meiner Federsammlung, weil du die Federn selbst gefunden hast. Auch wenn ich dir sehr dankbar bin, dass du sie gewaschen hast, weil Vogelfedern manchmal Krankheitserreger haben, aber meistens nur, wenn die Federn von toten Vögeln stammen. Deine Federn stammen doch nicht von toten Vögeln, oder? Bitte bestätigen.

Papas Geschenke habe ich an den acht Abenden des Lichterfests (Chanukka) aufgemacht. Und mit Kristina feiere ich heute Abend Weihnachten. Gott sei Dank haben Papa und sie sich auf das Wechselmodell geeinigt, weil Kristina mit mir nächsten Dienstag zum Ohrlöcher-Stechen gehen will.

Ich habe Angst, dass es wehtut oder sich entzündet, aber ich nehme meinen ganzen Mut zusammen. Ich werde mein Leben lang nur Ohrstecker aus chirurgischem Stahl tragen. Das habe ich mir geschworen.

Schade, dass dein Skypen-Vorschlag nicht so gut ankam. Ich wette, wenn Papa mit deinem Vater über Häuser und Schwimmbäder reden würde (oder was sie sonst geredet haben, als sie sich verliebt haben), käme der Zauber vielleicht zurück.

Neulich habe ich Kyle Shapiro beobachtet und daran gedacht, wie toll ich ihn letztes Jahr fand. Und nur vom Ansehen kam ein bisschen von

dem Gefühl zurück. Andererseits waren wir zwischendurch nicht zusammen in China, sondern nur auf einem Ausflug ins Textil-Museum.
Also gut, Bettchen, frohe Feiertage!
Was ich mir fürs neue Jahr wünsche, ist ein Geheimnis, und an meinen guten Vorsätzen arbeite ich noch.

VON: Bett Devlin
AN: A. Allenberry Bloom
BETREFF: Re: Re: HEUTE!

Ich finde, wir sollten uns fürs neue Jahr DASSELBE vornehmen, und zwar: DIE DADS WIEDER ZUSAMMENZUBRINGEN.
Der erste Schritt wäre, sie ZUR SELBEN ZEIT AN DENSELBEN ORT zu bringen.
Was hältst du davon?

VON: A. Allenberry Bloom
AN: Bett Devlin
BETREFF: Re: Re: Re: HEUTE!

Ja! Wir stecken zwei Leute, die nichts voneinander wissen wollen, in einen Raum, damit sie einsehen, was für ein Fehler es war, Schluss zu machen, und sich sofort wieder ineinander verlieben.
Nur, wie?

VON: Bett Devlin
AN: A. Allenberry Bloom
BETREFF: Re: Re: Re: Re: HEUTE!

Das Glück lacht dich an. (Das steht auf einer von unseren Tassen.)
Ich hab gerade mit GAGA telefoniert. Dad hat ihr erzählt, dass wir zur Premiere von *DAS GEWICHT DES HALBEN HIMMELS* NACH NEW YORK kommen, schon in 9 Wochen!
Das ist der Tag, auf den wir gewartet haben, Avery. Schaffst du es, DEINEN VATER mit zur Premiere zu nehmen? Ich weiß, dass er nicht viel für Kristina übrighat, aber immerhin haben sie sich auf das geteilte Sorgerecht geeinigt + zahlen keine Anwälte mehr, um sich gegenseitig fertigzumachen.
Falls ihr nicht zur Premiere kommt, organisieren wir ein anderes zufälliges Treffen – vielleicht in dem Café, von dem du mir erzählt hast, wo es heiße Schoko-Milkshakes gibt. Du würdest mit deinem Vater an einem der Tische sitzen + die Glocke über der Tür würde bimmeln + wenn er aufsieht, steht mein Dad da.
Die Dads würden sich ansehen + »Waaaas???« rufen + gleichzeitig übers ganze Gesicht grinsen + feuchte Augen kriegen, ohne es zuzugeben + du + ich würden uns aufs Klo verziehen, damit sie sich allein unterhalten können, bis der Zauber der großen Gefühle wiedererwacht.
Wie findest du das?
Das ist das allergrößte Weihnachtsgeschenk: Es gibt Hoffnung, dass wir wieder eine Familie werden!

VON: A. Allenberry Bloom
AN: Bett Devlin
BETREFF: Re: Re: Re: Re: Re: HEUTE!

Wie Alexander Hamilton sagte: »Wir verschenken keine Chance.« Ihr kommt von der Sonne in den Schnee, und wir sind das Empfangskomitee! (Der Reim war keine Absicht. Ich bin kein Poetry-Slammer, sondern bloß superaufgeregt!)

VON: Bett Devlin
AN: A. Allenberry Bloom
BETREFF: Es geht los

Wir haben Tickets + übernachten bei Gaga! Dad schläft auf der Couch + ich mit Gaga im großen Bett. Wenn du bei Kristina übernachtest, SIND WIR FLURNACHBARN! Wie gut, dass du deiner Cello-Lehrerin die Hochzeitsbücher nur geliehen hast. Wahrscheinlich brauchen wir sie bald zurück. Hoffentlich hat sie die Checklisten nicht ausgefüllt.

VON: A. Allenberry Bloom
AN: Bett Devlin
BETREFF: Möglicher Begegnungsort: Neues Fitnessstudio

Sternhai –

Papa hat ein neues Fitnessstudio. Er ist ganz begeistert. Sein Vorsatz fürs neue Jahr ist, wieder fit zu werden. Ich finde, er ist schon ziemlich fit, aber anscheinend kann man nie fit genug sein.

Er geht ziemlich oft zum Sport. Manchmal sogar abends. Wenn ihr hier seid und wir es nicht schaffen, sie im Theater zu verkuppeln, können wir deinen Dad vielleicht ins Fitnessstudio locken (mein Vater hält sich strikt an seinen Stundenplan). Es gibt Besucherpässe, und dann bekommt man eine Tour durch das ganze Studio und muss sich mit einem Messschieber das Fett messen lassen, aber das dauert nicht lang. Ich habe im Internet recherchiert.

VON: Bett Devlin
AN: A. Allenberry Bloom
BETREFF: Re: Möglicher Begegnungsort: Neues Fitnessstudio

Mein Vater fährt Rad + joggt + surft, aber er geht nicht mehr ins Fitnessstudio. Ich könnte versuchen, ihn zu überreden, wieder hinzugehen. Wir haben nur noch 5 Wochen Zeit.
WARUM hat dein Vater ein neues Fitnessstudio? Das ist vielleicht ein schlechtes Zeichen. Er hat sich in letzter Zeit doch keine neuen Klamotten gekauft oder so was – oder? Wann war er das letzte Mal beim Frisör?

VON: A. Allenberry Bloom
AN: Bett Devlin
BETREFF: Re: Re: Möglicher Begegnungsort: Neues Fitnessstudio

---

Er war am Freitag beim Frisör. Und letzte Woche hat er sich eine neue Hose gekauft. Und neue Schuhe. Und einen Gürtel. Warum? Ich glaube nicht, dass das was zu bedeuten hat.

VON: Bett Devlin
AN: A. Allenberry Bloom
BETREFF: Re: Re: Re: Möglicher Begegnungsort: Neues Fitnessstudio

Sag Bescheid, wenn du mitbekommst, dass dein Vater abends SIT-UPS macht. Als Dad deinen Dad kennengelernt hatte, hat er STÄNDIG Sit-ups gemacht.
Und sieh nach, welche Zahnpasta er benutzt. Falls er die Zahnpasta gewechselt hat und jetzt eine mit AUFHELLER benutzt, sieht es finster aus.
Mein Dad starrt immer noch aus dem Fenster + isst zu schrägen Zeiten Frühstücksflocken. Was ihn angeht, haben wir also keine Probleme zu erwarten.

VON: A. Allenberry Bloom
AN: Bett Devlin
BETREFF: B-O-B

Sternhai,

du hattest recht. Keiner geht grundlos zum Frisör oder kauft sich plötzlich neue Klamotten. Mir wird übel, wenn ich es bloß schreibe, aber wir kennen jetzt den Grund. Der Grund hat einen Namen:
Bob.
Ich fasse es nicht, dass Papa sich für jemand interessieren kann, der Bob heißt. Aber ich habe ihn vor fünf Minuten gefragt, ob es einen neuen Mann in seinem Leben gebe, und da hat er verlegen gelächelt und zugegeben, dass da möglicherweise ein Mann namens Bob am Horizont ist.

VON: Bett Devlin
AN: A. Allenberry Bloom
BETREFF: Ein Mann namens B-O-B

ICH HABS GEWUSST.
Was für ein Rückschlag. Und SCHLECHTES TIMING. Wir waren so nah dran, die Dads zum ersten Mal seit der chinesischen Trennung wieder an einen Ort zu kriegen, damit sie einsehen, was für einen Riesenfehler sie gemacht haben + dass sie sich eigentlich immer noch lieben.
Ja, BOB ist echt ein Steinzeitname + klingt superlangweilig.
Wie ernst ist es? STELLT ER IHN DIR VOR?
Ist es SO ernst?

VON: A. Allenberry Bloom
AN: Bett Devlin
BETREFF: Re: Ein Mann namens B-O-B

Gerade als ich dir schrieb, kam Papa herein (er weiß nicht, dass ich dir schreibe) und hat gesagt, Bob kommt am Samstag zum Essen. Er hat mir erzählt, dass sie seit dreieinhalb Wochen zusammen sind. Das heißt wohl, er zählt die Tage.
Bis jetzt weiß ich nur, dass Bobs Name ein Palindrom ist (= er schreibt sich vorwärts und rückwärts gleich). Palindrom ist ein typisches Wort bei Wortschatzprüfungen, aber es ist auch eins von denen, die man nie freiwillig benutzen würde, weswegen ich diese Prüfungen echt unfair finde.
Ich mag Palindrome, aber Bob sollte seinen Namen in Otto ändern, falls er interessanter klingen will.

Im Moment heißt er *Bob Bilderback*.
Aber ich würde natürlich niemandem seinen komischen Nachnamen zum Vorwurf machen. Seine Eltern hießen eben Bilderback, da kann er nichts dafür.
Ich habe andere Gründe, ihn nicht zu mögen.

VON: Bett Devlin
AN: A. Allenberry Bloom
BETREFF: Re: Re: Ein Mann namens B-O-B

Versuch beim Kennenlernen so ÄTZEND wie möglich zu sein, aber so UNAUFFÄLLIG wie möglich. Das ist meistens besser als ein Frontalangriff.
Dieses SCHNAUBEN, das du manchmal machst, weil du angeblich empfindlich auf hohe Luftfeuchtigkeit reagierst, ist supernervend. Damit könntest du anfangen.
Bob hat keine Kinder, oder?

VON: A. Allenberry Bloom
AN: Bett Devlin
BETREFF: Re: Re: Re: Ein Mann namens B-O-B

Meine erste Frage an Papa war, ob Bob Bilderback Kinder hat!
Nein, das Palindrom hat keine Kinder. Er hat gerade eine lange Beziehung hinter sich (schade, dass wir den Typen nicht auftreiben können, um ein paar schmutzige Details zu erfahren).
Ich hab die Nase voll von Drama. Vorgestern hat Kristina Papa gefragt, ob sie ausnahmsweise ihren Tag von Montag auf Dienstag verschie-

ben könnte, und mein Vater hat sich aufgeregt, als hätte sie ihn gebeten, ihr ein Organ zu spenden. Ich schätze, er war für Montag mit B-O-B verabredet.

Als ich bei Kristina war, haben wir uns was zu essen bestellt und einen uralten Film gesehen (nicht schwarzweiß), der *KRAMER GEGEN KRAMER* hieß. Kristina hat schon geheult, bevor es überhaupt traurig wurde, weil sie den Film kannte. (Er handelt von Eltern, die sich um das Sorgerecht für ihr Kind streiten.) Ich schätze, das Thema ist guter Filmstoff.

Eigentlich wollte Gaga mit uns gucken, aber sie hat sich für einen neuen Jazztanz-Kurs angemeldet. Sie sagt, sie muss für die Premiere Ausdauertraining machen.

VON: Bett Devlin
AN: A. Allenberry Bloom
BETREFF: Re: Re: Re: Re: Ein Mann namens B-O-B

Meine Freundin Angel hat geschiedene Eltern + eine Weile haben sie die wöchentliche »Übergabe« (wie sie es nannten) auf dem Parkplatz der Polizei gemacht, was echt schräg ist. Aber meine Freundin Zoe hat auch geschiedene Eltern + die machen alle zusammen Ferien in Hawaii + mieten sich sogar gemeinsam eine Ferienwohnung.

Es gibt viele Arten. Nur dass manche davon viel einfacher für die Kinder sind als andere.

Sag Kristina, ich freue mich RIESIG auf sie. Und berichte vom Samstag mit Bob Bilderback. Aber vergiss nicht: SABOTAGE.

Das wäre auch ein guter Name für einen zahmen Bussard.

Ist es erlaubt, einen Bussard zu halten?

VON: A. Allenberry Bloom
AN: Bett Devlin
BETREFF: Re: Re: Re: Re: Re: Ein Mann namens B-O-B

Ich weiß, dass man Falken halten kann, vielleicht kann man auch Bussarde halten.
Ich könnte mir dich gut als Falknerin vorstellen, aber ich schätze, es würde dir nicht gefallen, wenn die Vögel vor deiner Nase lebendige Kaninchen und Eichhörnchen jagen und fressen, während du mit einem riesigen Lederhandschuh, der bis zum Ellbogen geht, danebenstehst.
Wahrscheinlich könntest du so lange die Augen zumachen, aber ich finde, es klingt trotzdem verstörend. Ich habe mal einen Falkner gesehen, als ich mit Papa auf dem Mittelalterfest in Tuxedo war, das ist eine Stunde nördlich von New York City. Wir haben Truthahnschenkel gegessen, die waren so groß wie die Keulen von Höhlenmenschen. Wenn Papa jetzt nach Tuxedo fahren würde, würde er wahrscheinlich Bob mitnehmen. Dann würden sie Keulen essen und abwechselnd aus einem riesigen silbernen Kelch Met trinken. Igitt.

VON: Bett Devlin
AN: A. Allenberry Bloom
BETREFF: Re: Re: Re: Re: Re: Re: Ein Mann namens B-O-B

Ich will keinen Bussard als Haustier. Oder Falknerin werden.
Alle Vögel sollten frei sein.

VON: A. Allenberry Bloom
AN: Bett Devlin
BETREFF: Re: Re: Re: Re: Re: Re: Re: Ein Mann namens B-O-B

Alle Kinder auch.

VON: A. Allenberry Bloom
AN: Bett Devlin
BETREFF: Re: Re: Re: Re: Re: Re: Re: Re: Ein Mann namens B-O-B

Eben ist Bob wieder gegangen. Was für ein Schleimer. Als Papa mit ihm ins Fernsehzimmer kam, tat er so, als wäre er rein zufällig vorbeigekommen, nicht extra, um mich kennenzulernen. Als er mich gesehen hat, hat er mit geheuchelter Überraschung gesagt: »Na, wen haben wir denn hier?«

Am liebsten hätte ich gesagt: »Eine schlecht-gelaunte Beinahe-Teenagerin mit saisonbedingten Allergien, die will, dass Sie *sofort* verschwinden.« Aber ich habe es nicht gesagt. Ich habe gelächelt (mit starrem Blick, ohne zu blinzeln).

Ich weiß, dass Papa ihn gut vorbereitet hat, aber Bob hat trotzdem mit mir geredet wie mit einer 5-Jährigen. Er hat sich runtergebeugt und mit dieser Babystimme gefragt: »Na, Avery, was sammelst du so?«

Wie kommt er darauf, dass ich irgendwas sammele? Bloß weil ich ein Kind bin? So ein Blödsinn.

Na gut, ich sammele Halstücher aus Bio-Baumwolle und Erstausgaben und meine Federn (nur in der freien Natur gefundene, wie du weißt). Und *National-Geographic*-Ausgaben von vor 1962 (in sehr gutem Zustand). Aber das geht B-O-B überhaupt nichts an.

Deswegen habe ich einfach gesagt: »Nichts.«

Als er weg war (was gedauert hat), habe ich zu Papa gesagt: »Nicht böse gemeint, aber kann es sein, dass mit Bob irgendwas nicht stimmt?«

Worauf er antwortete: »Bob hat keine Erfahrung mit Kindern. Er lebt in seiner eigenen Welt.« Und dann hat er gelacht, als wäre es was Tolles, in seiner eigenen Welt zu leben.

Folgendes habe ich mitbekommen, während Papa und das Palindrom doppelte Espressos und ungefähr sieben Mandeln zu sich nahmen und ich so tat, als würde ich an meinem NaWi-Projekt arbeiten, aber eigentlich lauschte: Bob ist Anwalt. Angeblich gehört er zu den Guten und kämpft gegen die Gerechtigkeit (ich meine, für). Er ist 36 und macht jeden Tag um 6:00 Uhr früh 90 Minuten Krafttraining in der Michael-Scanlon-Gym, bevor er mit einem City-Bike 7,7 Kilometer in die Kanzlei fährt. So viel Sport scheint mir übertrieben. Er hat 8 % messbares Körperfett. Ich weiß aber nicht, ob ich den Teil richtig gehört habe.

Ich glaube, am meisten gefällt Papa an Bob, dass Bob kein Typ ist, der mit dem Motorrad durch China fahren würde.

Ich fürchte aber auch, dass in ihrer Beziehung Bob das Sagen haben wird, weil Papas Herz immer noch angeschlagen ist.

Ich habe gehört, wie er zu Bob sagte: »Na ja, ich habe schon ein Kind. Sie ist das Beste, was mir im Leben passiert ist. Aber, nein, ein zweites würde ich nicht kategorisch ausschließen.«

Ich glaube, für einen Moment ist mir tatsächlich das Herz stehen geblieben.

Seit Bob gegangen ist, habe ich drei Mal meinen Inhalator gebraucht. In echt.

VON: Bett Devlin
AN: A. Allenberry Bloom
BETREFF: Sammlungen

Wie kommt er auf die Idee, du würdest irgendwas SAMMELN, nur weil du ein KIND bist? Das ist doch bescheuert + ein Klischee + eine Beleidigung dazu!
Ich sammele:

- HUNDE-Figuren
- Hai-Figuren
- MUSCHELN (nicht nur in der Natur gefundene; ich habe auch ein paar schöne auf Garagenflohmärkten gefunden)
- ORANGENE T-Shirts mit Sprüchen
- Fotos von MEERKATZEN

Frage: Vielleicht können wir ZUSAMMEN was sammeln? Irgendwelche Sachen, von denen wir dann die Westküsten- und die Ostküsten-Version hätten.

VON: A. Allenberry Bloom
AN: Bett Devlin
BETREFF: Re: Sammlungen

Super Idee.
Aber es sollten keine Sammelkarten sein. Oder Radiergummis oder Parfumfläschchen. Ist ja klar.

VON: Bett Devlin
AN: A. Allenberry Bloom
BETREFF: Re: Re: Sammlungen

Glasklar.
Ich würde gerne kleine Wassertiere sammeln (lebendige), aber das geht wahrscheinlich nicht. Abgesehen von allem anderen wäre es schwer, sie hin- und herzuschicken.
Wir könnten vielleicht mit Schlüsselanhängern anfangen.

VON: A. Allenberry Bloom
AN: Bett Devlin
BETREFF: Re: Re: Re: Sammlungen

Schlüsselanhänger sind eine gute Idee. Bei uns liegt ein Schlüsselanhänger in der Küchenschublade. Er hat die Form eines Raben. Ich weiß nicht, wo er herkommt. Das könnte der Anfang unserer Sammlung sein.

VON: Bett Devlin
AN: A. Allenberry Bloom
BETREFF: Re: Re: Re: Re: Sammlungen

Du kennst den Unterschied zwischen Raben und Krähen, oder?
Bitte sag Bescheid, ob der Schlüsselanhänger ein Rabe oder eine Krähe ist.

VON: A. Allenberry Bloom
AN: Bett Devlin
BETREFF: Re: Re: Re: Re: Re: Sammlungen

Mir war der Unterschied nicht klar, aber ich werde mich in das Thema einarbeiten. Ich schätze, früher gab es viele Krähen und Raben in New York, aber sie wurden krank, und die meisten sind gestorben. Die Tauben haben die Stadt übernommen. Wir haben so viel Vogelmist auf den Fensterbrettern, dass wir sie ständig putzen müssen, aber nur mit Gummihandschuhen wegen der Hygiene.
Es heißt immer, Krähen wären sehr schlau. (Natürlich nicht so schlau wie Eulen!) Warum eigentlich?

VON: Bett Devlin
AN: A. Allenberry Bloom
BETREFF: Re: Re: Re: Re: Re: Re: Sammlungen

Im CIGI-Camp hättest du dein Experiment statt mit J. K. Rowling mit einer Krähe machen sollen, dann wüssten wir jetzt vielleicht mehr. Kann man Kräheneier eigentlich essen? Oder muss ein Vogel gackern, damit seine Eier genießbar sind?
Ich denke nur laut.

VON: A. Allenberry Bloom
AN: Bett Devlin
BETREFF: Re: Re: Re: Re: Re: Re: Re: Sammlungen

Du denkst immer laut, Sternhai. Das mag ich an dir.

VON: Bett Devlin
AN: A. Allenberry Bloom
BETREFF: Re: Re: Re: Re: Re: Re: Re: Re: Sammlungen

Danke! Das ALTER einer Krähe erkennt man übrigens an der FARBE ihrer Augen. Die Augen von KLEINEN KRÄHEN sind in der Mitte BRAUN. Wenn sie älter werden, wird das Braun WEIß. Zwischendurch haben sie BLAUE Augen, aber ich hab vergessen, in welchem Alter.
In Kalifornien gibt es überall Krähen. Aber es ist schwer, NAHE genug ranzukommen, um ihre AUGÄPFEL zu analysieren.
Wenn du BOB das nächste Mal siehst, frag ihn nach dem UNTERSCHIED zwischen Raben und Krähen. Dann wissen wir, ob Bob sich Tier-Dokus ansieht. Ich wette nicht.

VON: A. Allenberry Bloom
AN: Bett Devlin
BETREFF: Re: Re: Re: Re: Re: Re: Re: Re: Re: Sammlungen

Ich hoffe, dass es kein nächstes Mal geben wird.

VON: Bett Devlin
AN: A. Allenberry Bloom
BETREFF: Re: Re: Re: Re: Re: Re: Re: Re: Re: Re: Sammlungen

Ich auch.

VON: A. Allenberry Bloom
AN: Bett Devlin
BETREFF: Re: Re: Re: Re: Re: Re: Re: Re: Re: Re: Re: Sammlungen

Nur noch sechzehn Tage, bis du kommst. Ich habe das Ereignis natürlich in meinen Kalender eingetragen, mit zwei automatischen Hinweistönen!
War das mit den Schlüsselanhängern eine gute Idee?
Ich denke mittlerweile, gepresste Blumen wären besser. Was meinst du? Die könnten wir mit der Post hin- und herschicken.

VON: Bett Devlin
AN: A. Allenberry Bloom
BETREFF: Re: Re: Re: Re: Re: Re: Re: Re: Re: Re: Re: Re: Sammlungen

Würden wir die GEPRESSTEN BLUMEN sammeln oder die BÜCHER, in denen wir sie pressen? Ich hab das Gefühl, das ist ein Trick von dir, damit ich deinem Buchclub beitrete.
Aber auf so was falle ich nicht rein, Nachteule.

VON: A. Allenberry Bloom
AN: Bett Devlin
BETREFF: Re: Re: Re: Re: Re: Re: Re: Re: Re: Re: Re: Re: Re: Sammlungen

Ha! Ich wollte dich nicht reinlegen, Sternhai.

VON: Bett Devlin
AN: A. Allenberry Bloom
BETREFF: Re: Re: Re: Re: Re: Re: Re: Re: Re: Re: Re: Re: Re: Re: Sammlungen

Na gut. Ich glaube dir. Glaube ich.

VON: A. Allenberry Bloom
AN: Bett Devlin
BETREFF: Re: Re: Re: Re: Re: Re: Re: Re: Re: Re: Re: Re: Re: Re: Re: Sammlungen

Ich habe mich in das Thema Blumen pressen eingearbeitet. Es gilt als richtiges Kunsthandwerk. Das ist etwas anderes als sammeln. Vielleicht sogar besser!
Ich habe gerade gelesen, dass Emily Dickinson (die große Dichterin) wahrscheinlich unter Platzangst litt (Agoraphobie, also Angst vor *viel* Platz, nicht Klaustrophobie, Angst vor wenig Platz, was häufig verwechselt wird). Anscheinend hat sie nur selten ihr Grundstück verlassen. Sie hatte ein »Herbarium«, das ist ein Album, in dem sie gepresste Pflanzen sammelte. Damit hatte sie mit vierzehn angefangen. Am Ende hatte sie über vierhundert Spezies gesammelt!
Ihre Sammlung hätte sich sicher toll in ihrer College-Bewerbung gemacht, aber ich weiß nicht, ob es so was damals schon gab.

VON: Bett Devlin
AN: A. Allenberry Bloom
BETREFF: Re: Re: Re: Re: Re: Re: Re: Re: Re: Re: Re: Re: Re: Re: Re: (...) Sammlungen

Pressen wir BLUMEN oder PFLANZEN?

VON: A. Allenberry Bloom
AN: Bett Devlin
BETREFF: Re: Re: Re: Re: Re: Re: Re: Re: Re: Re: Re: Re: Re: Re: Re: (...) Sammlungen

Weißt du, was wir sind? Blumenmädchen.

VON: Bett Devlin
AN: A. Allenberry Bloom
BETREFF: Blumenmädchen

Blumenmädchen. Cool. BMs.
Ich hab gerade gedacht, es wäre interessant, einen Baum zu pressen (einen kleinen), aber auch ziemlich schwer + dann dachte ich, halt, ist das nicht genau das, was Papier ist?
Ich versuche, eine Löwenzahnblüte zu pressen. Das Problem ist, ich klappe ständig das Buch auf, um nachzusehen, wie weit sie ist. Ziemliche Sauerei.
Hier ist noch eine Sauerei. Ich hab Dad gefragt, ob er DEINEN DAD ANRUFT, wenn wir in New York sind, um Hallo zu sagen. Er sagte: »Nein, Bett, ich rufe ihn nicht an. Das weißt du doch. Zwischen uns ist es aus + vorbei. Bitte HÖR AUF DAMIT.«
Was für eine negative Einstellung! Dabei hat er in letzter Zeit so viel

Yoga gemacht. Ich habe ihn gefragt: »Dad, machst du Yoga, weil es dich entspannt + dir hilft, über Sam wegzukommen?«
Da ist er sauer geworden + hat gesagt: »So ein Quatsch. Ich bin schon seit Monaten über Sam hinweg.«
Er macht also GARANTIERT wegen Sam Yoga.
WANN weißt du, ob dein Dad MIT zur Premiere kommt?

VON: A. Allenberry Bloom
AN: Bett Devlin
BETREFF: Re: Blumenmädchen

Ich warte noch auf den richtigen Zeitpunkt, ihn zu fragen. Aber falls ich es nicht schaffe, ihn zur Premiere mitzubringen, müssen wir überlegen, wie wir am besten ein »zufälliges« Treffen arrangieren, was selbst in einer Welt der Handys, sozialen Medien und Online-Kalender nicht ganz einfach wird, wenn dabei ein heißer Schoko-Milkshake rausspringen soll.
Ich presse gerade einen Krokus.
Eine Herausforderung.

VON: Bett Devlin
AN: A. Allenberry Bloom
BETREFF: Re: Re: Blumenmädchen

Ich glaube, BOB könnte uns sogar NÜTZLICH sein. Du könntest sagen, du WILLST UNBEDINGT, dass Bob die Arbeit deiner Mutter sieht. Dann denkt dein Dad vielleicht, du findest BOB gut.
Vielleicht kommt er dann mit zur Premiere?

Aber wenn du die Idee nicht gut findest, fällt mir bestimmt noch was anderes ein.
Übrigens habe ich noch einen zweiten Löwenzahn gepresst, aber diesmal die Pusteblume. Die eignet sich viel besser als die gelbe Fleischblüte.

VON: A. Allenberry Bloom
AN: Bett Devlin
BETREFF: Endgültiger Plan

Ich kann nicht schlafen. Es ist nicht meine normale Schlaflosigkeit wegen meiner Ängste vor Dingen wie dem Klimawandel oder fleischfressenden Bakterien (beide stellen eine große Gefahr dar). Darüber grübele ich nachts nicht mehr so viel, weil es irgendwann langweilig wurde.
Ich kann nicht schlafen, weil es zwischen Papa und dem Palindrom immer ernster wird. Gestern Abend waren sie *um Mitternacht* chinesische Dumplings essen.
Nur Leute, die es ernst miteinander meinen, machen solchen Kram, denn es bedeutet, dass einer von beiden eine verrückte Idee hat und der andere ihm zuliebe jeden Mist mitmacht.
Ich wusste nicht, dass man Pusteblumen pressen kann. Aber ich kann mir vorstellen, dass es schneller geht als bei den Löwenzahnblüten.

VON: Bett Devlin
AN: A. Allenberry Bloom
BETREFF: Re: Endgültiger Plan

Das mit Bob + den Dumplings ist ein SEHR SCHLECHTES ZEICHEN. Aber du kannst froh sein, dass es bei euch in der Nähe ein chinesisches Restaurant gibt, das so spät noch offen ist. Ich liebe frittierte Dumplings (mehr als gedämpfte Dumplings, die manchmal matschig sind).

Ich habe eine neue Idee. Wie wäre es, wenn du DEINEN GEBURTSTAG (der kurz bevorsteht!) dazu nutzt, deinen Vater ins Theater zu kriegen. Sag ihm, dein größter GEBURTSTAGSWUNSCH wäre, dass er mit dir zur Premiere geht. Ganz beiläufig: »Weißt du, was ich mir mehr wünsche als alles andere, Papa? Dass du mit mir zu Kristinas Theaterstück gehst. Es würde mir so viel bedeuten, immerhin werde ich 13 + bin dann ein Teenager. Außerdem wäre es doch schön, wenn Bob auch mitkommt.«

Die Dads haben sich das letzte Mal auf einem chinesischen Flughafen gesehen, als sie sich immer noch über ihre verschwundenen Pässe ärgerten. Das ist eine sehr negative Assoziation. Kein Wunder, dass sie sich getrennt haben.

xo
Sternhai

PS: Wusstest du, dass Löwenzahn zu den *Korbblütlern* gehört, über *Zungenblüten* verfügt und ein *Schirmflieger* ist? Das hat Angel mir erzählt, die Wörter liebt. Du würdest sie mögen.

VON: Betty Devlin
AN: Bett Devlin
BETREFF: Du bist fast da

Ich galoppiere in meinem Hamsterrad, bis du kommst, mein Kind! Wer hätte gedacht, dass ich mal in New York lebe und auf der Bühne stehe?

So sehen hier meine Tage aus: Morgens kämpfe ich mich aus den Federn und nehme den Fahrstuhl ins Erdgeschoss, wo ich mir bei Dinos einen Kaffee hole. Dinos macht immer eine große Kanne für die Handwerker, und er hat nichts dagegen, wenn ich nach hinten in seinen Postraum gehe und mir einen großen Becher abfülle. Dinos ist unser Doorman, das ist eine Mischung aus Empfangschef und Hausmeister. Es gibt sogar eine Gewerkschaft der Doormänner, in der sie organisiert sind, um ihre Interessen durchzusetzen. Das hätte deinem Großvater gefallen. Er war auch aus tiefstem Herzen Gewerkschaftler.

Letzte Woche habe ich meinen berüchtigten Erdnuss-Krokant gemacht, und Dinos war der Erste, der ein Stück bekommen hat. Er ist Grieche und ein echter Schatz. Leider ist ihm beim zweiten Bissen eine Krone herausgebrochen! Er hat mir aber nicht die Freundschaft gekündigt, weil er als Gewerkschaftsmitglied eine sehr gute Zahnversicherung hat. Wir unterhalten uns jeden Morgen über Gott und die Welt (während er die Post sortiert), und dann gehe ich wieder hoch und drehe mir die Lockenwickler aus. Sobald mein Haar sitzt, ist es fast schon wieder Zeit für die Probe.

Einmal die Woche ist Avery bei Kristina. Weil Kristina und ich auf demselben Flur wohnen, kommt sie auch immer bei mir vorbei. Letzte Woche hat sie ein Medaillon mitgebracht mit einem Foto von ihr auf der einen Seite und einem Foto von dir auf der anderen. Die Süße hat

es mir geschenkt, und ich kann mit Stolz sagen, dass ich es seitdem nicht mehr abgenommen habe, obwohl sich meine Haare immer im Verschluss verheddern.
Wie schön! Ich zähle die Tage, bis wir endlich wieder vereint sind. Feste Umarmungen und Umbeinungen!

Deine Gaga

VON: A. Allenberry Bloom
AN: Bett Devlin
BETREFF: Sieg

Geschafft! Papa hat gefragt, was ich mir zum Geburtstag wünsche, und ich habe geantwortet, ich wünsche mir nur eins, nämlich dass er mit mir zur Premiere von Kristinas Stück geht. Dazu habe ich mein wehmütiges, verträumtes Gesicht gemacht, als würde ich davon ausgehen, dass es sowieso ausgeschlossen ist.
Zuerst hat er gesagt: »Auf keinen Fall. Das geht nicht. Ich werde Kristina nicht öffentlich unterstützen.«
Ich habe gesagt: »Aber du würdest *mich* unterstützen.«
Das war eine tolle Antwort, auf die er erst mal nichts mehr gesagt hat. Dann habe ich meinen letzten Trumpf aus dem Ärmel gezogen. Ich habe ein paar Tränen rausgedrückt (indem ich an Bob dachte und daran, dass der Blödmann unseren *schönen Plan durchkreuzt hat*) und mit ganz leiser Mädchenstimme gesagt: »Ich hatte gehofft, Bob kommt vielleicht auch mit.«
Papa war völlig überrumpelt. Also habe ich noch mal nachgelegt: »Wenn Bob und du kommt, würde Kristina uns die besten Plätze reservieren. Ganz vorne. In der Mitte.«

Papa sagte, er würde darüber nachdenken. Dann ist er ins Arbeitszimmer gegangen, und ich habe gehört, wie er telefonierte.
Mit Bob. Papa hat gefragt: »Hallo, du. Hast du Lust, ins Theater zu gehen?«

VON: Bett Devlin
AN: A. Allenberry Bloom
BETREFF: Falsches Date

SUPERNEUIGKEITEN! Ich habe Gaga erzählt, dass die Dads sich bei der Premiere wiedersehen, was nach all der Zeit bestimmt eine schöne Überraschung für sie beide ist.
Gaga hat gesagt: »Ich hoffe nur, dass die beiden sich vor lauter Überraschung nicht ÜBER DEN HAUFEN SCHIEẞEN.«
Aber das meint sie nicht ernst. Wir sind natürlich alle gegen Gewalt.
Und dann habe ich ihr erzählt, dass dein Vater einen Typen namens BOB BILDERBACK mitbringt + wir Angst haben, dass Bob die Überraschung verdirbt, aber es sei ein Risiko, das wir eingehen müssten.
Als Gaga aufgelegt hatte, ging sie rüber zu Kristina. 20 Minuten später rief sie zurück + sagte, Kristina hat eine gute Idee. Sie findet, Dad müsste so tun, als hätte er AUCH EIN DATE bei der Premiere! Deswegen organisiert sie noch eine Karte + sorgt dafür, dass ein Supertyp neben Papa sitzt.
Kristina hat gesagt, wenn sie eins über deinen Vater weiß, dann das: »Er ist eifersüchtig + ehrgeizig.«
Glaubst du, das stimmt?
Kristina meint, DEIN Dad flippt aus, wenn er MEINEN Dad mit einem SUPERTYPEN sieht. Ich weiß nicht, wie er heißt, aber der Mann, an

den sie denkt, ist aus Kuba + Tänzer + die ganze Theaterwelt redet von ihm. Er ist noch nicht lange hier, aber sein Englisch ist schon ganz gut + außerdem spricht MEIN Dad Spanisch.
Kristina sagt, nach der Premiere gibt es eine PARTY + wir müssen versuchen, BEIDE DADS + BEIDE DATES dahin zu lotsen.
Aber es gibt ein Problem. Wie sollen wir meinem Dad erklären, dass er ein FALSCHES DATE hat?
Sag Bescheid, wenn dir was einfällt. Ich hoffe, sie halten Händchen, damit dein Vater RICHTIG eifersüchtig + ehrgeizig wird + der Stein ins Rollen kommt.
Ich presse gerade eine Wiesenblume mit einem Stern in der Mitte + dabei ist mir eingefallen, wie wir früher gelernt haben, einen Stern zu zeichnen, ohne den Bleistift abzusetzen. Habt ihr das auch gelernt?
Ich wünschte, wir würden in der Schule immer noch solche Sachen lernen. Ach, die gute alte Zeit.

VON: A. Allenberry Bloom
AN: Bett Devlin
BETREFF: Javier

Kristina gibt wirklich alles! Das falsche Date hat zugesagt! Er heißt Javier Martinez und ist zu allem bereit, Hauptsache, er kann später allein auf der Premierenparty aufkreuzen. Aber bis dahin verspricht er, so zu tun, als wäre er völlig verschossen in deinen Dad. Ist das nicht cool?
Mein Vater wird vor Eifersucht rasen. Im Vergleich zu Javier ist Bob eine echte Schlaftablette, und noch viel wichtiger: im Vergleich zu deinem Dad.

Vielleicht gestehen wir ihnen eines Tages, dass wir die Kupplerinnen waren. Vielleicht sogar bei unserer Hochzeitsrede.

Alles Liebe von deiner (hoffentlich) baldigen Schwester,
xo
Nachteule

PS: Ich versuche gerade eine Tulpe zu pressen. Schwierigkeitsgrad: 10. Und ja, wir haben auch gelernt, den Stern in einem Strich zu zeichnen. Ich glaube, wir sollten damit unsere Koordination üben oder so was. Oder vielleicht wollten die Lehrer nur ein bisschen Zeit für sich.

VON: Bett Devlin
AN: A. Allenberry Bloom
BETREFF: Re: Javier

Javier Martinez ist die perfekte GEHEIMWAFFE, um die Dads zu versöhnen. Ich habe nachgelesen. Er ist ein richtig großer Tänzer beim BALLET HISPÀNICO.
In seinem Lebenslauf steht, dass er in Kuba ganz ohne Spielzeug aufwuchs + nicht mal Schuhe hatte. Aber er liebte Sport + war jeden Tag im Meer schwimmen (für dich keine schöne Vorstellung, aber für die meisten anderen schon). Und eines schönen Sommertags hat seine Mutter ihn bei einem Ballettkurs angemeldet, eigentlich nur, weil es dort Mittagessen gab.
Javier kennt Kristina, weil sie ein gemeinsames Projekt planen. Und Gaga kennt er auch schon. Er hat sie besucht. Sie spricht Spanisch + anscheinend haben sie viel gelacht.
Ist es nicht irre, wie GUT alles läuft?

Bis auf Bob Bilderback + die Tatsache, dass die Dads nichts mehr voneinander wissen wollen.
Ich habe versucht, eine Seerose zu pressen. Keine gute Idee. Bitte nicht nachmachen. Das Buch, in das ich sie gelegt habe, hatte ich glücklicherweise schon gelesen + fand es sowieso nicht gut. (Total deprimierende Dystopie. Braucht kein Mensch.)

VON: A. Allenberry Bloom
AN: Bett Devlin
BETREFF: Re: Re: Javier

Javier Martinez ist wirklich der perfekte Nebensitzer für deinen Dad bei der Premiere. Alle werden ihn anstarren, weil er aussieht wie ein junger Gott, und er trägt so einen coolen Männer-Dutt.
Ich hatte eine Idee: Was ist, wenn sich Bob Bilderback in den kubanischen Tänzer verliebt?
Zwei Fliegen mit einer Klappe!
Was eigentlich ein ziemlich brutaler Ausdruck ist. Aber besser als mit Kanonen auf Spatzen schießen. Hat man das früher wirklich gemacht?
Wir haben Glück, dass wir heute leben, nicht nur wegen der medizinischen Fortschritte, sondern auch, weil es heute nicht mehr so viele Kanonen gibt. Und die hygienischen Verhältnisse sind heutzutage viel besser.

VON: Bett Devlin
AN: A. Allenberry Bloom
BETREFF: Re: Re: Re: Javier

Sogar ich glaube, das mit der Hygiene war früher widerlich. Was haben die Frauen eigentlich in der Vergangenheit getan, wenn der »Zwerg mit der roten Mütze« kam? Mussten sie sich Heu in die Unterhose legen?
Wann wurden eigentlich Tampons erfunden?
Und wie haben sie es in den Millionen Jahren davor gemacht?

VON: A. Allenberry Bloom
AN: Bett Devlin
BETREFF: Hygiene im Mittelalter

Ich habe gerade gelesen, was sie im Mittelalter statt Binden und Tampons benutzten. Halt dich fest.
Moos. Ich schreibe es noch mal, weil du es sonst wahrscheinlich nicht glaubst: Moos.
Ich kann mir nicht vorstellen, wie das gehen soll. Und woher wussten sie das? Hatten sie früher auch einen Kalender, damit sie rechtzeitig Moos zur Hand hatten?
Mir wird schlecht, wenn ich darüber nachdenke.

VON: Bett Devlin
AN: A. Allenberry Bloom
BETREFF: Re: Hygiene im Mittelalter

Ich wünschte, du hättest mir das mit dem Moos nicht erzählt. Ich kann nie wieder entspannt auf einem moosigen Stein sitzen.

Was mich auf einen Gedanken bringt: Als dein Dad mit meinem Dad zusammen war, hatten sie einen LIEBLINGSSONG, nämlich »It's Our Time« von den Eye Sockets.

Ich übe das Lied gerade auf der Blockflöte (natürlich nur wenn Dad nicht da ist). Vielleicht kannst du es auf dem Cello lernen. Wenn es nicht gut läuft, können wir spontan ihr Lied anspielen, um die beiden in Stimmung zu bringen.

Bis bald, mein Herz, im New Yorker März.

VON: A. Allenberry Bloom
AN: Bett Devlin
BETREFF: It's Our Time

Ich glaube, es wäre besser, wenn wir das Lied *singen*. Mit Flöte und Cello sind wir nicht sehr flexibel. Wir müssten unsere Instrumente mitschleppen, was in der New Yorker U-Bahn nicht sehr praktisch ist. Wenn wir zum richtigen Zeitpunkt »It's Our Time« singen, vielleicht zweistimmig, wäre das sicher auch sehr wirkungsvoll.

Hast du eine Engelsstimme? Ich meine: Sopran. Ich weiß, du hast mal gesagt, du hättest nicht die beste Singstimme, aber es kommt sowieso viel mehr darauf an, dass man den Text deutlich vorträgt. Die Melodie kannst du mir überlassen.

VON: Bett Devlin
AN: A. Allenberry Bloom
BETREFF: Re: It's Our Time

Dad war heute beim Frisör + hat Sit-ups gemacht.
Das heißt, er will in New York SO GUT WIE MÖGLICH aussehen, was ein SEHR GUTES ZEICHEN ist.
Letzte Frage: Wann genau, meinst du, sollen wir singen? Ich meine, FALLS wir singen.
Okay, das reicht für heute. Wir sehen uns in NUR 3 TAGEN!

Deine Komplizin
Sternhai

VON: Kristina Allenberry
AN: Javier Martinez
BETREFF: Morgen Abend

Lampenfieber! Man weiß vorher nie, wie die Aufführung wird, aber ich habe ein gutes Gefühl. Es ist für mich die erste Premiere, bei der meine Tochter anwesend ist. Und Bett (Gagas Enkelin) und du, es wird also großartig. Ich hoffe, Sam reißt sich zusammen. Jetzt hat er ja Bob. Die Mädchen wünschen sich verzweifelt, dass sich Sam und Marlow wieder versöhnen. Ich kann mir zwar nicht im Traum vorstellen, wie das funktionieren soll, aber wenigstens haben sie dank dir gleiche Startbedingungen. Ich schulde dir was, Javier.

Con besos,
Kristina

PS: Hier ist Marlows E-Mail-Adresse, falls du dich vorher bei ihm melden willst. Wie du Lust hast.

VON: Javier Martinez
AN: D. Marlow Devlin
BETREFF: Theater-Premiere in New York

Marlow –

ich wollte mich kurz vorstellen, bevor wir uns sehen. Ich bin der Freund von Kristina, und wir gehen morgen alle zusammen ins Theater.
Meine Muttersprache ist das Tanzen. Meine zweite Sprache ist Spanisch. Englisch ist meine dritte Sprache.
¿Es verdad que hablas Español?
Ich habe deine Mutter getroffen, und ihr Spanisch ist sehr gut! Und sie auch!

Alles Gute,
Javier

VON: A. Allenberry Bloom
AN: Bett Devlin
BETREFF: Re: Re: It's Our Time

Ich kann das Lied jetzt auf dem Cello (obwohl der Plan immer noch ist, dass wir singen). Aber falls wir am Ende alle bei uns in der Wohnung landen (was gut sein kann), spiele ich es auf dem Cello. Bring deine Flöte mit.

Ich kenne mich zwar nicht mit Aromatherapie aus, aber sollten wir vielleicht ein paar Duftkerzen oder -öle aufstellen? Gerüche können Erinnerungen wecken, und vielleicht reagieren die Dads darauf (ohne dass sie merken, wie ihnen geschieht).

VON: Bett Devlin
AN: A. Allenberry Bloom
BETREFF: Re: Re: Re: It's Our Time

Ich bin schon mit Dad am Flughafen. Sei nicht sauer, aber ich habe die Flöte + die Duftkerzen vergessen. Kristina hat bestimmt einen ganzen Schrank voll, wette ich. Kannst du mal nachsehen? Wir haben fast das Flugzeug verpasst, weil so viel Verkehr war, aber zum Glück hatte der Flug VERSPÄTUNG. It's Our Time. HA!
ICH DARF SOGAR DIE SCHULE SCHWÄNZEN. Es gibt nichts Besseres. Dafür muss ich für Ms. Wetterling einen Aufsatz über das Stück schreiben. Ihr Herz schlägt nämlich heimlich fürs Theater.
Wir haben Gaga per Kurier Blumen geschickt. Sonnenblumen, weil das ihre Lieblingsblumen sind. Ich wette, eine Sonnenblume zu pressen, ist ziemlich schwer.
Wir sehen uns in Reihe F!

VON: A. Allenberry Bloom
AN: Bett Devlin
BETREFF: Reihe F

Vergiss nicht, überrascht zu sein, wenn wir uns sehen. Wahrscheinlich stoße ich einen kleinen Schrei aus.
Ich habe mein Handy dabei und könnte Papas Gesicht knipsen (vielleicht ein bisschen entgeistert im ersten Moment, wenn er deinen Dad sieht, aber im Laufe des Abends immer begeisterter). Die Fotos könnten wir dann am Polterabend zeigen, das wäre doch lustig!
Gaga sagt, am ersten Abend übernachtest du bei ihr, aber am zweiten Abend kannst du mit mir bei Kristina übernachten. Wenn alles klappt, schlafen wir am letzten Abend alle gemeinsam bei Papa!

AM NÄCHSTEN TAG

VON: Bett Devlin
AN: A. Allenberry Bloom
BETREFF: Bin gerade aufgewacht

Es ist 7 Uhr morgens + ich habe UNANGENEHME NACHRICHTEN. Gaga schläft noch. Natürlich abgesehen davon, wie TOLL das Stück war + wie SPITZE es war, dich zu sehen. Aber wir haben ein RIESENPROBLEM.

Es ist ziemlich peinlich. JAVIER IST HIER, BEI DAD.

Anscheinend haben sie die ganze Nacht gequatscht.

Ja, richtig gelesen. Javier + Dad sind nach der Party noch was trinken gegangen, dabei konnten sie gar keinen Durst gehabt haben, weil es auf der Party genug zu trinken gab. Offenbar wollten sie NOCH MEHR Zeit miteinander verbringen.

Als ich mit Gaga heimkam, ist sie gleich eingeschlafen, aber ich habe auf Dad gewartet. Es war so spät, dass ich schon Angst hatte, er wäre auf die U-Bahn-Gleise gestürzt + hätte einen Stromschlag gekriegt oder er wäre von einem Uber-Fahrer entführt worden. Du hast selbst gesagt, dass in New York beides passieren kann. Aber dann sah ich die SMS auf Gagas Handy:

ICH SCHLENDERE MIT JAVIER DURCH DIE STRAẞEN DIESER TOLLEN STADT. DAS LEBEN IST FANTASTISCH. KOMME BALD NACH HAUSE!

+ einmal Daumen hoch.

Da bin ich ins Bett gegangen, immer noch in der Hoffnung, es hätte nichts zu bedeuten. Aber als ich eben aufgewacht bin, habe ich sie im Wohnzimmer gehört. Sie lachen die ganze Zeit.

WAS HABEN WIR GETAN? Ich meine, Javier ist echt nett, aber das war NICHT DER PLAN!

Er sollte deinen Vater nur EIFERSÜCHTIG machen!

Glaubst du, dein Vater war eifersüchtig? Er sah nicht eifersüchtig aus. BOB schien mehr an Dad + Javier interessiert zu sein als dein Vater, der immer nur auf sein Smartphone gestarrt hat. Hat er sich die Sportergebnisse angesehen? Er hat ziemlich viel rumgescrollt.
Komm rüber + hol mich SO SCHNELL WIE MÖGLICH ab. Ich brauche Pfannkuchen. Das ist ein PFANNKUCHENNOTFALL. Glaubst du, Kristina hat Pfannkuchen-Fertigteig? Wahrscheinlich nicht. Aber Gaga bestimmt.
Okay, ich warte UNGEDULDIGST auf Nachricht von dir.

xo
Sternhai in Apt. 12B

VON: A. Allenberry Bloom
AN: Bett Devlin
BETREFF: Schockierende Nachrichten

Ich bin wach. Ich komme sofort. Ich suche gar nicht erst nach dem Pfannkuchenteig.

VON: Javier Martinez
AN: Kristina Allenberry
BETREFF: GRACIAS

Das Stück war TOLL. Die Kritiken werden bombastisch sein, weil das Werk bombastisch ist. Betty (Gaga!) ist die Beste. Du hast gesagt, der Dialog stammt zum Teil von ihr. Ich weiß nicht, ob sie schauspielt oder sie selbst ist, aber wie auch immer, sie wird ein Star.

Ich wollte zu gestern Abend noch sagen: Vom ersten Augenblick an hat es zwischen Marlow und mir geknistert. Nach der Party sind wir um die Häuser gezogen, und dann bin ich mit zu ihm gegangen, und wir haben geredet, bis der Mond in den Fluss gefallen ist und die Sonne aufging. Ist das Liebe auf den ersten Blick?
Was soll ich bloß tun? Nach Kalifornien ziehen? Das Ballet Hispánico mitnehmen?

Con besos,
Javi

VON: Betty Devlin
AN: Bett Devlin
BETREFF: Pläne ändern sich

Bett, Liebes,

Javier ist gerade nach Brooklyn gefahren, wo er wohnt, und dein Daddy hat vor, ihn dort zu besuchen. Er hätte gern, dass du mitkommst, aber anscheinend gehst du nicht ans Telefon und beantwortest seine Nachrichten nicht.
Mein Kopf dröhnt, als hätte bei mir jemand mit dem Vorschlaghammer angeklopft. Zu viel gefeiert. Dinos der Doorman hat mir eine Tasse Kaffee hochgebracht. Zum Glück, denn sonst hätte ich zwei Tage durchgeschlafen. Dabei muss ich heute Abend wieder auf der Bühne stehen.
Bett, ich bin so glücklich, dass ihr gestern bei der Premiere wart. Eure Blumen stehen in meiner Garderobe. Vielleicht wollen Avery und du eine davon pressen? Wie ich euch kenne, schreckt ihr selbst vor Son-

nenblumen nicht zurück. Die Erinnerungen an gestern Abend werden für immer bei mir sein.

VON: Bett Devlin
AN: Betty Devlin
BETREFF: Pollo con arroz y frijoles

Ich bin mit Dad in Brooklyn bei Javier. Sie kochen *pollo con arroz y frijoles.* Es riecht ziemlich gut.
In Seelocken habe ich ja nur Teile des Stücks gesehen + es war super, endlich das ganze zu sehen. Ich verstehe zwar nicht alles, aber ich sehe es mir noch mal an, wenn ich älter bin + dann begreife ich bestimmt, worum es geht. Glaube ich. Gaga, du warst jedenfalls göttlich. So viel steht fest.
Es ist schön hier, aber nichts läuft so, wie Avery + ich es geplant hatten. Wir dachten, BOB ist das Problem. Aber wie sich rausstellt, hat unser Problem einen neuen Namen: JAVIER.

VON: A. Allenberry Bloom
AN: Bett Devlin
BETREFF: Alle außer uns

Kristina ist überglücklich über die Kritiken.
Gaga isst überglücklich Baklava mit dem Doorman in der Pförtnerloge.
Dein Dad ist überglücklich bei Javier in Brooklyn.
Ich schätze, Papa und Bob sind auch irgendwo überglücklich.
Und wo sind wir?

VON: Bett Devlin
AN: A. Allenberry Bloom
BETREFF: Re: Alle außer uns

Wie es aussieht, brauchen wir jedenfalls nicht mehr »It's Our Time« zu üben.

VON: Sam Bloom
AN: Marlow Devlin
BETREFF: Kaffee?

Marlow, ich wusste nicht, dass du zur Premiere kommen würdest. Die Mädchen hatten das Ganze offenbar geplant, sonst hätten wir nicht alle in einer Reihe gesessen. Ich hoffe, es war dir nicht zu unangenehm. Ich muss zugeben, mir war es unangenehm, auch wenn es schön war, Bett und Avery zusammen zu sehen. Sie sind wirklich gute Freundinnen. Als sie in der Pause vom Klo zurückkamen, haben sie getanzt.

Ich bin nicht stolz auf mein Verhalten, was uns beide angeht. Als wir uns in Chicago auf der Baumesse kennenlernten, hatte ich lange keine Beziehung mehr gehabt.

Was ich dir gestern eigentlich noch sagen wollte, ist, dass es mir leidtut. Und wo ich gerade dabei bin, sage ich dir auch, dass ich letzte Woche eine E-Mail aus Shanghai bekam. Sie haben meine Ledertasche gefunden. Sie lag im Straßengraben auf dem Weg nach Xinjiang. Alles war noch drin.

Ich schätze, das heißt, du hast die Tasche nicht im Hotel zurückgelassen. Sie muss mir vom Gepäckträger gefallen sein. Wir haben die Motorräder an jenem Morgen gemeinsam gepackt, also ist wohl keiner von uns schuld. Vielleicht könnten wir (ohne die Kinder) noch einen Kaffee trinken, bevor du zurück nach Kalifornien fliegst?

Sam

PS: Deine Mutter war unglaublich!

VON: Marlow Devlin
AN: Sam Bloom
BETREFF: Re: Kaffee

Ja, unsere Mädchen haben sich wirklich über das Wiedersehen gefreut, sowohl über ihres als auch über unseres. Du hast recht, sie hatten alles so eingefädelt. Die beiden sind eine Naturgewalt.
Ich weiß deine Entschuldigung zu schätzen. Mir tut es auch leid. Und das mit der Tasche ist eine gute Nachricht – oder? Selbst wenn es lange her ist. Damit hätten wir das hinter uns. Du sahst im Theater jedenfalls glücklich aus mit Bob. Ich habe inzwischen auch jemanden getroffen. Es ging alles ganz schnell, und diesmal versuche ich nicht alles zu überstürzen (na gut, ich gebe zu, dass ich mir schon Gedanken mache, wie man zwei Leben zusammenlegen kann. Du kennst das ja – so war es auch bei uns).
Sam, du hast mein Herz geöffnet, und ich hoffe, dass ich die Fehler, die ich mit dir gemacht habe, nicht wiederhole. Gott sei Dank haben wir unsere Mädchen, oder? Bett ist das Größte und Beste, was mir im Leben passiert ist. Auch wenn sie immer mein Passwort knackt, obwohl ich es jede Woche ändere. Wenn du das gerade liest, geliebtes Kind, HÖR SOFORT AUF DAMIT.
Sam, ich wünschte, ich hätte Zeit für einen Kaffee, aber wir müssen

es auf nächstes Mal verschieben, weil diesmal schon jede Sekunde verplant ist.

Marlow

VON: Bett Devlin
AN: A. Allenberry Bloom
BETREFF: Re: Re: Alle außer uns

Javier hat keinen Fernseher + ich habe mein Buch vergessen, also sitze ich nur mit meinem Handy in Brooklyn herum + denke über Kristinas Stück nach.
Als Gaga auf die Bühne trat + zu weinen anfing + sagte, Frauen müssen im Leben andere Entscheidungen treffen, nahm Dad meine Hand. Was hast du gedacht, als der große dünne Schauspieler, der den Schwulen spielte, die kleine Frau anschrie, die das Schild mit der Aufschrift hielt: »Familie oder KEINE Familie. Das ist MEINE Entscheidung!«?
Dass Schwule Familie haben können, ist doch heutzutage eigentlich selbstverständlich und dürfte nichts mehr sein, weswegen man schreien muss. Es gibt einfach Menschen, die mehr Interesse daran haben, Kinder großzuziehen, und andere weniger. Und meiner Meinung nach sind die, denen eine Sache am meisten am Herzen liegt, auch am besten darin.
Ich glaube, ich will eines Tages auch eine Familie haben.
Aber ich will auch ein Capybara aufziehen. Capybaras sind die größten Nagetiere der Welt (+ TOTAL süß). Sie können über 60 Kilo wiegen. Das heißt, wenn du es irgendwohin mitnehmen willst, ist es, als würdest du einen Erwachsenen tragen, außer du gewöhnst es an die Leine. Aber ich glaube nicht, dass Capybaras gern an der Leine gehen.

VON: A. Allenberry Bloom
AN: Bett Devlin
BETREFF: Re: Re: Re: Alle außer uns

Kristina hat mit mir über das Stück geredet, und sie hat mir erklärt, dass die Werke der meisten Künstler etwas mit dem zu tun haben, was »ihr Herz zum Klingen bringt«. Sie meint, dass jeder von uns irgendein Thema hat, das uns besonders wichtig ist. So sollte es zumindest sein.

Als sie mich gefragt hat, was mein Herz zum Klingen bringt, ist mir nichts eingefallen.

Ich weiß nicht mehr, ob ich wirklich Schriftstellerin werden will (sag Kristina und Gaga nichts davon). Genauso gut könnte ich mir Stammzellenforschung vorstellen. Dafür hatte ich mich schon vor dem CIGI-Camp interessiert, CIGI kriegt keine Lorbeeren dafür.

Ich glaube, medizinische Fakten bringen mein Herz zum Klingen. Weil ich Angst vor Krankheiten habe, lese ich viel darüber. Medizinische Phänomene können furchterregend sein, aber auch hoch interessant.

A

VON: Bett Devlin
AN: A. Allenberry Bloom
BETREFF: Re: Re: Re: Re: Alle außer uns

Was mein Herz zum Klingen bringt, ist eine Freundin wie du. Wir sind so unterschiedlich, aber in den Dingen, auf die es ankommt, sind wir gleich. Ms. Maynard, unsere Sportlehrerin, hat gesagt, wenn bei uns mal nicht alles glattläuft, sollen wir an diesen Satz denken:

»Eines Tages ist selbst das eine gute Erinnerung.«
Das Zitat stammt von einem Typen namens Vergil. Die meisten denken, Vergil wäre weiß gewesen, aber Ms. Maynard sagt, wahrscheinlich war er gar nicht weiß. Er hat diese Worte vor Tausenden von Jahren geschrieben + ist heute immer noch aktuell.
Vielleicht wirst du Ärztin + ich werde Schriftstellerin. Dann würde ich Bücher über Tiere + Kinder schreiben. Wenn man es genau bedenkt, sind Ärztinnen + Schriftstellerinnen gar nicht so verschieden.
Beiden liegen die lebendigen Dinge am Herzen, sonst wären sie nicht so gut in ihrem Beruf.

VON: A. Allenberry Bloom
AN: Bett Devlin
BETREFF: Eines Tages ist SELBST DAS eine gute Erinnerung

Danke.
Das gilt auch umgekehrt. Der Gedanke, dich als Schwester zu haben, bringt mein Herz zum Klingen.

VON: Bett Devlin
AN: A. Allenberry Bloom
BETREFF: Re: Eines Tages ist SELBST DAS eine gute Erinnerung

Und Eulen + Haie + Welpen + Kolibris + Waschbären + Schweine, die Wilbur + Minnie heißen + ein Huhn namens J. K. Rowling + alle Tiere in Not.

VON: A. Allenberry Bloom
AN: Bett Devlin
BETREFF: Re: Re: Eines Tages ist SELBST DAS eine gute Erinnerung

Besonders alle Tiere in Not.

VON: Bett Devlin
AN: A. Allenberry Bloom
BETREFF: Re: Re: Re: Eines Tages ist SELBST DAS eine gute Erinnerung

GANZ besonders.

VON: A. Allenberry Bloom
AN: Bett Devlin
BETREFF: Verschlungene Pfade

Ich hoffe, du hast im Flugzeug WLAN, damit du diese Nachricht bekommst.
Nach eurer Abreise hat Papa mich bei Kristina abgeholt.
Zu Hause beim Abendessen haben er und ich über das Stück geredet, und er fand es interessant.
Er sagte zwar nicht »gut« – das wäre ein viel zu großes Kompliment –, aber er sagte, Gaga war großartig. Dann kam er auf Bob Bilderback zu sprechen und meinte, Bob Bilderback wäre ein *solider* Typ, nur dass er vielleicht *zu* solide wäre.
Er hat gesagt, Bob ist ein Spießer.
Am liebsten wäre ich aufgesprungen und hätte gerufen: »Genau!«
Aber dann kam das Schlimmste: Papa fing an zu weinen. Und er hat

mir so leidgetan, dass ich mitgeweint habe. Ich habe geweint, weil er geweint hat, aber er dachte, ich weine wegen Bob Bilderback.
Papa sagte: »Du magst Bob sehr, oder?«
Unter Tränen brachte ich heraus: »Nein! Ich mag Bob nicht. Ich meine, ich mag ihn echt nicht.«
Da musste Papa lachen. Er weinte noch, aber er lachte dabei.
Es war echt lustig.
Jetzt müssen wir nur noch Javier loswerden, den tollsten Balletttänzer der Welt, der auch noch super kochen kann, wahnsinnitg witzig ist und in einer coolen Dachgeschosswohnung in Brooklyn wohnt.
Und wir können niemandem böse sein außer uns selbst. Gaga sagt, wir sind die, die die Honigfalle aufgestellt haben. Jetzt können wir nur die Daumen drücken, dass die Sache zwischen deinem Dad und Javier bloß eine Verknalltheit ist und sie beide schnell wieder zur Besinnung kommen.
Und danach arbeiten wir weiter an der Rückverliebung unserer Väter.
Melde dich, sobald es Neuigkeiten gibt. Ich sehe Kristina und Gaga diese Woche zweimal. Papa hat aus heiterem Himmel die Betreuungsregelung gelockert. Ich weiß nicht genau, was das zu bedeuten hat, aber wie Gaga immer sagt: »Gewinner, Gewinner, Hähnchen zum Dinner!«
Dabei esse ich gar kein Huhn.

VON: Bett Devlin
AN: A. Allenberry Bloom
BETREFF: Re: Verschlungene Pfade

Dank uns hat dein Vater Bob abserviert + ist jetzt da, wo wir ihn haben wollen. Nur mein Dad ist nicht da, wo wir ihn haben wollen. Er ist plötzlich zu einem SUPER-BALLETT-FAN mutiert. Noch im Flugzeug hat er sich online für einen Anfänger-Ballett-Kurs in einem Tanzstudio in Culver City angemeldet. Das ist auf der anderen Seite des Freeway 405. Niemand überquert freiwillig den Freeway 405.

VON: A. Allenberry Bloom
AN: Bett Devlin
BETREFF: Re: Re: Verschlungene Pfade

Dein Vater hat sich beim Ballett angemeldet. Mein Vater fängt an, Spanisch zu lernen. Ich finde es ja immer gut, neue Dinge zu lernen, aber ist das alles nur wegen Javier?
Anscheinend ist Papa wirklich eifersüchtig und ehrgeizig. Ich schätze, er konnte es nicht auf sich sitzen lassen, dass dein Dad und Javier sich auf Spanisch unterhalten können. Papa hat im College bloß Französisch gelernt.
Eine Studie hat herausgefunden, dass es Menschen, die an chronischen Kopfschmerzen leiden, unglaublich viel besser geht, wenn sie sich verlieben. Es hat mit einem Hormon namens Oxytocin zu tun, das im Gehirn ausgeschüttet wird.
Ich schätze, dein Vater hat im Moment keine Kopfschmerzen. Im Gegensatz zu uns.

ZWEI MONATE
SPÄTER

VON: Bett Devlin
AN: A. Allenberry Bloom
BETREFF: In der Mitte

Dad + Javier treffen sich in Oklahoma. Das ist GENAU DIE MITTE der USA. Hoffen wir, dass es schrecklich wird.
Früher dachte ich mal, du + ich + die Dads würden vielleicht eines Tages als Familie nach Oklahoma ziehen. An den Wochenenden würden wir den Oklahoma Thunder in der Basketball-Arena sehen + auf die Jagd nach Dinosaurierknochen gehen. Die gibt es dort wirklich.

VON: A. Allenberry Bloom
AN: Bett Devlin
BETREFF: Re: In der Mitte

Oklahoma? Ich habe recherchiert und herausgefunden, dass Oklahomas Staatsvogel ein Scherenschwanz-Königstyrann ist + die Staatsblume eine Rose. Frag deinen Dad, ob er dir eine mitbringt, dann kannst du versuchen sie zu pressen, oder doch lieber nicht – wir wollen keine negativen Erinnerungen in unserer Sammlung.

VON: Bett Devlin
AN: A. Allenberry Bloom
BETREFF: Re: Re: In der Mitte

Ich habe mir keine Oklahoma-Rose gewünscht. Dafür hat Dad mir einen kleinen Plüsch-Büffel mitgebracht. Er hat gesagt, Javier hat ihn ausgesucht. Ich habe den Plüsch-Büffel auf mein Bett gesetzt + eine

Stunde später kam Junie + hat ihn zerfetzt. Der Büffel hat nicht gequiekt, aber sie hat ihn trotzdem für ein Hundespielzeug gehalten. Ich glaube, Junie hat eine Antenne für meine innersten Gefühle.

Ich hatte gehofft, Dad + Javier würden sich in Oklahoma langweilen, aber sie haben sich prächtig amüsiert. Sie haben sich die Sehenswürdigkeiten angesehen, zum Beispiel das National Cowboy-&-Western-Museum (wo es den Büffel im Museumsshop gab) + haben lauter Fotos gemacht, auch solche an diesen Holzwänden, wo man durch ein Loch schaut + auf der anderen Seite ist ein gemalter Körper. Auf einem sehen sie aus wie 2 Lasso schwingende Cowboys. Die wahnsinnig glücklich sind.

WAS FÜR EIN ALBTRAUM.

Nächste Woche kommt Javier für NUR zwei NÄCHTE aus New York nach Los Angeles, weil er zwei Tage freihat. Dad schickt mich über Nacht zu meiner Freundin Pippa! MITTEN IN DER SCHULWOCHE?!?!!? Das ist grundfalsch + vielleicht nicht mal erlaubt. Ich könnte ihn anzeigen.

Gestern hat Dad schon meinen Seesack aus dem Flurschrank geholt, um für mich zu packen. Man könnte meinen, er wäre ein Stapelpacker (was er NICHT IST). Dabei kommt Javier erst IN EINER WOCHE! So sehr freut sich Dad. Er kann es kaum abwarten, dass ich verschwinde.

In meinem Schrank hat er eins meiner CIGI-T-Shirts gefunden und gesagt: »Wir müssen mal überlegen, wo du diesen Sommer ins Ferienlager gehst. Das CIGI-Camp scheidet natürlich aus, aber es gibt viele andere Camps, die bestimmt auch toll sind.« Er hat mich total überrumpelt, aber ich habe schnell reagiert: »Ich gehe gern in ein Camp, wenn Avery mitkommt.«

Da hat er mich angesehen, als hätte er Bauchschmerzen + gesagt: »Du kannst nicht mit Avery ins Ferienlager. Erstens lebt sie in New York.

Du musst ein Camp in Kalifornien finden. Und zweitens ist es keine gute Idee.«

Was meinst du? Wenn wir die Dads schon nicht wieder zusammenkriegen, müssen wenigstens wir einen Weg finden, uns wiederzusehen.

Wie wär's, wenn wir im Sommer ins selbe Camp gehen, ohne dass wir es ihnen sagen?

VON: A. Allenberry Bloom
AN: Bett Devlin
BETREFF: Camp

Ich habe Papa ganz beiläufig gesagt, dass ich mich mal nach einem Ferienlager für den Sommer umsehe. Dass ich *mit dir* gehen will, habe ich nicht erwähnt. Aber ich habe ihm erklärt, letztes Jahr hat er das CIGI-Camp ausgesucht, deshalb bin ich dieses Jahr an der Reihe, und außerdem kann ich mich beim Recherchieren am besten entspannen.

Aber als wir später in der Küche saßen, hat er aus heiterem Himmel gesagt: »Du hast doch nicht vor, mit Bett Devlin ins Ferienlager zu fahren, oder? Das wäre keine gute Idee.«

Manchmal ist es, als könnte er Gedanken lesen. Glücklicherweise nicht sehr oft.

Ich habe ihn nur angestarrt und gesagt: »Bett und ich sind keine Freundinnen mehr.«

Er sah erleichtert aus und grinste, als wäre ihm ein Sack Steine vom Herzen gepurzelt. Bis ich gesagt habe: »Wir sind mehr wie Geschwister.«

VON: Bett Devlin
AN: A. Allenberry Bloom
BETREFF: Re: Camp

Dad sagt, er ist sich nicht sicher, ob wir uns das Camp leisten können, weil wir dieses Jahr schon so viele Ausgaben haben. Nur wegen Javier. Das hat er natürlich nicht gesagt. Ich rede mit Gaga. Sie weiß immer Rat.

Du + ich wollten uns immer alles erzählen, auch die Kleinigkeiten, also, hier ist eine: Javier hat Dad gestern mit der Post einen Honigschinken geschickt! Wer schickt jemandem einen Schinken mit der Post? Es ist weder Ostern noch sonst ein Schinken-Feiertag in Sicht. Du isst nicht mal Fleisch, also wäre es für dich EINDEUTIG nicht das richtige Geschenk.

Na gut, der Schinken war unglaublich lecker. Aber trotzdem. Jetzt ist Dad gerade auf dem Markt, um Schälerbsen zu besorgen, weil er Erbsensuppe kochen will. Er hat noch nie Erbsensuppe selbst gemacht. Er ist völlig außer Rand und Band.

Mein liebstes Schätzchen Betty II,

ich sitze gerade in der Pförtnerloge in der Lobby unseres Apartmenthauses auf der West 88th Street, um Dir zu schreiben. Ich habe heute frei. Und weil ich nicht in den Garten gehen und Unkraut jäten kann (der Garten muss inzwischen völlig verwildert sein), habe ich Walnussbutterkugeln nach meinem Spezialrezept gebacken, die ich mit Dinos und Mateo (dem Paket-Boten) teile. Mateo trägt bei jedem Wetter Shorts, das gefällt mir.

Walnussbutterkugeln kann ich nur essen, wenn ich nicht arbeiten muss, weil ich ein bisschen allergisch bin und eine dicke Zunge davon kriege, und dann könnte ich auf der Bühne nur noch lallen!
Weißt Du schon, dass die Laufzeit des Stücks verlängert wurde? Dazu haben die tollen Kritiken beigetragen, vor allem die von diesem netten Jesse Green in der New York Times, der schrieb, ich sei »alt und jung zugleich und ein echtes Original«.
Manchmal werde ich sogar auf der Straße angesprochen, und wildfremde Leute wollen ein Foto mit mir machen! Ich habe nichts dagegen. Warum auch, wenn es den Leuten Spaß macht? Sie finden es aufregend und ich auch.
Letzte Woche kam Javier vorbei. Ich dachte, wir lernen uns ein bisschen besser kennen (immerhin kann ich auch Spanisch), aber er stand nur draußen auf dem kleinen Balkon und hat mit Deinem Daddy telefoniert. Ich weiß, Du & Avery, Ihr hättet gern, dass Eure Väter wieder zusammenkommen, aber ich fürchte, die Hoffnung müsst Ihr aufgeben. Aber das heißt noch lange nicht, dass Ihr euch nicht wie Schwestern fühlen könnt. Bett, ich kann Dir das Leben erklären, aber ich kann es nicht für Dich verstehen. Das kann nur jeder selbst. Aber ich habe ein bisschen Geld übrig, und ich will es für etwas Sinnvolles ausgeben. Deshalb habe ich folgenden Entschluss gefasst.
Ich bezahle Dein Sommerlager. Egal welches, Du suchst es aus.
Folge Deinem Herzen, mein Liebling. Das ist mein Rat an Dich. Und wenn Du & Avery ins selbe Camp wollt, habe ich nichts dagegen. Ich werde nichts verraten, das verspreche ich. Ich bin zwar nicht immer gut darin, Geheimnisse zu hüten, aber diesmal gebe ich Dir mein Wort. Es muss wohl an diesen Walnussbutterkugeln liegen.

Ich habe Dich unendlich lieb,
Deine Gaga

VON: Bett Devlin
AN: Betty Devlin
BETREFF: Du bist die beste, Gaga!

Vielen Dank! Ich freue mich RIESIG!
Ich weiß, dass Ferienlager teuer sind, erst recht, wenn sie weit weg sind. Als ich Dad von deinem Angebot erzählt habe, hat er mit der Faust in die Luft geboxt + »JA!« gerufen.
Man hätte denken können, es ist Dad, der ins Camp darf. Ich hoffe, er freut sich auch FÜR MICH und nicht nur, weil er mich für den Sommer LOS IST.
Ich suche mir was ganz Tolles aus. Auch wenn ich den Sommer nicht mit dir verbringen kann wie letztes Jahr, bist du gefühlt immer bei mir (ich sage nicht »im Geist«, weil das bei alten Leuten komisch klingt, als wärst du gestorben + jetzt ein Gespenst).
Nicht, dass du alt bist. Ich meine, du bist ALT, aber nicht STEINALT. Außerdem bist du ein Broadway-Star! Das ist so was von JUNG.
Vielen, vielen Dank, liebste Gaga.
Ich habe dich so lieb. Das hatte ich schon, bevor du gesagt hast, du bezahlst das Ferienlager. Ich schreibe dir nicht, dass ich dich deswegen noch lieber habe, weil man Liebe nicht mit Geld kaufen kann. Das wäre unanständig.

Deine kleine Betty Devlin

VON: A. Allenberry Bloom
AN: Bett Devlin
BETREFF: Camp-Wahl

Fast wünschte ich, wir könnten wieder ins CIGI-Camp, aber da haben wir Hausverbot, auch wenn wir bloß Opfer von Camp-Leiter Birnbaums übertrieben harter Strafe waren, die sich für uns am Ende als supertoll erwiesen hat.
Ich habe eine Liste mit Vor- und Nachteilen der Camps erstellt, die für uns infrage kommen. Die Kategorien sind folgende:

- Kurs-Angebot
- Geografische Lage
- Größe
- Schwerpunkt

Und ob es ein Elternwochenende gibt – denn das wollen wir auf keinen Fall!

VON: Bett Devlin
AN: A. Allenberry Bloom
BETREFF: Re: Camp-Wahl

Kannst du als Kategorie bitte Huftiere aufnehmen?

VON: A. Allenberry Bloom
AN: Bett Devlin
BETREFF: Re: Re: Camp aussuchen

Ich nenne die Kategorie einfach Tiere. Es müssen nicht *nur* Huftiere sein, finde ich. Kristina sagt, ich soll ein Camp ohne Regeln aussuchen. Gibt es Ferienlager ohne Regeln? Außerdem sagt sie, es soll in den Bergen sein, damit wir jodeln lernen oder wenigstens eine neue Stimmlage.
Manchmal hat sie eine ziemlich unrealistische Sicht der Welt.

VON: Marlow Devlin
AN: Betty Devlin
BETREFF: Betts Ferienlager

Bett hat mir erzählt, dass du ihr Ferienlager bezahlst! Ich kann dir gar nicht sagen, wie dankbar ich dir bin. Letzten Sommer hat Bett gedroht, das Haus niederzubrennen, falls ich sie wegschicke. Ich finde es einfach toll, dass sie eine zweite Chance im Ferienlager bekommt, jetzt, wo sie möchte. Du rettest uns, Mom. Nicht nur Bett, auch mich. Javier und ich wollen es langsam angehen, aber es hat sich etwas ergeben. Ich kann den Sommer in New York verbringen. Bett wäre im Ferienlager (vielleicht wäre die Ostküste das Beste), und Javier und ich können ausprobieren, wie es ist, in einer Stadt zu leben. Ich habe dir doch erzählt, dass ich vor Kurzem in Riverside einen großen Brunnen gebaut habe. Dieselbe Firma fragt an, ob ich für sie ein Projekt in Brooklyn übernehmen könnte. Es dauert drei bis sechs Monate, und für die ersten drei Monate habe ich fest zugesagt. In meiner Abwesenheit kann Dee das Büro leiten und sich um die Hunde kümmern.

Zum Glück habe ich mich von Bett nicht zu diesen Mini-Ziegen überreden lassen.
Das heißt, ich habe Arbeit und kann bei Javier sein. Und in deiner Nähe. Wer weiß, vielleicht schaffen es Sam und ich sogar, Freunde zu werden. Oder zumindest freundlich zueinander zu sein.
So weit der Bericht von hier. Vor allem ein riesiges DANKE an dich!

Ich hab dich lieb, Ma.
Doug alias Marlow, aber für dich immer Doug

VON: A. Allenberry Bloom
AN: Bett Devlin
BETREFF: Ich habe was gefunden!

Sternhai –

wir haben über Reiter-Camps gesprochen (zu viele Hufe für meinen Geschmack) und Fahrrad-Camps (wir wollen nicht ständig auf der Landstraße sein, außerdem sind zu viel Sport und zu viel Sonne gefährlich und ungesund). Papa hätte wahrscheinlich das Sprach-Camp ausgesucht, wo man morgens keine Cornflakes bekommt, bis man seine unregelmäßigen Verben aufgesagt hat. Kristina träumt von ihrem utopischen gesetzlosen Künstler-Camp.
Aber ich bin zu folgendem Schluss gekommen. Auf der Tabelle im Anhang wirst du sehen, dass der beste Treffer im Moment ein Ferienlager namens Camp Far View Tarn ist. Es ist in Bannister in Maine, im Norden Neuenglands, und auf Mädchen von 7–15 ausgerichtet. Fair View Tarn existiert schon seit einer Ewigkeit und ist ungefähr das altmodischste Ferienlager, das es auf der Welt gibt.

Die Hütten sehen rustikal aus. Die Camperinnen tragen grüne Hemden und grüne Shorts. Das Kurs-Angebot hat sich seit 75 Jahren nicht geändert, und darauf sind sie stolz. Ich finde diese Einstellung interessant, außerdem kommt sie uns entgegen, denn wie es scheint, gibt es kein WLAN dort. Was zuerst riskant klang. Aber dann kam mir der Gedanke, dass dort natürlich auch keine Fotos online gepostet werden. Was bedeutet, es besteht keine Gefahr, dass uns die Dads auf die Schliche kommen können. In einer vernetzten Welt muss man ständig auf der Hut sein.

Hayley Bellinger war letztes Jahr in einem Camp, wo sich ihre Eltern Tag und Nacht per Livecam aus dem Wohnzimmer in den Speisesaal und das Bootshaus einschalten konnten, wie bei Big Brother. Jedes Mal wenn Hayley an der Kamera vorbeilief, haben ihre Eltern ihr zugejubelt, als würde Hayley es hören. Hayleys kleiner Bruder Owen hat ihr später erzählt, es war, als wäre sie ein Promi. Voll peinlich.

Falls wir uns für Far View Tarn entscheiden, wären wir in einem geschützten Kokon weit weg von der vernetzten Welt, wo die Informationsüberflutung die Menschen (mich) in Angst und Schrecken versetzt.

Was meinst du? Ein altmodisches »traditionelles« Ferienlager könnte genau das Richtige für uns sein. Besonders für uns, die vermeintlich nicht in »traditionellen« Familien leben, auch wenn Papa so ungefähr der konventionellste Vater der Welt ist. Viele Menschen kapieren es nicht, aber: Ein Papa ist ein Papa ist ein Papa.

Sollen wir es mit Far View Tarn versuchen?

VON: Bett Devlin
AN: A. Allenberry Bloom
BETREFF: Re: Ich habe was gefunden!

Ich vertraue dir, Avery. Solange du mir versprichst, dass es dort Pferde + Wanderwege gibt, sage ich ja.
Ich erzähle es Dad (+ Gaga) heute Abend. Dad denkt sowieso nur an Javier + den Sommer an der Ostküste. Wahrscheinlich nickt er bloß + sagt: »Sag deiner Gaga Bescheid. Sie bezahlt.«
Ich habe mit Gaga über die Dads gesprochen + wie traurig wir waren, dass es nicht geklappt hat. Sie hat gesagt, ich muss akzeptieren, dass mein Dad jemand Neues gefunden hat + dass Kinder sich nicht in die »Herzensangelegenheiten« ihrer Eltern einmischen dürfen.
Aber was ist, wenn Dads Beziehung mit Javier dazu führt, dass ich nach Kuba ziehen muss? Wenigstens kann ich Spanisch. Als ich Dad gefragt habe, hat er gesagt: »Oh nein. Javier geht NIEMALS nach Kuba zurück. Javier ist im Exil.«
Genauso fühle ich mich auch, seit die beiden jeden Abend Online-Schach spielen + stundenlang telefonieren. Wenigstens kann ich in Far View Tarn DEN GANZEN SOMMER mit dir zusammen sein.

B

ZWEI MONATE SPÄTER

VON: Bett Devlin
AN: A. Allenberry Bloom
BETREFF: AUF DEM WEG

Ich stehe am Flughafen mit einem Plastikschild um den Hals, auf dem »alleinreisendes Kind« steht. Was für eine Demütigung. Hier ist eine Frau mit einem Begleithund (er heißt Tommy) + ich war beim Schalter + habe gesagt, ich kann gerne bei Tommy sitzen, wenn das hilft. Manche Leute wollen im Flugzeug nicht neben Tieren sitzen. Ich verstehe das nicht.
Dad hat mich viel zu früh hergebracht. Das ist der NEUE DAD. Plötzlich ist er pünktlich + er lässt sich einen Männer-Dutt wachsen wie Javier. Mir haben die kurzen Haare besser gefallen, aber ich habe ihm gesagt, dass es toll aussieht, weil er meinen Beistand braucht.
Zwei neue T-Shirt-Spruch-Ideen: *Hai du!* und *Eul doch*.

VON: A. Allenberry Bloom
AN: Bett Devlin
BETREFF: Re: AUF DEM WEG

Ich schreibe dir aus dem Bus. Es war kinderleicht, Papa zu überreden, mich allein nach Maine fahren zu lassen. Kristina hat einfach gesagt, falls Papa mich mit dem Auto fährt, kommt sie mit. Damit war die Idee vom Tisch. Wenn ich an die ganzen Lügen denke, die ich wegen des Sommerlagers erzählt habe, bekomme ich ein schlechtes Gewissen. Aber vielleicht war es gar nicht richtig gelogen. Vielleicht war es nur nicht die ganze Wahrheit. Jedenfalls habe ich gemerkt, dass extrem viel Planung nötig ist, wenn man etwas verheimlichen will. Die meisten Verbrecher müssen also ziemlich gute Manager sein.

Fast alle hier im Bus kennen sich schon, weil sie »Tarnies« sind. Das heißt, sie verbringen die Sommer in Fair View Tarn, seit sie sieben sind. Deswegen hat sich niemand neben mich gesetzt. Sie haben sich alle nach ganz hinten gequetscht, was gefährlich ist, weil es den Bus ins Ungleichgewicht bringt. Offenbar haben sie sich viel zu erzählen. Zuerst hat es sich blöd angefühlt. Wie in Sport, wenn man in keine Mannschaft gewählt wird. (Ja, das ist mir früher passiert. Aber es gibt sowieso nichts Schlimmeres als Brennball, deswegen habe ich es überlebt.)

Ich schätze, auch mit dreizehn ist man nicht zu alt, um sich ausgeschlossen zu fühlen. Vielleicht ist man dafür nie zu alt. Wahrscheinlich gibt es sogar im Altersheim noch Cliquen.

Liebe Tarnie-Eltern,

ich freue mich, Ihnen berichten zu können, dass alle Camperinnen wohlbehalten bei uns angekommen sind. Nur zur Erinnerung, wir bei Far View Tarn glauben, dass junge Mädchen nichts dringender brauchen als eine Pause von Bildschirmen jeder Art, um sich voll auf die Natur, Freundschaften und die Charakterbildung konzentrieren zu können. Die einzigen Nachrichten, die Sie in den kommenden Wochen von Ihren Töchtern erhalten werden, sind handschriftliche Briefe. Jedes Mädchen ist dazu angehalten, mindestens zwei Briefe pro Woche zu schreiben. Wir hoffen, dass es mehr werden! Das Briefpapier stellen wir den Mädchen zur Verfügung, und wir sorgen auch dafür, dass die Briefe richtig adressiert und frankiert sind.

Ich bitte Sie, Ihren Töchtern umgehend auf ihre Briefe zu antworten, da sie sich erfahrungsgemäß über Post aller Art sehr freuen. Aber bitte sehen Sie von Care-Paketen und Fotos ab (auch nicht von Haustieren), die bei ihren

Töchtern Heimweh auslösen könnten. Wir möchten, dass sich alle voll auf das Far-View-Tarn-Abenteuer einlassen.
Sie haben uns Ihre Töchter anvertraut, und wir werden sie Ihnen nach dem Sommer als prächtig gediehene »Tarnies« zurückschicken.

Hochachtungsvoll,
(Ms.) Chessie Leonard, Camp-Leiterin

Liebe Kristina & lieber Papa (in alphabetischer Reihenfolge),

ich schreibe Euch einen Brief zusammen. Papa, kannst Du ihn bitte scannen und gleich an Kristina weitermailen?
Die Wahl dieses Ferienlagers war ein großer Fehler. Ich kann zwar damit leben, dass es keinen Strom in den Hütten gibt, und damit, dass die Speisekarte sehr übersichtlich ist (als Vegetarier hat man Pech gehabt). Aber es gibt eine Sache, mit der ich nicht leben kann.
Der Tarn.
Wusstet Ihr, was ein »Tarn« ist? Tarn ist das schottische Wort für See. In diesem Camp dreht sich alles um ein riesiges Gewässer, das mindestens dreißig Kilometer breit ist. Und sie wollen jede einzelne von uns am Ende des Ferienlagers dazu zwingen, in einem Zweier-Kanu bis zum anderen Ufer zu rudern (das man von hier aus kaum sehen kann). Ohne Ausnahme! Wenn ich das gewusst hätte, wäre ich niemals hierhergekommen. Ich habe versucht, unserer Betreuerin Jilly zu erklären, dass ich eine Phobie vor (tiefem) Wasser habe, aber sie hört mir einfach nicht zu. Könnt Ihr hier anrufen und es ihr erklären? Und vielleicht ein Attest von Dr. Glossman schicken? Hier gibt es nicht einmal eine psychologische Betreuung wie im CIGI-Camp.

Die Einzige, die ein bisschen Verständnis für meine Situation zeigt, ist ein nettes Mädchen aus dem Westen. Sie ist auch zum ersten Mal hier. Alle anderen sind schon seit mindestens fünf Jahren im Camp der Grausamkeit.

Ich vermisse euch schrecklich. HILFE!
In Liebe,
Avery

Lieber Papa & liebe Kristina (umgekehrte alphabetische Reihenfolge),

ich darf Euch nicht anrufen. Ich habe es versucht, aber es ist nicht erlaubt. Deshalb schreibe ich schon wieder. An den ersten zwei Tagen habe ich mich geweigert, ins Kanu zu steigen. Ich habe gesagt, ich hätte Bauchkrämpfe wegen meiner Tage. Aber dann hat Jilly mich gezwungen. Ehrlich gesagt hatte ich Angst, dass sie handgreiflich wird. Sie hat gesagt, ich soll ihr keine Schande machen, sonst bekommt sie nach dem Sommer ein schlechtes Arbeitszeugnis. Anscheinend ist das Arbeitszeugnis sehr wichtig für sie.
Bevor ich ins Kanu gestiegen bin, habe ich um Ohrenstöpsel, Nasenklemme und die Gebrauchsanweisung der Klasse-2-Feststoff-Rettungsweste gebeten. Eine Rettungsweste hat circa 7,5 kg Auftrieb. Ich trage zwei übereinander, wenn ich im Kanu sitze, womit ich 15 kg zusätzlichen Auftrieb habe (der menschliche Körper hat im Schnitt eine relative Dichte von 0,98, was heißt, dass ich auch ohne Hilfsmittel Auftrieb hätte. Theoretisch).
Aber wenn ich im Kanu sitze, habe ich trotzdem Angst zu ertrinken. Nur dass es mit den Rettungswesten nicht so schnell ginge.
Zum Glück bin ich mit dem netten Mädchen aus dem Westen in einem Kanu, die es nicht stört, dass ich nur so tue, als würde ich paddeln. Mit zwei Rettungswesten ist es schwer, die Arme zu bewegen. Außerdem hatte

ich bei den ersten Runden die Augen zu und habe vor mich hin gesummt, um mich abzulenken.
Bitte rettet mich vor der Seeüberquerung. Wenn es nicht anders geht, lasst mich bitte vorher abreisen. Ich vermisse Euch so. Ich glaube nicht, dass ich es hier aushalte.

Alles Liebe,
Avery

Lieber Dad,

DU GLAUBST ES NICHT. In den Hütten gibt es KEINEN STROM. GAR KEINEN. KEINE STECKDOSE. So läuft es hier.
Nachts zünden wir Laternen an (keine Kerzen, weil sie nicht wollen, dass wir das Camp abbrennen). Irgendwie habe ich mich nicht richtig über Far View Tarn informiert, bevor ich herkam. Ich meine, ich beschwere mich nicht. Aber Du kannst FROH sein, dass wir daheim ein Klo mit Wasserspülung haben.
Alles ist SUPERaltmodisch hier. Deswegen bekommst Du auch diesen Brief. Stift auf Papier (wir MÜSSEN Briefe schreiben), wie in der Steinzeit. Oder in der Papierzeit. Ich verbringe den Sommer also an einem ziemlich primitiven Ort, nur dass es EINE MENGE Regeln gibt. Die man hier allerdings nicht Regeln nennt. Man nennt sie »Traditionen«.
Jilly, unsere Betreuerin, beginnt JEDEN SATZ mit: »Eine unserer Traditionen hier in Far View Tarn ist ...«, und dann kommt irgendein Befehl. Wie: »... dass alle immer vorm Schlafengehen duschen, also hopp, hopp.«
Nur dass Jilly dabei so begeistert klingt, als würde sie sagen: »Eine unserer Traditionen hier in Far View Tarn ist, dass alle immer vorm Schlafen-

gehen Achterbahn fahren.« Eine Achterbahn gibt es hier natürlich nicht. Dafür bräuchte man ja Strom. Ein Mädchen namens Annie November hat gesagt, ihr Bruder Rocco ist in einem ACHTERBAHN-CAMP. Im Ernst. Die Kinder übernachten in Motels + werden im Bus von einem Themenpark zum anderen gebracht, wo jeder 30 Mal Achterbahn fährt. Mit Rocco würde ich echt gern eine Weile tauschen.

Jedenfalls ist die WICHTIGSTE Tradition hier im Camp, dass wir JEDEN TAG PADDELN gehen. Das Ziel ist, in der letzten Ferienwoche alle zusammen den SEE ZU ÜBERQUEREN, der über 20 KM BREIT ist. Dann übernachten wir am anderen Ufer und paddeln am nächsten Tag zurück.

Allerdings gibt es hier ein Mädchen, DAS SCHRECKLICHE ANGST VOR DEM ERTRINKEN hat, und sie tut mir SEHR LEID. Ich schätze, wo sie herkommt, gibt es keine Seen. Es muss sehr trocken da sein. Vielleicht kommt sie aus Dubai. Als sie sich für das Camp angemeldet hat, wusste sie nicht, dass man sie hier zum Paddeln zwingen würde.

Ansonsten sind die Leute hier ganz nett, bis auf eine aufgeblasene Ziege namens BRIELLE, aber von der halte ich mich einfach fern. Außer mir sind fast alle hier weiß + in meiner Hütte bin ich die Einzige, die noch nie in Europa war. Unglaublich, oder? Alle finden es VOLL SÜß, dass es in den Hütten nur Laternen gibt. Ich schätze, wenn man so privilegiert aufwächst, ist es ein Riesenabenteuer, keinen Lichtschalter zu haben.

Also gut, zwei Seiten sind voll, das war's für heute. Schreib mir zurück. Du sollst mir ja keine Süßigkeiten oder Minisalami (Teriyaki-Geschmack) schicken. Aber wenn Du alles in eine Schachtel packen + außen draufschreiben würdest INHALT: BÜCHER, könnten wir das Zeug sicher reinschmuggeln. Wenn Du es richtig schlau anstellen willst, könntest Du sogar ein BUCH AUSHÖHLEN und etwas reinlegen.

Hab Dich lieb, Daddylein.
Deine Bett

Liebe Mom,

bis jetzt ist es ganz gut hier in Far View Tarn. Die Busfahrt war lustig, weil die alten Tarnies zusammen hinten saßen, und wir haben gleich ein paar Camp-Lieder gesungen, sogar die Älteren haben mitgemacht, das war cool.

Meine Betreuerin ist Jilly, was nicht so toll ist. Ich wünschte, ich hätte Ali H., aber sie ist diesen Sommer bei den Dritties. Ali war viel netter als Jilly. Fast alle von letztem Jahr sind wieder da, außer Mercer und Sill. Ich glaube, Mercer ist in einem anderen Camp. Von Sill hat niemand was gehört.

Wir haben zwei Neue in der Hütte, aber ich habe mit beiden nichts zu tun. Die eine ist aus New York und stellt sich an wie ein Baby. Sie hat Angst vor dem See und will nicht paddeln. Ich dachte, sie fährt wieder nach Hause, aber die andere Neue ist ihre Freundin, und anscheinend will sie sie nicht allein lassen oder so was. Die Freundin ist aus Kalifornien. Leute aus Kalifornien tun irgendwie immer so, als wären sie cooler als der Rest der Welt. Gestern habe ich gehört, dass sie BEIDE schwule Väter haben. Ich verstehe das einfach nicht. Ist doch seltsam, oder?

Na ja, das war's von hier. Meinst du, nach dem Sommer könnte ich ein neues Handy kriegen? Hier reden alle über lauter Sachen, die ihre Smartphones können, und ich sage nichts und bin nur froh, dass sie nicht merken, dass ich mit meinem Schrottteil zwei Generationen hinterher bin.

Ich hoffe, zu Hause ist alles in Ordnung.

Alles Liebe,
Brielle

Avery —

ich habe Deinen Brief gescannt und an Kristina geschickt, und dann habe ich sofort bei Camp-Leiterin Leonard, angerufen. Sie sagt, dass inzwischen alles in Ordnung sei. Stimmt das? Dein Brief ist vier Tage alt, vielleicht ist er nicht mehr aktuell.
Mrs. Leonard sagt, Du gewöhnst Dich langsam an den Wassersport und würdest inzwischen beim Paddeln die Augen aufmachen. Außerdem hat sie erklärt, dass sie in Far View Tarn eine Zero-Risk-Sicherheitsbilanz haben. Du schaffst das bestimmt, mein Engel. Ich schätze, die Sommertage fliegen vorbei. Ich hoffe, Du findest gute Freundinnen. Das nette Mädchen aus deiner Hütte klingt toll. An die solltest Du Dich halten.
Ich vermisse Dich ganz doll, mein Hase.

Hab Dich lieb,
Papa

Meine Avery,

es tut mir so leid! Ich bin empört, dass Ihr in einem Ferienlager, in dem es angeblich um Spaß in der Natur geht, zu einer Kanufahrt gezwungen werdet. Ich habe diese Ms. Leonard angerufen, aber sie hat sich geweigert, Dich ans Telefon zu holen. Sie sagte, das Problem hätte sich inzwischen erledigt, und Du entwickelst dich täglich in neue Richtungen (ich habe keine Ahnung, was sie damit meint).
Soll ich ihr glauben? Sie klang zuversichtlich (und ziemlich stur), aber vielleicht klingt sie immer so. Es ist schwer zu sagen, ohne ihr Gesicht zu sehen.

Ich habe Sam angerufen, um zu fragen, ob wir Dich nach Hause holen sollen. Aber er wollte mit mir nicht darüber sprechen.
Ich fühle mich so ohnmächtig. Das Einzige, das ich Dir mit auf den Weg geben kann, ist, dass man manchmal seine Ängste bei den Hörnern packen muss. Und Schreien hilft – den Mund weit aufmachen und die Stimmbänder durchlüften, lang und laut. Das löst Wut und Frust. Ich habe es viele, viele Male getan, Du kannst meine Nachbarn fragen.
Avery, ich denke jede Sekunde an Dich. Was für ein Glück, dass Du eine Camperin mit Herz in Deiner Hütte hast.

In ewiger Liebe,
Deine Kristina

Liebe Brielle,

ich gehe jeden Tag zum Briefkasten, und jeden Tag finde ich dort nichts als Rechnungen und traurige Kataloge. Aber heute kam Dein Brief an. Endlich! Ich beschwere mich nicht. Aber Du weißt ja, wie sehnsüchtig ich auf Post von Dir warte, weil ich Dich (und Deinen Bruder) so vermisse. Tyler hat sich am Montag aus Camp Stone am anderen Seeufer gemeldet. Anscheinend hatte am zweiten Tag dort ein Junge die brillante Idee, am Lagerfeuer einen glühenden Stock mit einem Marshmallow in die Luft zu werfen. Leider war Tyler zur falschen Zeit am falschen Ort, und jetzt hat er eine Brandblase am Ohr. Na ja, es hätte schlimmer kommen können. Hoffentlich sieht man es am Ende auf dem Gruppenfoto nicht.
Ich nehme an, dass Ihr euch bei der Party seht, die die beiden Camps zusammen veranstalten. Bitte berichte, ob Tylers Ohr gut verheilt. Eurem Vater erzähle ich nichts davon. Und falls Du ihm schreibst (was Du nicht

musst), erwähne es bitte auch nicht. Als er uns verließ, hat er sich entschieden, nichts mehr von eurem Alltag wissen zu wollen, und er wollte nicht einmal für das Ferienlager zahlen. Ein verkohltes Ohr würde ihm nur Munition liefern.
Schade, dass Mercer und Sill nicht mehr dabei sind. Sie waren gute Tarnies. Du hast zwei Neue erwähnt, deren Väter schwul sind. Ich bin natürlich die Letzte, die sich in das Leben anderer Leute einmischt, aber ich bin doch überrascht, was für Kinder heutzutage nach Far View Tarn kommen. Früher war das anders.
Ich versuche gerade, das Gästehaus zu entrümpeln, für den Fall, dass wir ausziehen und verkaufen müssen. Der Anwalt sagt, wir lassen uns von Eurem Vater nicht klein kriegen. Aber ich will nicht, dass Du Dir Sorgen machst. Du sollst den Sommer in vollen Zügen genießen.

Alles Liebe
von Deiner Mutter

Lieber Dad (+ Grüße an Javier),

wie geht's Dir? Mir gut. Heute ist Briefschreibtag. Ob wir wollen oder nicht. Wie so ziemlich alles hier. Hauptsächlich paddeln, wandern + singen wir. Es ist zwar kein Musical-Camp, aber sie nehmen die CAMP-LIEDER sehr, sehr ernst.
Ich habe ein paar echt nette Leute kennengelernt, nur eine in meiner Hütte, Brielle, ist eine eingebildete Schnepfe. Ihre beste Freundin heißt Charlotte Canaday + macht alle 5 Minuten Handstand oder schlägt ein Rad. Ich kann auch Handstand + Rad schlagen, aber ich muss nicht ständig damit angeben.

Am ersten Tag hat Brielle das Foto von Dir + Phillip gesehen + ich hab ihr erzählt, dass ihr meine Väter seid (dass Phillip gestorben ist, geht sie nichts an). Und gestern im Waschraum hab ich gehört, wie sie zu Charlotte sagte: »Wahrscheinlich ist sie so gestört, weil ihr Vater schwul ist.«
Da hab ich die Tür aufgerissen (ich war auf dem Klo) + hab gerufen: »WAS?«
Es war ihnen voll peinlich, aber sie haben so getan, als würden sie von einem ANDEREN Mädchen reden, das letztes Jahr hier war + einen schwulen Vater hatte. Wer's glaubt, wird selig!
Ich hätte ein Riesentheater machen können, aber das hab ich nicht. Ich hab es für mich behalten. Deshalb erzähle ich es Dir. Aber keine Sorge. Mit Brielle werde ich auf meine Art fertig.

Ich hab Dich lieb, Dad.
Bett

PS: HAST DU VON JUNIE + RAISIN GEHÖRT? Ich schreibe jetzt nicht, dass sie mir AM ALLERMEISTEN fehlen, weil das nicht nett wäre. Wie geht's Gaga?

Bett —

ich habe mich riesig über Deinen Brief gefreut, der heute ankam. Und mich sehr über die Geschichte mit den bescheuerten Mädchen geärgert. Wenn Du möchtest, beschwer Dich ruhig bei der Camp-Leitung. Sag mir Bescheid. Ich steh hinter Dir. Immer. Du musst nicht alle Kämpfe allein ausfechten. Dafür sind Väter doch da.
Das Projekt in Brooklyn macht viel Arbeit. Das größte Problem ist, dass

ich ohne mein eingespieltes Team hier bin. Aber dafür kann ich mit Javier zusammen sein. Er arbeitet zu Unzeiten und hat abends Auftritte, deshalb ist es nicht ganz einfach, unsere Zeitpläne aufeinander abzustimmen.
Ich war noch drei Mal in Gagas Stück. Sie wird immer besser.

Ich hab Dich lieb und vermiss Dich,
Dein Dad

PS: Ich arbeite an der Idee mit dem ausgehöhlten Buch. Du kannst bald mit einem Päckchen rechnen.

Meine süßen Mädchen,

ich schreibe Euch zusammen und mache mit dem Drucker eine Kopie, weil ich sonst mehr oder weniger das Gleiche zweimal schreiben würde. Außerdem habe ich gehört, dass es Avery so ähnlich macht.
Ich war noch nie in einem Ferienlager. Dafür waren wir früher manchmal zelten. Ich würde Euch gern von der guten alten Zeit vorschwärmen, aber ich war nie ein großer Fan davon, auf der harten Erde zu schlafen.
Von Kristina habe ich gehört, dass das große Ding in Far View Tarn das Paddeln ist. Ich bin so froh, dass Bett bei Dir ist, Avery, aber keine Sorge, ich habe niemandem verraten, dass Ihr zusammen seid. Avery, ich weiß, dass Du Angst vor tiefem Wasser hast, aber manchmal muss man den Zeh in etwas Kaltes stecken.
Das Neueste von hier ist, dass unser Stück in ein anderes Theater umzieht, das viel größer und schicker als das jetzige ist. Kristina ist überglücklich, aber ich hab jetzt schon Heimweh nach dem alten Ort. Ein paar Leute aus

unserem Haus haben sich das Stück angesehen. Kristina hat ihnen die Eintrittskarten besorgt & danach sind wir alle zusammen Pizza essen gegangen. Dinos (der Doorman) war auch dabei & er hat erzählt, dass er viel ins Theater und in die Oper geht. Jeder Mensch hat eine Überraschung auf Lager, das steht fest!
Ich habe viel zu tun, aber trotzdem sehe ich regelmäßig Deinen Dad & Javier, Bett. Sie scheinen sich wirklich gut zu verstehen, und Dein Dad sagt, Brooklyn ist der Ort, wo alles passiert. Ich weiß nicht genau, was er mit »alles« meint.
Ich hoffe, Du hältst Dich an die Regeln, Bett. Und Avery, ich hoffe, Du brichst ein paar Regeln. Ich habe Euch beide lieb!

Eure Gaga

Lieber Papa & liebe Kristina,

ich möchte nicht, dass Ihr Euch Sorgen um mich macht. Ich mache mir genug Sorgen für uns alle drei. Ich schätze, ich könnte sagen, es läuft inzwischen besser, und das tut es auch. Aber der See ist immer da draußen und starrt mich an.
Ich versuche, ein paar Dinge durchzusetzen, deshalb gibt es jetzt auch Tofu an der Salatbar, immerhin.
Am Samstag haben wir Tanzabend mit den Jungs aus Camp Stone Point.
Noch etwas, was mich nervös macht, was vielleicht gut ist, weil ich nicht gleichzeitig Angst vorm Ertrinken haben kann und Angst davor, in peinlichen Tarnie-Grüppchen herumzustehen und von Moskitos ausgesaugt zu werden. Wir haben diese Jungs noch nie gesehen, und jetzt

sollen wir mit ihnen tanzen? Aber so ist die Tradition. Alles hier ist Tradition.
So weit mein Bericht. Wie geht es in der Stadt?

Eure Tochter
Avery Allenberry Bloom

Liebe Brielle,

Chessie Leonard hat angerufen und gesagt, Du und Dein Bruder habt bei der Party gestern Abend Streit angefangen. Ich muss sagen, ich bin schwer enttäuscht, dass Ihr zwei es schafft, sogar im hintersten Maine, wo Ihr in verschiedenen Camps untergebracht seid und eigentlich Spaß haben sollt, aufeinander loszugehen.
Das geht zu weit. Wie ich höre, sind hässliche Ausdrücke gefallen. Chessie hat keine Details genannt, aber sie sagt, die Übeltäter müssen sich schriftlich entschuldigen. Was immer damit gemeint ist.
Brielle, ich habe genug Probleme. Reiß Dich zusammen und bleib auf Kurs. Ich bereue zutiefst, dass ich Deinen Vater geheiratet habe. Bring mich nicht dazu, auch zu bereuen, dass ich Kinder bekommen habe.

Deine Mutter

Hey Avery,

ich bin's, Tyler aus dem Stone Point Camp. Ich hoffe, es ist okay, wenn ich Dir schreibe. Ich wollte Dir erklären, was passiert ist. Bevor wir rüber zum Far View Tarn kamen, hatten wir Wahrheit oder Pflicht gespielt, und ich hatte verloren. Deswegen musste ich als Erster eine von Euch zum Tanzen auffordern.

Du standst allein da, auch wenn du wahrscheinlich nur auf Deine Freundin gewartet hast oder so was. Ich schwöre, ich hatte keine Ahnung, wer Du bist, und ich wusste auch sonst nichts über Dich. Die anderen Mädchen standen alle in Grüppchen (bis auf die eine, die dauernd Handstand machte).

Als ich Dich aufgefordert habe und Du abgelehnt hast, weil Du die Musik nicht mochtest, fand ich Deine Antwort gut, weil das Lied, das lief, wahrscheinlich noch aus den Gründertagen des Ferienlagers stammte. Sogar die Betreuer haben gelacht, weil es so alt war.

Dann habe ich das rothaarige Mädchen aufgefordert, die schon mitgeschunkelt hatte, weil ich die Wahrheit-oder-Pflicht-Pflicht hinter mich bringen wollte. Außerdem hat sie gesagt, sie kann den Jitterbug, auch wenn ich keine Ahnung habe, was das ist.

Aber später, als endlich normale Musik lief und viele auf der Tanzfläche waren, bin ich zu Dir gegangen, weil ich wirklich mit Dir tanzen wollte.

Ich wusste nicht, dass Du mit meiner Schwester in der Hütte bist. Als Brielle uns gesehen hat (ich glaube, bei unserem dritten Tanz) und mich gefragt hat, ob ich wüsste, dass Du eine der Neuen mit den schwulen Vätern bist, hatte ich keine Ahnung, wovon sie redete. Und damit hat der Streit angefangen.

Ich will nicht, dass Du mich für genauso bescheuert hältst wie meine Schwester. Mir ist es völlig egal, ob Dein Vater schwul ist oder nicht. Mein

Vater ist mit seiner neuen Freundin Amber nach Florida gezogen, die früher in der Firma unserer Familie gearbeitet hat. Mayhew Grease Collection Services. Was viele nicht wissen, ist, dass Schnellrestaurants altes Fritierfett professionell entsorgen lassen müssen. Das ist superwichtig für die Umwelt. Und dafür sind wir da. Jedenfalls ist Amber echt nett, auch wenn ich das nie vor meiner Mutter sagen würde.
Ich glaube, es gibt noch einen Tanzabend. Hoffentlich sehe ich Dich da. Übrigens hat mein Freund Nick gesagt, er findet Deine Freundin echt cool (Bett? die sich mit meiner Schwester angelegt hat?). Nick war der Typ mit dem roten Hoodie, falls Deine Freundin fragt.
Tut mir echt leid, dass alles so peinlich war.

Voller Hochachtung,
Tyler Mayhew

Hi Tyler,

danke für Deinen Brief. Du musstest nicht alles erklären. Ich habe nicht viel mit Deiner Schwester zu tun, obwohl wir in derselben Hütte sind.
Meine Freundin Bett sagt, Deine Schwester ist bloß neidisch, weil unsere Väter ziemlich cool sind und meine Mutter Theaterstücke schreibt und Betts Großmutter in New York auf der Bühne steht. Der Freund von Betts Vater ist ein berühmter Tänzer beim Ballet Hispánico in New York. Wir geben damit nicht an, aber wenn man in einer Hütte wohnt, redet man eben über vieles. Wir wissen auch alle, dass Hannah Minters Eltern in Matamoras in Pennsylvania ein Casino gehört (das gerade zum Verkauf steht). Wenn man mit Leuten auf engem Raum zusammenlebt, erfährt man einiges über ihr Leben.

Wir sehen uns beim nächsten Tanzabend, falls ich dann noch da bin. Es kann sein, dass ich schon vorher wegmuss. Am Ende des Sommers findet die obligatorische Kanufahrt über den ganzen See statt, und möglicherweise werde ich zur selben Zeit wegen dringender Angelegenheiten in New York gebraucht.

Ebenfalls hochachtungsvoll,
Avery

Liebe Gaga,

ich mag fast alle in unserer Hütte SEHR, nur ein Mädchen, sie heißt BRIELLE MAYHEW, ist ein echtes Miststück. Stell Dir vor, beim Tanzabend mit den Jungs vom Nachbarcamp hat sie Streit angefangen, weil Avery und ich schwule Väter haben. Ich glaube jedenfalls, dass das der Anlass war. Auf einmal gab es ein Riesenrumgeschubse + dann haben die Betreuer das Licht angemacht + uns angeschrien + die Mädchen in die Hütten geschickt + die Jungs mussten zurück in die Busse.
Wie geht es Dad mit Javier, glaubst du? Von mir aus können Dad + ich irgendwann die Kirche einpacken + nach New York ziehen. Ich weiß nicht, was Junie + Raisin von Schnee und Bürgersteigen halten, aber solange Du in New York bist + Avery + Kristina auch, kann ich mir vorstellen, dass ich da leben könnte. Natürlich würde ich Angel + Summer + ein paar andere + das Surfen vermissen. Ich würde wahrscheinlich alles Mögliche vermissen.
Jedenfalls weiß ich, dass nicht ich das Sagen habe. Als ich klein war, war das Motto von Legoland unten in San Diego »Hier haben die Kinder das Sagen«. Ich weiß noch, als Dad das erste Mal mit mir da war, dachte ich

wirklich, dass Legoland von Kindern geleitet würde. Wurde es aber nicht. Die Kinder hatten nicht das Sagen. Das war natürlich lange, bevor ich im Medienkurs im CIGI-Camp gelernt habe, Werbesprüche kritisch zu hinterfragen.
Ich hab Dich lieb, Gaga. Danke, dass Du immer für mich da bist! (Das muss ich nicht schreiben, aber Jilly, unsere Betreuerin, hat gesagt: »Gebt am Ende noch mal richtig Gas, Mädels!« Sie ist Sprinterin.)

xo
Bett(y)2

Lieber Papa & liebe Kristina,

das Ferienlager ist eine ziemliche Berg- und Talfahrt für mich. Gute Tage, schlechte Tage. Es gab noch einen zweiten Tanzabend, der viel besser war als der erste, weil er nicht wegen eines Streits abgebrochen wurde. Außerdem kannten wir die Jungs schon. Na ja, nicht gut, aber immerhin hatten wir sie schon mal gesehen. Vor der Seeüberquerung habe ich natürlich immer noch Angst. Aber es gibt auch Aktivitäten hier, die nichts mit Wasser zu tun haben. Und wir singen, wenn wir durch den Wald wandern, was wir ungefähr fünf Stunden täglich tun.
Tut mir leid, dass dieser Brief so kurz ist. Sie kontrollieren die Länge nicht mehr. Sie sammeln bloß die Briefumschläge ein. Ich könnte auch einen leeren Briefumschlag schicken, aber das würde ich natürlich nie tun.

Ich hab Euch lieb und vermisse Euch,
Avery

Liebe Angel,

ich schreibe Dir aus einer Hängematte in Far View Tarn. Ich soll Dir sagen, wie cool das Camp ist + Dich überreden, nächstes Jahr auch herzukommen. Okay. Habe ich hiermit getan. Es ist lustig. Zuerst war es nicht so toll, aber inzwischen habe ich ein Pferd gefunden, das ich mag (es heißt Tri-Tip) + wir spielen Volleyball + ich mag Bogenschießen, Fußball + Seilklettern. Außerdem machen mir die Schnitzeljagden Spaß. Wir teilen uns in Mannschaften auf + dann rennen wir durch den Wald + suchen einen Schatz. Das kann richtig aufregend sein. Außerdem ist das Essen echt gut + wir machen selber Eis. Es geht ganz einfach, aber man muss eine Kurbel an einer Wanne drehen wie früher, bevor es Strom gab. Heute gibt es ja automatische Eismaschinen, wo man nur auf einen Knopf drücken muss, aber Elektrizität ist hier ein Schimpfwort. Ich habe ein paar neue Freundinnen, die von überall herkommen, aber die meisten sind aus Boston oder New York. Avery hält sich ganz gut. Ich bin ihretwegen hier + wir verstehen uns auch, aber sie hasst den See + aus irgendeinem Grund wird sie viel mehr von Moskitos gestochen als alle anderen. Außerdem kann sie schlecht einschlafen + wacht nachts auf + ich kann nicht jede Nacht um drei mit ihr reden. Nachts um drei will ich mit niemandem reden. Na ja, ich vermisse Dich. In ein paar Wochen bin ich wieder da. Dann erzähle ich Dir alles. Ich bringe Dir was mit, auch wenn es wahrscheinlich nur so was wie ein Kiefernzapfen wird (ein sehr großer).

Alles Liebe,
Bett

Papa und Kristina,

ich verbringe immer noch viel Zeit mit dem Mädchen aus dem Westen, wenn auch nicht mehr so viel wie am Anfang, weil wir tagsüber andere Kurse haben. Das macht aber nichts. Ich darf mich an den Vormittagen manchmal aus dem Programm ausklinken. Dann gehe ich in die Hütte und ordne meine Sachen und probiere die Meditations-Übungen aus, die die Krankenschwester mir zur Beruhigung gezeigt hat. Jilly hat nichts dagegen, solange ich in der Hütte bleibe und nicht allein in den Wald gehe oder in den See. Was ich natürlich beides nie tun würde, und ich glaube, das weiß sie auch.
Ich schreibe jetzt nicht, dass ich die Stunden zähle, bis der Sommer vorbei ist, denn das tue ich nicht die ganze Zeit. Ich habe ein paar wunderschöne Blumen hier entdeckt, die winzig klein sind und die ich in den Büchern, die ich mitgebracht habe, presse. Die meisten anderen Mädchen hier sehen die kleinen Blumen gar nicht. Sie wissen nicht einmal, dass es sie gibt.

In Liebe,
Avery

Gaga —

letzte Woche war noch ein Tanzabend mit den Jungs vom Nachbar-Camp. Ich sag jetzt nicht, dass ich einen Freund habe, weil es NICHT STIMMT. Aber ich habe sehr oft mit einem Jungen aus Greenwich in Connecticut getanzt, der Nick heißt und nach Toastbrot riecht.
Wie gutes Toastbrot.

Avery hat DIE GANZE ZEIT mit einem Jungen namens Tyler getanzt, der aus einer komplizierten Familie kommt (vielleicht habe ich schon erwähnt, dass er Brielles BRUDER ist).
Ich bin froh, weil Avery seitdem auch mal von was anderem spricht als immer nur vom ERTRINKEN. Damit treibt sie mich noch in den Wahnsinn.
Ich glaube, Tylers Verwandte sind mit der Mayflower gekommen (nicht mit dem Umzugsunternehmen, sondern mit dem SEGELSCHIFF AUS EUROPA vor Hunderten von Jahren, ohne Witz!).

Alles Liebe, Gaga!
xxoo
Bett

Lieber Sternhai,

es ist spät, und alle schlafen schon, auch Du. Ich habe meine Nottaschenlampe an.
Es war ein Fehler hierherzukommen. In der Broschüre haben sie einiges verschwiegen. Ich würde sagen, ich habe meine Lektion gelernt, aber ich bin mir echt nicht sicher, ob ich hier lebend rauskomme. Ich habe immer noch Todesangst, jedes Mal wenn ich im Kanu sitze. Es ist eine reale Furcht, kombiniert mit meinen irrationalen Ängsten (zum Beispiel von einer Klimaanlage erschlagen zu werden, was häufiger vorkommt, als man denkt).
Aber im Moment bin ich aus einem anderen Grund wach.
Ich weiß, ich rede zu viel über den See, und ich habe das Gefühl, ich gehe Dir auf die Nerven. Bist Du sauer auf mich, Bett? Wir müssen nicht immer nebeneinandersitzen, und jeder braucht mal eine Pause vom anderen, und ich nehme an, deswegen bist Du heute mit Markie früher vom Abend-

essen aufgestanden. Willst Du eine Weile ohne mich sein? Deine eigenen Sachen machen? Das ist in Ordnung. Ich glaube, ich verstehe Dich.
Ich lege diesen Brief unter Dein Kissen (hoffentlich ohne Dich zu wecken), dann kannst Du ihn morgen früh lesen.

xxx
Nachteule

Avery,

ich musste aufs Klo + jetzt schläfst Du. Aber ich habe gerade Deinen Brief gelesen. Ich wollte nichts sagen, aber jetzt hast Du mich gefragt + hier ist meine Antwort. Nein, ich bin nicht sauer auf Dich, ich wünschte einfach nur, Du könntest Dein Problem mit dem Paddeln endlich BEWÄLTIGEN. *Außerdem wünschte ich, Du würdest nicht so viele Fragen stellen, was alles im Essen ist (wenn sie sagen, es ist kein Fleisch drin, akzeptier einfach, dass kein Fleisch drin ist) + reagier nicht immer so emotional auf Mückenstiche, nächtliche Geräusche + Bakterien. Wir haben beide neue Freundinnen hier gefunden + wir müssen nicht bei allem Partner sein wie beim Dreibeinlauf. Den würde ich übrigens morgen gern mit Markie machen. Nimm's mir nicht übel, aber ich hab das Gefühl, mit Markie könnte ich den Dreibeinlauf gewinnen.*
Vielleicht stimmt es, dass ich manchmal mein eigenes Ding machen will. Ich meine, wir haben sowieso nicht viel gemeinsam. Früher hatten wir unsere Väter, aber das ist vorbei. Ich weiß, Du hast Gaga auch lieb, aber sie ist MEINE GROẞMUTTER, *nicht Deine. Ich will nicht unhöflich sein, Avery, aber ich kann Dich nicht die ganze Zeit vor der Welt beschützen. Das wäre ein Vollzeitjob.*

Es macht mir Spaß, wenn unsere Hüttengruppe nachts runter zum See geht, um zu schwimmen + ich will nicht immer mit Dir in der Hütte bleiben. Ich reite gern querfeldein + nicht immer nur auf dem Weg. Ich will so viele Dinge tun, die Du nicht tun willst.
Es tut mir leid.
Avery, ich will wirklich Deine Freundin sein, aber ich hab das Gefühl, wenn Du das hier liest, nimmst Du es persönlich. Trotzdem muss ich Dir die Wahrheit sagen, weil Du gefragt hast.

Bett

B —

ich lege Dir diesen Brief in das Fach unter Deiner Zahnbürste, damit Du ihn gleich siehst, wenn Du aufstehst.
Ich bin früh aufgestanden und habe Jilly gebeten, mich für die Überfahrt zu jemand anderem ins Kanu zu setzen. Sie sagt, es wäre in Ordnung. Du bist jetzt mit Markie im Kanu.
Du hast recht. Wir haben nicht viel gemeinsam. Eigentlich ist es gut, dass es mit unseren Dads nicht geklappt hat. Mit uns hat es auch nicht geklappt, und wahrscheinlich aus ähnlichen Gründen. Du und Dein Dad, Ihr seid beide Chaoten. Und Euch ist nicht klar, dass Ihr damit andere verletzen könnt.
Ich fahre heute Vormittag mit Mrs. Leonard in die Stadt. Ein Mädchen aus der Pappelhütte muss zum Arzt, weil sie einen entzündeten Spinnenbiss hat. Ich habe gefragt, ob ich mitkommen und sie unterstützen kann (eigentlich interessiert mich nur, ob sie eine Drainage machen oder ob sie ein Antibiotikum spritzen oder beides).

Aber keine Angst, ich werde Dir nicht mehr auf die Nerven gehen. Morgen ist die Kanufahrt, und eine Woche später sind wir hier weg.

A. A. B.

Liebe Kristina und lieber Papa,

ich schreibe Euch zum letzten Mal vor der großen gefürchteten Kanufahrt.
Um 6:00 Uhr geht es los.
Ich habe Angst. Ich weiß, Ihr sagt beide, dass Angst einen nicht weiterbringt, aber das ist kein hilfreicher Rat. Tut mir leid.
Die Betreuer sagen, die Fahrt ist eine Bindungserfahrung. Wie viel sollen wir uns noch binden? Wir essen, schlafen und machen schon alles andere zusammen. Wir waren den ganzen Sommer zusammen hier.
Inzwischen bin ich bereit, mich von diesen Leuten wieder zu entbinden.
Ich gebe mir Mühe, das könnt Ihr mir glauben.
Jedenfalls habt Ihr recht, es wird bestimmt toll.
Oder auch nicht.
Okay, wünscht mir Glück.

Avery

VON: Jilly Holland
AN: Chessie Leonard
BETREFF: Der Vorfall heute auf dem See

Sie haben gesagt, ich soll genau aufschreiben, was passiert ist, und mich dabei nur an die Tatsachen halten. Ich bin noch ganz durcheinander, aber ich werde mir Mühe geben.

Ich bin 20 Jahre alt und arbeite im Sommer als Betreuerin im Far View Tarn Camp in Maine. Es ist erst mein dritter Sommer hier als Betreuerin, aber ich war vorher neun Jahre lang selbst Tarnie, also kenne ich mich sehr gut in Far View Tarn aus. Zu meiner Gruppe, den Kieferzapfen, gehören zwölf Mädchen.

Gestern war der erste Tag des großen Camp-Finales, der Kanufahrt zur anderen Seite des Sees, wo wir übernachten, bevor wir am folgenden Tag zurückpaddeln.

Der Tarn ist 18 Kilometer breit, und die meisten Kanus haben eine Geschwindigkeit von knapp 5 km/h. Das heißt, wir brauchen etwas weniger als vier Stunden, um hinüberzukommen. Die Mädchen haben den ganzen Sommer darauf hintrainiert, und alle 12 waren fit genug, um die Überfahrt zu schaffen.

Von den 12 gab es nur ein Mädchen, Avery Bloom, die Angst vor der Überfahrt hatte.

Ich habe Avery Bloom mit Charlotte Canaday ins Kanu gesetzt. Charlotte ist meine stärkste Paddlerin (sie ist Turnerin).

Brielle Mayhew war mit Piper Tilley im Kanu. Und Bett Devlin mit Markie Bishop.

Der Rest der Mädchen war gut aufeinander abgestimmt (aber sie hatten mit dem, was passiert ist, nichts zu tun).

In jedem Kanu waren zwei Camperinnen, außerdem ein Seenot-Kit mit einer Signalpfeife, eine schwimmende Rettungsleine und

Schwämme. In meinem Kanu waren ich und die Junior-Betreuerin Sasha Pape plus der Erste-Hilfe-Koffer. Jedes der Mädchen hatte zwei Flaschen Wasser und verschiedene gesunde Snacks dabei.

Die Camperinnen wissen, dass wir uns immer an das Tempo des langsamsten Kanus halten. Niemand darf vorpreschen, und alle Kanus müssen zu jeder Zeit in Hörweite voneinander sein. Die Hütten auf der anderen Seeseite waren vorbereitet, sodass wir kein Übernachtungsgepäck mitnehmen mussten.

Gestern verlief die Überfahrt nach Plan. Auch die Nacht verging ohne Probleme. (Bis auf die Tatsache, dass Piper Tilley um 3 Uhr aufwachte und sich übergab – sie hatte zu viele gefüllte Eier gegessen –, was aber keine weiteren Folgen hatte.)

Heute Morgen traten wir um 8 Uhr die Rückfahrt an. Der Plan war, drei Pausen einzulegen. Der Unfall ereignete sich während der letzten Pause, als es nicht mehr weit bis zum Ufer war.

Es tut mir leid, aber mir wird vom Schildern der Ereignisse übel, und ich muss später weiterschreiben.

Gibt es schon etwas Neues? Ich wollte mit dem Krankenwagen mitfahren, aber man hat mich nicht gelassen.

Es tut mir so leid, Ms. Leonard. Ich weiß nicht, was ich sagen soll. Es tut mir einfach so schrecklich leid.

VON: Sunny Mayhew
AN: James Mayhew
BETREFF: Unfall in Far View Tarn

Jim –

Brielle geht es gut, aber sie ist in Maine im Krankenhaus. Sie und zwei andere Mädchen. Ich bin auf dem Weg dorthin. Du könntest über Newark herauffliegen. Ruf mich auf dem Handy an. Ich habe dir gerade eine Nachricht hinterlassen. Es ist albern, dass wir nicht miteinander sprechen. Lassen wir den Quatsch, Jim. Ruf mich an.

Sunny

VON: Sasha Pape
AN: Ms. Chessie Leonard
BETREFF: Unfall heute

Wir wissen nicht genau, wie es heute zu dem Unfall gekommen ist, weil vier der sieben Kanus ein Stück entfernt von denen waren, die in den Unfall verwickelt waren. Alle Kanus hatten eine zehnminütige Pause eingelegt. Mit drei der Kanus hatten wir ein Lied angestimmt (einen dreistimmigen Kanon) und waren ein Stück entfernt. (Der Wind hatte aufgefrischt, und wir trieben ab, weil der Wind uns nach Westen drückte.) Wegen des Kanons und der Entfernung wussten wir nicht, dass es Probleme gab, bis wir die Notpfeife hörten. Zu diesem Zeitpunkt waren die Mädchen schon im Wasser.
Folgendes haben Jilly und ich gehört (nicht gesehen): In einem Kanu saß Markie Bishop vorne und Bett Devlin hinten. Die Mädchen alber-

ten herum (wir hatten die 18 Kilometer fast hinter uns gebracht). Markie versuchte, sich mit dem Paddel in der Hand im Kanu hinzustellen. (Sie hat zwar einen guten Gleichgewichtssinn, aber es ist absolut verboten, sich hinzustellen.) Dann verlor sie die Balance. Im Fallen ließ sie das Paddel los. Das Paddel traf Bett Devlin an der Schläfe, und Bett knallte mit dem Kopf gegen die Metallkante der rechten Bordwand.

Die anderen Mädchen sahen, wie Bett die Hand hob, und da war Blut, doch in der nächsten Sekunde sackte sie zusammen (wahrscheinlich bewusstlos nach dem Schlag gegen den Kopf) und ging ebenfalls über Bord.

Allerdings trug Bett ihre Rettungsweste nicht. Sie hatte sie ein paar Minuten vorher ausgezogen, weil es so heiß war, womit sie klar gegen die Regeln verstieß. (Jilly und ich haben natürlich nicht gesehen, wie sie sie auszog.) Charlotte Canaday und Markie Bishop hatten ihre Rettungswesten ebenfalls ausgezogen. (Was wir auch nicht gesehen haben.)

Bett Devlin trieb mit dem Gesicht nach unten im Wasser. Als Nächstes sprang Avery Bloom aus ihrem Kanu, das daraufhin kenterte, sodass auch Charlotte im Wasser landete. (Charlotte hatte zwar keine Rettungsweste an, aber sie ist eine gute Schwimmerin.)

Avery (die ihre Rettungsweste trug) schwamm zu Bett und schaffte es, sie auf den Rücken zu drehen. Anscheinend war Blut im Wasser, bei dessen Anblick Piper Tilley (im Kanu mit Brielle Mayhew) in Ohnmacht fiel. (Sie hatte sich in der Nacht zuvor übergeben.)

Avery zog ihre Rettungsweste aus und schob sie unter Betts Kopf, damit sie nicht unterging. Doch dann geriet Avery selbst in Schwierigkeiten und begann Wasser zu schlucken (Avery ist keine gute Schwimmerin). Da sie keine Rettungsweste mehr trug, ging sie unter. Es kann sein, dass sie eine Panikattacke hatte, denn Charlotte sagt, es war, als hätte Avery plötzlich nicht mehr atmen können.

Und dann sprang Brielle ins Wasser und schwamm zu Avery.
Das war der Moment, als wir das Notsignal hörten. Charlotte (immer noch im Wasser) griff über die ohnmächtige Piper und öffnete den Seenotkoffer.
Als wir die Gruppe erreichten und sahen, was los war, rief Jilly sofort mit dem Handy den Notarzt.
Der restliche Ablauf ist Ihnen bekannt.

VON: Marlow Devlin
AN: Sam Bloom
BETREFF: KRANKENHAUS: Emerald Bay Road Nr. 1800

AVERY GEHT ES GUT, Sam. Das ist die wichtigste Info. Als sie Avery ins Kanu gezogen hatten, bekam sie wieder Luft. Ich habe versucht, dich anzurufen und dir zu texten, aber ich kam nicht durch. Wahrscheinlich bist du noch im Flugzeug. Ich hatte Glück, dass ich den ersten Flug bekommen habe. Ich fasse es nicht, dass die beiden die GANZE ZEIT zusammen waren. Wie kann es sein, dass wir das nicht mitgekriegt haben? Ich habe mir am Flughafen in Portland einen Wagen gemietet und bin mit 160 Sachen hier hochgerast, zum Glück hat mich die Polizei nicht angehalten. Ich glaube, du hast mir auf die Voicemail gesprochen, dass du nach Bangor fliegst. Ich bin jetzt bei Bett. Man hat ihr wegen der Kopfverletzung ein Beruhigungsmittel gegeben. Es ist auch ein Neurologe da. Bett muss einfach wieder gesund werden. Sie ist mein Kind, mein Schatz.
Sie ist mein Leben, Sam.

VOICE-NACHRICHT: VON KRISTINA ALLENBERRY

Avery, du bist der mutigste Mensch, den ich kenne. Ich hatte im Leben vor vielen Dingen Angst. Vor dem Versagen. Vor dem Erfolg. Vor der Verantwortung für ein Baby. Aber du bist einfach, ohne zu zögern, ins Wasser gesprungen und hast deine Angst überwunden, um ein Leben zu retten.

Dein Vater und ich fühlen uns wie Volltrottel. Wir wussten nicht, dass du und Bett zusammen im Ferienlager wart. Was für ein Glück. Im Theater haben wir uns alle an den Händen genommen und die Augen geschlossen, und auch wenn ich kein religiöser Mensch im traditionellen Sinn bin, hat Gaga mit uns ein Gebet für dich und Bett gesprochen. Am Ende haben wir alle im Chor gesagt: Lieber Gott oder lieber sonst wer, stehe den Mädchen bei. Bitte, stehe ihnen bei. Liebling, wir sind auf dem Weg zu dir. Ich. Gaga. Dinos, der Doorman, fährt uns. Nicht mehr lang, dann sind wir bei dir, und dann sage ich dir alles persönlich.

Ich bin so stolz, deine Mutter zu sein. Immer. Und ewig.

VON: Betty Devlin
AN: Bett Devlin
BETREFF: Meine geliebten Schätze

Bett & Avery —

ich schreibe an euch, aber ich schreibe auch für mich. Das gebe ich zu. Ich kann nämlich nicht schlafen. Wenn ich die Worte hinschreibe, ist es fast so, als könnte ich mit euch sprechen. Ich muss mit euch sprechen können. Jetzt und immer.

Ich weiß, dass es euch bald wieder gut geht. Ihr seid meine Mädchen, die Mädchen, die ich als Mutter eines Sohnes nie hatte, dessen Ehemann auch noch so jung gestorben ist. Bett und auch du, Avery, seit du dazu gekommen bist, ihr erfüllt alles, was mir im Leben gefehlt hat. Dabei wusste ich, bis ihr aufgetaucht seid, nicht mal, dass mir etwas fehlt.

Die Stationsschwester hat uns weggeschickt. Nur Doug durfte bleiben. Er darf im Sessel an deinem Bett schlafen, Bett. Ich schätze, der Rest von uns hat zu viel Krach gemacht. Sam wollte bei dir schlafen, Avery, aber er durfte nicht. Sie sagen, du seist stabil, außerdem liegst du nicht allein im Zimmer, und ich schätze, dann geht es nicht.

Dinos hat Kristina & mich von New York nach Maine gebracht. Die Fahrt hat fast neun Stunden gedauert, aber er hat einen neuen Toyota, der nur ganz wenig Sprit verbraucht. Dann sind wir ins Krankenhaus gerannt & haben Doug & Sam gesehen. Die beiden hielten sich fest im Arm. Als stünden sie in einem Sturm, der sie fast umblies. Sie weinten & dann weinten wir alle zusammen. Auch Dinos, obwohl er euch kaum kennt.

Bett, du bist noch nicht außer Gefahr. Gut Ding will Weile haben. Deshalb drängeln wir auch nicht.

Avery, du bist eine echte Heldin. Und auch Brielle ist eine Heldin. Ich weiß, dass es vorher Ärger mit ihr gab, aber anscheinend hat sie euch beide aus dem Wasser gezogen. Sie ist auch im Krankenhaus, »zur Beobachtung«. Offenbar hat sie einen Schock erlitten, als ihr dann alle endlich am Ufer wart. Die Wege des Lebens sind unergründlich, das habe ich gelernt.

Wir verbringen die Nacht im Motel. Es gab nur noch ein Zimmer, weil August Hochsaison ist. Dinos schläft auf der Liege. Sam schläft neben Kristina im großen Bett. Im Schlaf hat sie den Arm um ihn gelegt. Ich habe ein Foto von ihnen gemacht, damit sie es nicht vergessen. Ich

liege auf der Ausziehcouch. Ich kann sowieso nicht schlafen, deshalb habe ich mich freiwillig für die buckligste Matratze gemeldet. Außerdem wollen wir morgen früh gleich wieder ins Krankenhaus.
Im Theater ist die Zweitbesetzung für mich eingesprungen & sie war richtig gut, wie ich höre. Das hat mich auf eine Idee gebracht. Eigentlich würde ich gern für eine Weile heim nach Texas. Ich will nicht lange bleiben, aber ich muss nach meinem Kätzchen Cookie sehen und nach meinem Garten, der bestimmt völlig verwildert ist. Ich habe Heimweh danach, mit dem Auto in die Stadt zu tuckern, auf der Veranda zu sitzen, die Fliegen zu verscheuchen & mit meiner Freundin Diamond über die Hitze zu schimpfen. Und ich will stundenlang fernsehen und nachholen, was ich in der Glotze verpasst habe.
Doch mein allergrößter Wunsch ist, dass es meinen beiden Schätzen Bett und Avery schnell wieder gut geht.
Sonst brauche ich nichts auf der Welt.
Nur dass alles wieder so ist, wie es gestern war.

Alles Liebe,
eure Gaga

VON: Marlow Devlin
AN: Javier Martinez, Sam Bloom, Kristina Allenberry, Betty Devlin, Dinos Tombras
BETREFF: DIE MÄDCHEN!

Ich konnte im Sessel nicht gut schlafen, also bin ich aufgestanden und habe mir unten einen Kaffee geholt. Als ich zurückkam, bin ich zu Tode erschrocken. Bett lag nicht mehr in ihrem Bett.
Hektisch bin ich durch die Flure gerannt (und habe mir Kaffee übers Hemd gekippt – hat jemand ein zweites Hemd dabei, das er mir mit-

bringen könnte?). Eine Schwester sagte mir, Bett gehe es gut. Aber wir mussten sie beide suchen. Irgendwie hat Bett mit dem rollenden Infusionsständer den Weg zu Averys Zimmer gefunden. Und hat sich zu Avery ins Bett gelegt.
Und da lagen sie, als ich ins Zimmer kam. Bett und Avery, friedlich schlafend, im Zimmer 304. Es geht ihnen besser. Es geht ihnen gut.

VON: Sam Bloom
AN: Marlow Devlin
BETREFF: Auf dem Weg zurück

Marlow –

bist du dir wirklich sicher, dass es okay ist, wenn Avery und ich heute Nachmittag nach New York zurückfahren?
Wir wären so lange in Maine geblieben, wie du uns brauchst, ich hoffe, das weißt du, Marlow. Das Leben ist so kostbar. Es ist vielleicht eine Binsenweisheit, aber im Krankenhaus war das die ganze Zeit mein einziger Gedanke.
Ich rufe dich heute Abend an, wenn wir angekommen sind. Falls es irgendetwas gibt, was ich für dich tun kann ... du weißt, wie der Satz weitergeht.

Sam

VON: Jilly Holland
AN: Sam Bloom
CC: Marlow Devlin
BETREFF: Unfall auf dem See

Hi, Mr. Bloom und Mr. Devlin,

ich bin Jilly, Betts und Averys Betreuerin aus dem Camp. Wir haben uns kurz im Krankenhausflur an den Snackautomaten kennengelernt. Aber vielleicht erinnern Sie sich nicht, weil Sie ziemlich durcheinander waren.

Wir sind so erleichtert, dass die Mädchen bald wieder auf den Beinen sind!!!

Ich schicke Ihnen ein Gedicht, das die anderen Mädchen aus der Kiefernzapfen-Hütte gedichtet haben. Alle waren zutiefst erschüttert von dem, was passiert ist. Ein paar sind sogar früher nach Hause gefahren. Wir fanden, dass die, die geblieben sind, etwas schreiben könnten. Ein Gedicht macht alles ein bisschen besser, finde ich. Wir hatten einen Talent-Wettbewerb, und die Kiefernzapfen haben diese Ballade mit musikalischer Begleitung vorgetragen (eigentlich soll sie zur Melodie von »The House of the Rising Sun« passen, auch wenn es ein bisschen holpert). Wir sind Dritte geworden.

Hochachtungsvoll,
Jilly Holland

Die Ballade von der schrecklichen Kanufahrt
Die Tarnies fuhren mit dem Kanu los,
am Morgen glitzerte Tau im Moos.

Der erste Tag war hell und gut,
am nächsten Tag sich die Hölle auftut.
Ein Mädchen hüpft, ein Ruder wippt,

Bett mit dem Kopf auf die Kante kippt.
Doch Avery und Brielle waren tapfer und voller Mut,
sie sind Heldinnen, echte Tarnies bis ins Blut.

Bett blieb verschont, das macht uns froh,
und Avery, ihre Herzensschwester, lieben wir ebenso.
Der Sommer hier ist lang, ohne Strom, der uns leite,
Doch im Dunkeln wie im Licht haben wir Freunde an unserer Seite.

Alles Liebe,
eure Kiefernzapfen

VON: Avery Bloom
AN: Bett Devlin
BETREFF: Nach Hause

Bett, ich weiß nicht, wann du diese Nachricht liest, weil du wegen deiner Gehirnerschütterung Bildschirm-Verbot hast. Papa und ich wollten vorhin zu dir, um uns zu verabschieden. Aber deine Tür war zu, und sie haben uns gesagt, du wirst gerade gewaschen und es dauert eine Weile. Das klingt sehr merkwürdig. Wie machen sie das, mit einem Schwamm? Ist das überhaupt hygienisch? Okay, ich denke lieber nicht darüber nach.
Ich weiß, du hast gesagt, ich soll endlich aufhören mich zu entschuldigen, dass ich im Camp so eine Nervensäge war, aber du weißt ja, dass

ich immer mit allem übertreiben muss. So sind Eulen eben (das habe ich gerade erfunden). Und du hast auch gesagt, es tut dir leid, dass du so unsensibel warst und immer deinen Kopf durchsetzen willst.

Aber ich finde es nicht schlimm, wenn man sich auch mal mit jemandem streitet, dem man nahesteht. Wenn man sich wieder verträgt, ist man sich danach noch näher. Eine Freundschaft muss gute und schlechte Zeiten überstehen, dann hält sie auch. Weil man ehrlich zueinander ist.

Ich habe das Gefühl, so war es bei uns. Nicht nur, weil wir beide fast gestorben wären in diesem gemeingefährlichen Todespfuhl namens Tarn. Sondern auch, weil 1) ich dich lieb habe und 2) ich mich, seit ich dich kenne, wohler in meiner Haut fühle.

Wir wissen beide, dass wir jetzt lebenslänglich Tarnies sind! Ich werde zwar nie wieder dorthin fahren, aber das heißt nicht, dass ich nicht für den Rest meines Lebens an Fair View Tarn denken werde. Und dann ist noch etwas Schockierendes, Gutes passiert, während dein Zustand kritisch war und ich mich von den zehn Litern Tarnwasser erholte, die ich eingeatmet hatte:

Die Dads sind keine Feinde mehr! Anscheinend brauchte es eine Nahtod-Erfahrung, bis sie endlich wieder Freunde sein konnten. Meiner hat nicht einmal geschimpft, dass ich mit dir ins Camp gefahren bin, ohne ihm und Kristina Bescheid zu sagen. Aber vielleicht kommt das noch.

Die Krankenschwester sagt, du musst noch im Krankenhaus bleiben, bis der Neurologe grünes Licht gibt. Aus verschiedenen Gründen wünschte ich, ich wäre bei den Tests dabei. Neurologie gilt als die Königsdisziplin der Medizin.

Ich hatte die ganze Zeit Angst vor der Kanufahrt, und am Ende hatte ich recht damit. Aber ich glaube, die wahren Probleme sind die, die man nicht kommen sieht. Vielleicht ist es das, was sie zu wahren

Problemen macht. Das Gute ist, ich habe jetzt ein tolles Thema für den Aufsatz in meiner College-Bewerbung: »Wie ich im Ferienlager mit unerwarteter Hilfe mehr oder weniger ein Leben rettete.«
Nicht bloß »ein« Leben. Das Leben meiner besten Freundin. Das Leben meiner (Wahl-)Schwester. Meines Sternhais.

xo

PS: Sie haben im Camp unsere Sachen für uns gepackt und ins Krankenhaus gebracht. Neueste Nachricht! Tyler und Brielle sind früher nach Hause gefahren, aber er hat mir seinen grünen Stone-Point-Camp-Hoodie geschenkt mit einem Brief, in dem stand, ob er und Brielle mich mal in New York treffen könnten. Alles ist möglich. Seine Eltern habe ich auch kennengelernt.

VON: Bett Devlin
AN: Avery Bloom
BETREFF: Edle Retterin

Nachteule –

ENDLICH habe ich meinen Laptop wieder. Gehirnerschütterung ist so was von öde. Du darfst nichts als schlafen. Kein Telefon. Kein Fernsehen. Kein Computer. Kein Handy. Bis jetzt! Ich habe nur 10 Minuten, um dir zu schreiben, weil sie Angst haben, ich würde mein Hirn überstimulieren oder so was. Deshalb zur Sache: In einem Moment sitze ich im Kanu + im nächsten Moment haut mir Markie Bishop das Ruder auf den Kopf + jetzt liege ich seit fünf Tagen im Krankenhaus. Nachteule, ich stimme ALLEM zu, was du sagst. Ich stelle mir dauernd vor, was passiert wäre, wenn DU nicht da gewesen wärst. Hätte sich jemand anderes rechtzeitig für mich in die Fluten gestürzt? Das werde ich wohl nie erfahren.

Dafür weiß ich, dass ich von jetzt an immer die Schwimmweste anlasse, wenn ich mit dem Boot unterwegs bin + ich setze mich nie wieder in ein Kanu mit Markie Bishop. (Auch wenn mir ihre Eltern an Tag drei eine Schachtel mit superleckeren Meersalz-Toffees ins Krankenhaus geschickt haben. Aber ich glaube, sie wollen nur nicht, dass wir sie verklagen.)

Ich hab gehört, eine der Köchinnen hat mit dem Handy gefilmt, wie sie uns weggebracht haben. Wenn das stimmt, will ich das Video unbedingt sehen. Vor allem, wie wir zusammen in den Krankenwagen geladen wurden. Ich wette, die Szene zeigen sie nicht beim nächsten Camp-Far-View-Zusammenschnitt »Das sind unsere Tarnies!«.

Ich habe dich sehr lieb, Nachteule.
Sternhai

PS: Wie cool, dass du dich vielleicht mit Tyler und Brielle in New York triffst!

VON: Avery Bloom
AN: Bett Devlin
BETREFF: Gruß & Kuss

Gaga hat in dem Motel in Maine ein Foto von Papa und Kristina im Bett gemacht. Sie schlafen, und Kristina hat den Arm um Papa gelegt. Gaga hat mir das Foto geschickt, und ich habe es am Dienstag ausgedruckt und gerahmt. Jedes Mal, wenn Papa es sieht, muss er lachen.

Wusstest du, dass unsere Väter regelmäßig telefonieren, seit ihr wieder in Los Angeles seid? Ist das nicht toll?
Könnte man sagen, das haben wir eingefädelt? Leider geht Papa mit dem Telefon ins Arbeitszimmer, wo ich nichts hören kann. Kommst du noch an ihre E-Mails heran? Können wir rausfinden, was da los ist? Ich rufe dich heute Nachmittag an. Später bin ich bei Mom und statte auch Gaga einen Besuch ab. Ha. Ich glaube, ich habe gerade zum ersten Mal Mom statt Kristina geschrieben. Sehr seltsam.

Liebe Grüße von
Deiner
Nachteule

VON: Bett Devlin
AN: A. Allenberry Bloom
BETREFF: NEUIGKEITEN

Dad hat aufgehört, sein E-Mail-Passwort auf den alten Briefumschlag in der Sockenschublade zu schreiben. Ich hab den Zugang zu ihm verloren. Jedenfalls den Zugang zu seinem Postfach. Nur an sein Expedia-Kundenkonto komme ich noch (das Passwort hat er nicht geändert). UND WEIẞT DU WAS? Ich hab gesehen, dass er Flüge nach New York gebucht hat. Ich werde ihn nicht darauf ansprechen. Ich warte gespannt auf die bahnbrechenden Neuigkeiten.

DREI MONATE SPÄTER

VON: noreply@HochzeitsEinladungenTheGreenWay.com
AN: Verborgene Empfänger
BETREFF: HOCHZEIT!

Bitte KLICKEN Sie auf den Link weiter unten, um ihn zu öffnen und zu antworten.

VON: Avery Bloom
AN: Bett Devlin
BETREFF: Wichtige Frage

WAS ZIEHST DU AN?
WIR MÜSSEN UNS ABSTIMMEN. WIR SOLLTEN NICHT DAS GLEICHE ANHABEN, ABER UNSERE KLEIDER SOLLEN SICH KOMPLEMENTIEREN. NICHT ZU VERWECHSELN MIT KOMPLIMENTIEREN, WAS VON KOMPLIMENT KOMMT: KOMPLEMENTIEREN WIRD MIT »E« GESCHRIEBEN UND HEIẞT SO VIEL WIE »VERVOLLSTÄNDIGEN«. ICH FINDE WÖRTER UNGLAUBLICH TRÖSTLICH. ICH TESTE DIE GANZE ZEIT, OB MEIN WORTSCHATZ NOCH INTAKT IST UND DER SAUERSTOFFMANGEL, ALS ICH UNTER WASSER WAR, NICHT ZU BLEIBENDEN SCHÄDEN GEFÜHRT HAT. SO WEIT, SO GUT. HA!
ALLES IST SO AUFREGEND! MEHR ALS AUFREGEND! MIR FEHLT DAS TREFFENDE WORT, ABER DAS HAT NICHTS ZU SAGEN.
VERZEIH MIR DIE GROẞBUCHSTABEN. KANN SEIN, DAẞ ICH SCHREIE. IRGENDWIE IST MIR DANACH!
SAG NICHT, DU HAST ES GEWUSST (SO SCHNELL!). DAS NEHME ICH DIR NICHT AB.

VON: Betty Devlin
AN: Bett Devlin, Avery Bloom
BETREFF: Dinge, die ich sagen möchte

Liebste Mädchen –

Ich habe noch ein paar Dinge, die ich niederschreiben wollte, bevor es so weit ist. Die Überschrift zuerst: Ich habe euch so lieb.

Das ist eine Tatsache, die sich nie abnutzt. Mögen es, wenn ich meinen letzten Atemzug tue, meine letzten Worte sein. Daumen drücken, dass dieser Tag in weiter Ferne liegt, aber man weiß ja nie.

Kurz vor der Hochzeit denke ich viel darüber nach, was es heißt, ein Kind großzuziehen. Ihr seid beide blitzgescheit, und es gibt vieles, was ihr mir erklären könntet, aber dies ist mein Brief an euch, deshalb möchte ich euch etwas mit auf den Weg geben.

Alden Devlin hat uns viel zu früh verlassen, aber er war ein guter Vater. Er war nicht vollkommen, und es ist ihm nicht leichtgefallen, seinen Jungen zu verstehen. Aber mit der Zeit ging es immer besser. Er lernte, ihn so zu akzeptieren, wie er ist – sie lernten es gegenseitig. Alden hat Doug (oder Marlow – dass er seinen Namen geändert hat, macht mich immer noch kirre) vorgelebt, wie man ein Vater ist. Das ist es nämlich, worum es bei diesem Ding geht, das sich Leben nennt. Man möchte der nächsten Generation so viel weitergeben, aber am besten tun wir das, indem wir versuchen, ein gutes Beispiel abzugeben. Ob man seine Sache als Eltern gut gemacht hat, zeigt sich, wenn das Kind bereit für ein eigenes Kind ist.

Dein Daddy war immer ein mutiger Junge, Bett. Er hat sich schon früh zu seiner Art zu lieben bekannt. So ist er auch für uns ein Beispiel gewesen, denn das Kind bringt seinen Eltern mindestens so viel bei wie umgekehrt.

Dein Daddy hat mich gelehrt, mutig zu sein, indem er es mir vorgemacht hat. Da schließt sich der Kreis. Als Doug (na gut, Marlow) und Sam sich in Chicago kennengelernt haben, waren beide alleinerziehende Väter. Sie liebten ihre kleinen Mädchen über alles. Und sie wollten, dass ihr euch anfreundet, weil sie hofften, dass ihr eines Tages Schwestern werdet.

Jetzt seid ihr Schwestern. Denn ihr habt alle Prüfungen bestanden.

Eine Familie ändert ständig die Form. Das ist es eigentlich, was ich euch vor der Hochzeit noch sagen wollte. Im letzten Jahr ist unsere Familie immer größer und besser geworden.

Ich habe euch beide lieb. Bis ans Ende meiner Tage.

Eure Gaga

VON: Avery Bloom
AN: Bett Devlin
BETREFF: Polterabend

Sternhai –

das war ein schöner Abend. Es hat solchen Spaß gemacht, so lange aufzubleiben. Im Moment sehe ich hinauf zum Mond. Es ist ein zunehmender Dreiviertelmond. Was für eine unromantische Beschreibung, dabei ist der Mond so schön.

Oder vielleicht ist am Abend vor einer Hochzeit alles schön.

DER MORGEN NACH DER HOCHZEIT

VON: Bett Devlin
CC: Avery Bloom
AN: Betty Devlin
BETREFF: Ein Toast! Ein Toast!

Gaga,

wir schreiben dir zusammen. Aber ich tippe. Eigentlich müssten wir noch schlafen, weil wir bis zwei Uhr morgens getanzt haben. Aber wir sind hellwach, alle beide, seit die Sonne die Finger durch die Vorhänge gestreckt hat. Wir sind immer noch so aufgedreht.
Weil wir schon wach sind, lösen wir unser Versprechen von gestern Abend ein + schicken dir unsere Hochzeitsrede.
Kann sein, dass sie sich nicht so gut liest, wie sie sich angehört hat. Vielleicht ist es wie bei Fotos. Es ist besser, auf Fotos DOOF und im richtigen Leben GUT auszusehen, als umgekehrt. Oder vielleicht ist es genau andersherum in unserer digitalen Zeit: lieber auf Fotos GUT + im richtigen Leben DOOF aussehen, weil mehr Leute die Fotos sehen + die Fotos unser Aushängeschild sind. Wer weiß.
Avery und ich haben getrennt an unseren Teilen der Rede gearbeitet. Dann haben wir getauscht + sie gemeinsam überarbeitet, so wie man es in der Schule bei Gruppenarbeit machen soll – nur dass es bei uns richtig gut geklappt hat. (In der Schule ist immer jemand dabei, der gar nichts macht.)
Aber wir hatten nicht erwartet, dass dir die Tränen kommen. Bei unseren Vätern hatten wir es uns gedacht, die weinen sowieso ständig. Avery hat gesagt, sogar der Barmann hat geweint, aber vielleicht war er auf irgendwas allergisch. Oder er hat zu viele Limetten gepresst.
Beim Vortragen haben wir uns nach jedem Absatz abgewechselt, aber das spielt beim Lesen wahrscheinlich keine Rolle.

Wir sind heute Abend hier, um Hochzeit zu feiern.

Es ist die erste richtige Hochzeit für uns. Wir sind wahnsinnig aufgeregt. Wir haben euch so lieb + wir haben immer von einer Hochzeit geträumt + jetzt wird der Traum wahr.

Bisher kannten wir Hochzeiten nur aus den Braut-Magazinen, die immer beim Frisör rumliegen. Warum gibt es die eigentlich nur für BRÄUTE und nicht für *BRÄUTIGAME*? Wieder mal ein Beispiel für Diskriminierung – darauf werden wir ein Leben lang achten.

Wir sind 13 +, verglichen mit älteren Leuten haben wir noch nicht viel erlebt, aber hier sind ein paar Erfahrungen, die wir schon gemacht haben:

Es gibt Geschichten, die zu Ende gehen, aber dann fangen sie wieder an.

Eine Familie besteht aus Menschen, die lieber zusammengehören als getrennt sein wollen.

Es gibt niemanden, der dir sagen kann, was eine Familie ist und was nicht. Na ja, sagen schon. Aber du musst nicht und du sollst nicht darauf hören. Du musst nur auf dein Herz hören.

Es kann vorkommen, dass wir uns vor den falschen Dingen fürchten.

Es gibt mutige Menschen, und es gibt ängstliche Menschen, und manchmal TAUSCHEN sie die ROLLEN.

Es kommt vor, dass wir Liebe finden, wenn wir gar nicht damit rechnen – die Liebe zu einem Menschen oder die Liebe zu einer neuen Aufgabe, dem Theater zum Beispiel.

Es kommt vor, dass Menschen, die völlig unterschiedlich sind, sich finden und zusammentun, selbst wenn sie sich manchmal auf die Nerven gehen, aber das ist ganz normal und menschlich.

Es gibt Menschen, die zusammengehören.

Es gibt Menschen, die nicht zusammengehören.

Am Anfang haben wir geglaubt, unsere Väter gehören nicht zusammen.

Dann haben wir uns kennengelernt + plötzlich wollten wir unbedingt, dass sie zusammengehören.

Es war die tollste Vorstellung der Welt – für uns.

Weil wir Schwestern sein wollten. Wir wollten Bett + Avery Devlin-Bloom sein, was besser klingt als Bett + Avery Bloom-Devlin.

Nur dass in der Zwischenzeit, während unsere Begeisterung immer größer wurde, die Begeisterung unserer Väter nachließ. Wir konnten nichts dagegen tun.

Niemand darf zu zwei Menschen sagen: »Ihr dürft euch nicht lieben.« Aber es darf auch niemand zu zwei Menschen sagen: »Ihr *müsst* euch lieben.«

Was wir wollten, war eine größere Familie. Wir wollten ein Fest. Wir wollten eine Hochzeit feiern. Und all das haben wir heute Abend bekommen.

Wir haben die Sache nicht eingefädelt. Aber wir haben mitgeholfen. Wir sind Nachteule + Sternhai. Die eine ist klug wie eine Eule + wacht bis spät in die Nacht. Die andere ist furchtlos wie ein Hai + funkelt wie ein Stern. Es sieht vielleicht aus, als hätten wir nichts gemeinsam, doch das stimmt nicht. Denn zusammen herrschen wir über das Land + den Himmel + das Meer. Zusammen sind wir ein Team.

Aber heute Abend geht es um ein anderes Team. Heute Abend geht es um Dinos + Gaga – die manche Betty nennen – und wie sie sich ineinander verliebt haben.

Sie sind nicht gleich alt. (Tut mir leid, Gaga, aber es wissen sowieso alle, dass du ein paar Jährchen älter bist.) Sie kommen aus unterschiedlichen Ecken der Welt. Sie haben ganz unterschiedliche Geschichten. Aber Gaga hat ihren Mann Alden verloren. Und Dinos hat seine Frau Calista verloren.

Zurzeit lebt Gaga in New York und ist Schauspielerin, und Dinos ist Doorman und passt auf das Haus auf, in dem Gaga wohnt. Gaga kommt aus Texas. Dinos kommt aus Griechenland.

Und sie lieben sich.

Das haben sie in Dinos' Toyota entdeckt, als sie nach Maine gefahren sind.

Es lag nicht nur an Gagas fabelhaftem Orientierungssinn, nachdem die Google-App schlappgemacht hatte.

Es lag nicht nur an Dinos' Kaffee, dem weltbesten, oder der Tatsache, dass er Opern, Theater + Sardinensandwiches liebt.

Da ist etwas Größeres, das sie ineinander sehen und das sie dazu bringt, einander festhalten + nie mehr loslassen zu wollen.

Sie bringen gegenseitig ihr Herz zum Klingen.

Deswegen sind wir heute Abend hier.

Gaga und Dinos, ihr fangt jetzt zusammen ein neues Leben an. Wir, Avery Allenberry Bloom und Bett Garcia Devlin, versprechen euch, dass wir immer für euch da sind.

Und alle, die sich hier im Saal versammelt haben, sind hier, um euch das Gleiche zu sagen.

Heute können Familien ganz unterschiedlich aussehen. Und Schwestern auch.

Gaga und Dinos: Ihr seid jetzt unsere GROSSELTERN. In jeder Beziehung, die zählt.

Dad und Papa, ihr seid jetzt Freunde.

Wir sind fest überzeugt, dass ihr für immer Freunde bleibt. Eure wilde Motorradfahrt durch China hat dazu geführt, dass jetzt auch Kristina in unserem Leben ist.

Und dass Gaga und Dinos sich gefunden haben.

Und dass heute lauter Freunde aus der ganzen Welt gekommen sind. Aus Griechenland. Aus Texas. Friedensrichter Evan, der euch getraut hat. Die Schauspieler und die Crew von *Das Gewicht des halben Himmels*. Sogar ein paar unserer Camp-Kameraden aus zwei Sommern in zwei Ferienlagern. (Hallo, Brielle + Tyler + Piper!) Die Mitglieder des Ortsverbands 32BJ der Doorman-Gewerkschaft + natürlich alle Verwandten.

Wir freuen uns riesig, Dinos' drei Kinder Helen, Vivi und Demetri und ihre Familien kennenzulernen. Und Epolia, Dinos' Enkelin und jetzt auch Gagas, und du bist genauso alt wie wir! Wie wär's, wenn du im Sommer mit uns ins Ferienlager fährst?

Jalen + Billy, ihr habt gerade zwei neue Babysitter bekommen. Wir freuen uns schon, euch zu besuchen + wollen, dass ihr uns in New York besucht.

Nach dem Toast auf das Brautpaar wird zum Brauttanz aufgespielt.

Zuerst tanzen Dinos + Gaga. Dann tanzt Gaga mit Marlow + Dinos mit Vivi. Dann tanzt Avery mit Sam. Und Bett mit ihrem Dad. Vivi mit Coco. Silvia + Sid.

Kristina tanzt mit Daniel Birnbaum vom CIGI-Camp. (Wir waren auch überrascht, aber ihr habt unseren Segen.)

Und dann tanzen ALLE!

Nur eins noch: Lasst uns alle versuchen, uns mehr so zu bewegen wie Javier. Wir sind wahrscheinlich nicht so anmutig wie er, aber wir können von ihm lernen.

Tanzen ist ein Weg, der Seele Flügel zu verleihen. Das hat Javier gesagt, nicht wir.

Und jetzt wollen wir auf die Familie anstoßen! Auf Väter + Mütter + Brüder + Schwestern + Großeltern + Onkel + Tanten + Cousins + Cousinen.

EIN TOAST AUF DIE LIEBE.

EIN TOAST AUF UNS.

DANKSAGUNG

Wir danken unseren beiden Lektorinnen Lauri Hornik und Juli Strauss-Gabel, die zudem unsere Verlegerinnen bei Dial und Dutton sind.
Danke auch an die Präsidentin von Penguin Young Readers, Jen Loja.
Unser Dank gilt außerdem den Teams der Abteilungen Werbung, Marketing und Vertrieb bei Penguin Young Readers.
Und unsere Agentinnen sind unser großes Glück: Danke an Amy Berkower, Suzanne Gluck, Anna DeRoy und Cecilia de la Campo.

EIN GESPRÄCH MIT HOLLY GOLDBERG SLOAN UND MEG WOLITZER

Was hat Sie beide veranlasst, dieses Buch zu schreiben?

HGS: Meg und ich waren vor allem durch unsere eigene Freundschaft inspiriert, und außerdem schätzen wir die Arbeit der anderen sehr.
MW: Ja, genau. Und zudem haben wir beide sehr lebendige und starke Erinnerungen an die Freundschaften, die uns mit 12 Jahren wichtig waren.

Was war die größte Herausforderung beim Schreiben dieses Buches?

HGS: Wir mussten einen Weg finden, wie zwei sehr unterschiedliche Autorinnen mit zwei sehr unterschiedlichen Stimmen zusammenarbeiten können.
MW: Noch profaner: Wie können wir »zusammen« schreiben, obwohl wir so weit voneinander entfernt leben?

Wie war es, mit einer anderen Autorin zusammenzuarbeiten?

HGS: Wir hatten jede Menge Spaß! Uns trennen 3000 Meilen, aber dank der technischen Möglichkeiten heutzutage fühlte es sich an, als wären wir Tür an Tür.

MW: Ich fand es wunderbar, dass eine von uns irgendwo ganz woanders war tagsüber, oder eben auch einfach nur ganz normal schlafen ging am Abend, und trotzdem wurde die Geschichte fortgeschrieben. Das fühlte sich für mich an wie ein Wunder.

Was würden Sie gern bei den Lesern erreichen?

HGS: Wir haben das Buch geschrieben, um die Leser gut zu unterhalten, um Leser zum Lachen zu bringen, und um zu zeigen, dass Familie sehr verschiedene Formen haben kann.
MW: Ich könnte es nicht besser ausdrücken.

Wenn Sie ein Tier sein könnten, egal welches, welches Tier wäre das?

HGS: Ich liebe Delfine, sie sind so kluge Tiere. Ich lebe an der Küste und jedes Mal, wenn ich am Strand entlang gehe und Delfine sehe, ist das ein magischer Moment. Wenn ich kein Delfin sein könnte, dann wäre ich gern ein Vogel. Ich beneide sie um die Fähigkeit zu fliegen.
MW: Um in diesem Kosmos zu bleiben, sollte ich wohl ein Tier aus der Eulenfamilie wählen. Ich bewundere die majestätische Würde von Eulen sehr. Und doch wäre ich wohl am liebsten ein Labrador. Diese Hunde sind schön und freundlich, und sie haben so ausdrucksstarke Augen.